Sibylle Berg

Der Mann schläft

Eine Frau liebt einen Mann, weil der die Frau liebt. Was kann man sich Besseres wünschen in dieser unfreundlichen Welt, in der fast alle mit guten Gründen unglücklich sind? Besseres als den einen, der sie glücklich macht? Doch die Frau kommt auf den dümmsten Einfall ihres Lebens: »Wir sollten verreisen, dachte ich, als ich auf den Bauch des Mannes kletterte, der wie ein Mittelgebirge war, um mich daraufzulegen. Verreisen.« Warum sucht man nach Veränderung, wenn man das Glück gefunden hat? Warum bleibt man nicht dort, wo man glücklich ist? Denn irgendwo in China, auf einer sinnlosen Insel mit gepflegtem Hotelstrand, ist der Mann eines Tages nicht mehr da.
Sibylle Berg erzählt eine moderne Liebesgeschichte und zeigt mit so melancholischen wie bösartigen Bildern eine Welt, in der man höchstens zu zweit überleben kann.

Sibylle Berg, geboren in Weimar, lebt heute in Zürich. Sie schreibt Romane, Theaterstücke, Essays und Kolumnen (u. a. für die ›NZZ‹ und für die ›ZEIT‹). Für ›GRM. Brainfuck‹ wurde sie 2019 mit dem Schweizer Buchpreis ausgezeichnet. 2020 erhielt sie den Bertolt-Brecht-Preis.

Sibylle Berg

Der Mann schläft

Roman

dtv

Von Sibylle Berg
ist bei dtv außerdem lieferbar:
Vielen Dank für das Leben
Wie halte ich das nur alles aus?
Der Tag, als meine Frau einen Mann fand
Wunderbare Jahre

MIX
Papier aus verantwortungsvollen Quellen
FSC® C019821

9. Auflage 2022
2011 dtv Verlagsgesellschaft mbH & Co. KG, München

Umschlagkonzept: Balk & Brumshagen
Umschlaggestaltung nach einem Entwurf
von Peter-Andreas Hassiepen
Umschlagfoto: Anzenberger/Toni Anzenberger
Satz: Gaby Michel, Hamburg
Druck und Bindung: Druckerei C.H.Beck, Nördlingen
Printed in Germany · ISBN 978-3-423-14002-7

Sibylle Berg

Der Mann schläft

Damals.
Im Winter. Vor vier Monaten.

Draußen war ein Winter gewesen, der den Bildern, die wir früher vom Winter gehabt haben, nicht einmal entfernt glich. Saubere, tiefgekühlte Dezember mit Reif und kleinen Häusern, in denen gepflegte Familien vor Bratäpfeln saßen, gab es schon lange nicht mehr.

Kein Schnee verdeckte die Unattraktivität der Welt, nur dunkelgrau war sie, klamm und verwaschen.

Während drei langer Monate würde das Licht sich kaum verändern; dem Winter würde ein verregneter Frühling folgen, der in einen trüben Sommer überging.

Nebel lag auf der Stadt, die noch nicht einmal eine Stadt war, und der Mensch hielt Winterschlaf. Die es sich leisten konnten, verließen ihre Häuser nicht, sie schlurften in Pyjamas herum, Speisereste im Haar, leere Pizzaschachteln unter dem Bett, und Spinnen mit neurotischen Gesichtern spannen ihre Netze zwischen den Läufen der Personen.

Die wenigen, die man auf öffentlichem Gelände sah, waren kaum dazu geeignet, einen mit kleinen, fröhlichen Sprüngen das Leben feiern zu lassen.

Ich war auf der Straße gewesen, hatte in hoffnungslose Gesichter gesehen und mich einen Moment lang gefühlt, als sei ich wieder eine von ihnen, die doch so warteten, dass etwas eintreten werde, durch das sie sich endlich wieder lebendig fühlten.

Ich hatte mich an jenem Morgen so stark an das Gefühl erinnert, bei aberwitzigem Wetter alleine zu sein, dass mir übel geworden war, für Sekunden, in denen ich aus der Wirklichkeit gefallen war. Ich hatte eine Zeitung kaufen wollen, und als ich, die Augen vor dem Elend halbverschlossen, das einzige im Winter geöffnete Café passierte, vermeinte ich darin Gespenster aus der Vergangenheit wahrzunehmen.

Eine füllige Frau mit Armprothese saß neben einem Mann, an den ich mich nur erinnerte, weil er so übertrieben unscheinbar wirkte wie eine Karikatur.

Als ich auf dem Rückweg vom Kiosk erneut an dem Café vorbeikam, waren beide verschwunden.

Da man sich, wie ich an diesem kleinen Schattenspiel meiner Erinnerung merkte, der Realität nie allzu sicher sein durfte, betrat ich wenig später unser Haus mit Sorge.

Man konnte nicht oft genug überprüfen, ob all das, was einen froh machte, noch an seinem Platz war.

Mir war schwindelig geworden vor Erleichterung, denn der Mann war da.

Er lag und schlief und sah wunderbar dabei aus, doch, anders als bei den meisten seiner Spezies, die nur im Schlaf entspannt und reizend wirken, kannte sein Ausdruck keine Veränderungen; auch nach dem Erwachen würde er wie benommen bleiben und seinen schweren Körper bewegen, als wäre er in einem anderen Element zu Hause als in der Luft. Vielleicht nähme sich der Mann unter Wasser gewandt aus; doch ich hatte ihn noch nie tauchen sehen, denn er war zu träge für die meisten Aktivitäten, mit denen Menschen, die keiner körperlichen Arbeit nachgehen, ihr Leben verstreichen lassen.

Da alles an seinem Platz war und es nicht aussah, als wäre

das, was ich für mein Leben hielt, nur Phantasie, konnte ich weiter meinem Tagesplan folgen.

Fast alle Menschen lieben geregelte Abläufe, da muss man sich nichts vormachen. Routine macht, dass wir nicht ins All abgetrieben werden, ohne Verbindung zur Raumstation. Nach der Zeitung, dem Gebäck folgte der Kaffee. Ich beobachtete, wie im Nachbarhaus, in das ich durch die Palmen hindurch sehen konnte, Menschen an Küchentische schlurften, verschwommen von der Nacht, das Licht kaum vorhanden, sodass es sich durchaus auch um großgewachsene Insekten handeln konnte, die von der Stadt Besitz ergriffen hatten.

Jeden Morgen stand ich vor der Tür und freute mich, dass ich die Nacht überlebt hatte, dass alle Häuser sich noch am Ort befanden und der Mann im Bett lag. Vielleicht war ich der einzige Mensch, der daran ein Vergnügen hatte, denn der Mann entsprach kaum dem, was man gemeinhin als Kleinod bezeichnete.

Er war nicht auffallend schön oder reich, kein guter Redner oder charmant auf eine Art, die ihm Bewunderung einbrachte. Außer dass er mir das Gefühl gab, ich sei liebenswert, tat er sich in keinem Bereich mit Glanzleistungen hervor.

Früher, alleine, hatte ich befürchtet, so zu werden wie die meisten um mich herum: Immer fester in den Gewohnheiten, schneidend die Stimme, mit der ich reden würde, wenn nur einer fragen wollte, und ich wüsste es doch besser.

Vielen in den mittleren Jahren war jede Niedlichkeit abhandengekommen, und eine meiner großen Sorgen war es gewesen, gleichfalls zu einer unerfreulichen Person zu werden, mit schlechtem Geruch und gelber Ausstrahlung.

Es war so leicht, sich in einen verkommenen Zustand zu

begeben, man brauchte nur einen Schritt, ein Loslassen, und schon saß man keifend vor dem Kaufhaus mit einer Flasche Brennspiritus in der Hand.

Ich blickte, auf der Schwelle stehend, in den Raum, ins Bett, auf die hundertzehn Kilo darin, die keine Geräusche machten. Manchmal hielt ich dem Mann die Nase zu, denn ich wollte sehen, ob er noch lebte. Normalerweise: ja.

Ich nannte ihn nur »der Mann«, damit er nicht verschwinden würde, da sich doch meist alles, dem man einen Namen gibt, entfernt.

Er war die Antwort auf alle Fragen, die ich mir, bevor wir uns trafen, nicht gestellt hatte. Sie waren unklar immer da gewesen, wie ein Hunger, und ich hatte sie Sehnsucht genannt, und Heimweh.

Dass alles, was das Leben an Großartigem für mich bereithalten würde, nur ein Mensch war, hätte mich beschämen können, doch es war mir völlig unwichtig, vor mir selber glänzend dazustehen.

Zum Glück! Denn sonst hätte ich den Tisch mit silbernen Kerzenleuchtern decken müssen, zu klassischer Musik, ich würde gut riechende Plunderteigstücke aus dem Umluftofen nehmen, sie mit selbsteingekochter biologischer Konfitüre bestreichen, und die Kinder rufen: Rainald, Beatrice, *poschalista.* Die Kinder würden multilingual aufwachsen und ausschließlich Sprachen beherrschen, die ich nicht verstand. Mein Mann käme zu Tisch, und er trüge einen Kaschmirschal um den Hals, unter dem er offene und sehr rare Geschwüre versteckt hielte.

Ich war froh, dass ich nicht dem Zwang unterlag, einem Bild entsprechen zu müssen, das ich mir von mir gemacht hatte.

An jenen Tag, der die Persiflage eines Winters war, erinnere ich mich, weil ich damals so glücklich war, dass ich fast traurig wurde, denn ich wusste, dass einem alles genommen wird, was Glück erzeugt.

Der Mann öffnete die Augen und war sofort anwesend. Da gab es kein langsames Zusichkommen – wo bin ich, was tue ich hier –, er wachte auf, sein Blick suchte mich, dann entspannte er sich, weil ich war da, und alles gut damit. Er rollte sich aus auf den Rücken wie ein Walfisch, der von weinenden amerikanischen Frauen ins Meer zurückbefördert wird. Alles an ihm war groß und rund, die Augen, die Füße, der Körper, er wirkte wie ein Spielzeug für Kinder, das man in die Badewanne legt und das über Nacht das Zehnfache seiner eigentlichen Größe erreicht.

Ich hatte keine Ahnung, was er dachte, was er vom Leben wollte, es interessierte mich nicht, ihm Fragen zu stellen, denn zum einen hatte ich schon alles gehört, was Menschen mir von ihren Plänen, Ideen, Projekten, Gefühlen, Verletzungen, Ängsten und Fähigkeiten zu berichten wussten, zum anderen würde er nur die Schultern zucken und antworten: »Keine Ahnung. Vielleicht sind wir morgen tot.«

Ich hatte ihn gerne, auf eine bedingungslose Art, und vielleicht empfand er dasselbe für mich, ich würde es durch Fragen nicht herausfinden. Ich misstraute den Worten. Und erfreute mich umso mehr daran, dass der Mann erschrak, wenn ich stolperte, dass er sofort aus seiner Lethargie erwachte, wenn mich scheinbar etwas bedrohte, und dass er mich trug, wenn ich müde war. Ich war alt genug zu wissen, dass es Glück ist, einen zu treffen, den man so gern hat, dass er einen nie stört.

Ich hatte zu viele befremdliche, kurze Liebesgeschichten hinter mir, und ich wusste, dass es sehr selten war, dass sich zwei mit der gleichen Müdigkeit und dem Wunsch, nicht allein zu sterben, erkannten.

Sicher konnte man es Resignation nennen, nicht mehr auf ein Wunder zu warten, doch für mich hatte Hoffen immer Ohnmacht bedeutet.

Draußen ging ein kleiner Regen; in eiskalten Fäden verschleierte er den Blick auf das Nachbarhaus, aus dem die Insekten verschwunden waren, die Lichter gelöscht, der Rauch verstummt. Ich ging nochmals zu Bett, einfach weil ich es konnte und weil da dieser Mann war, der mein Zubettgehen nicht allzu verzweifelt erscheinen ließ. Wir sollten verreisen, dachte ich, als ich auf den Bauch des Mannes kletterte, der wie ein Mittelgebirge war, um mich daraufzulegen. Verreisen. Und das war ganz sicher der dümmste Gedanke, den ich in meinem ganzen Leben gehabt habe. Damals im Winter, an diesem Morgen, der immer noch besser war als alles, was folgen sollte.

Heute.
Nacht.

Es wird nie vollkommen dunkel im Raum, der Mond, die Laternen, die Läden machen das, die Luft ist immer ein wenig klamm und feucht, Reizklima, das Meer liegt zehn Meter von meinem Bett entfernt, ein schwarzes Loch, das sich ständig bemerkbar machen muss, mit Wellen und Wispern und Rauschen. Die Nacht ist mir noch mehr Feind als der Tag. Keine Rituale, keine Ruhe, nichts außer der halben Dunkelheit und den Geräuschen. Und ich, die ich mich zwinge, nach unten zu gelangen, wo die Ohnmacht wartet.

Ich schlafe jede Nacht, ohne es zu wollen, denn es scheint mir Verrat und verlogene Normalität in einer Kriegssituation, ich schlafe, ohne die REM-Phase zu betreten, mich beobachtend, wie ich liege und warte, und ich verabscheue mich dabei. Ich habe den Sieg des Körpers akzeptiert und packe ihn nun bei Nacht in das Bett, das zu klein für zwei Personen war, das zu groß ist für mich allein.

Seine Seite befindet sich noch, wie er sie verlassen hat, das Kissen mit einer Mulde, in der sein großer Kopf gelegen hatte, das Laken zerknittert.

Ordnung machen würde bedeuten, dass ich akzeptiere.

In den ersten Wochen hielt mich das Adrenalin wach, ich saß und starrte in die Nacht, bis es hell wurde, lief zur ersten Fähre, an den Häusern vorüber, in denen Familien von ihrer Unantastbarkeit träumten. Dann fing ich an, im Stehen einzunicken oder mit offenen Augen.

Nach den ersten Wochen, die in völligem Wahnsinn vergingen – weder hatte ich Kontrolle über meinen Körper, der sich im Schock befand, noch über meine Gedanken –, ist mir nun, als tauchte ich in einem schlammigen See tief nach unten, wo hässliche, nackte Muränen im Schlick weiden. Doch ehe ich mich zu ihnen setzen kann, reißt mich ein Geräusch wieder nach oben; ein Husten von der Straße, eine Welle, die an einer Ratte anschlägt, lässt mich auffahren. Dann beginnt alles von vorn. Die Augen zu, die Glieder entspannt, den Atem beobachten, die Gedanken verjagen und mich bewegen, auf die Seite, auf den Rücken, auf den Bauch, und die Hand auf die leere Seite des Bettes schieben, und da liegt sie und wartet auf ein Wunder, auf etwas anderes als den kalten Wind, der durch das Fenster dringt.

Ehe alles begann.
Damals. Vor vier Jahren.

Mit weichen Socken glitt ich über das Parkett meiner Wohnung. Es war ein Wochenende mit schlechtem Wetter, was mir wenig bedeutete, denn es bestand keine Notwendigkeit, das Haus zu verlassen. Auf der Straße schwammen Menschen, die mich nichts angingen mit ihren Geschichten, durch den Regen.

Natürlich mochte ich die, die nicht ich waren, nur selten. Machten sie mir doch allein durch ihre Anwesenheit klar, dass ich nicht einzigartig war. Dass ich älter werden würde, schlaff, verrottet, vergessen. Bei jedem, der behauptete, Menschen zu lieben, vermutete ich einen Geistesdefekt, und der machte mir Angst. Wie ihre Stimmen tiefer wurden, wenn sie sagten: »Ich liebe meine Freunde und meine Familie und täte alles für sie.« Ihre überwältigende Liebe sehen wir täglich, sie liegt am Boden, mit einer Axt im Schädel, sie zerren sich gegenseitig vor Gericht, bestehlen sich, es genügt ein falscher Satz der Freunde, die einem so nahe sind, und man merkt, man hat mit keinem etwas gemein.

Ich misstraute der Liebe zutiefst. Ein Marketinginstrument, um Waschmittel zu verkaufen. Ich war, wie die meisten meiner Generation, mit nur einem Elternteil aufgewachsen, das auch bei mir weiblich war, und hatte darum keine Erfahrung mit Männern, sie blieben mir immer unvertraut und leere Projektionsfläche für kitschige Ideen.

Meine Versuche, Teil eines Paares zu werden, waren theoretisch geblieben und endeten ausschließlich mit dem Gefühl, allein unter Straßenlaternen gestanden und die Wohnungen junger Männer beobachtet zu haben, in denen sie mit jungen Frauen unbeschwert lachten. Über mich. Und über die anderen meines Alters, die sich die Freiheit gestatteten, Partner vornehmlich nach ihrem Aussehen zu wählen.

Wir wollten Knaben um uns wissen, denn wir langweilten uns mit Männern unseres Jahrgangs, deren ermüdendes Inneres sich in ihrem Äußeren manifestiert hatte. Wenige waren traurige Hippies geblieben, die anderen hatten sich zu etwas Grauem geformt, das schlechte Anzüge trug und zu laut telefonierte, allzu sehr die Angst vor dem Verfall ausdünstend, der nicht aufzuhalten war, den sie ahnten und gegen den sie anschrien, hatten sie doch immer nur nach oben gewollt und nie einen anderen Plan besessen.

Außer tiefer Verzweiflung gab es keinen Grund, mit einem dieser Männer sein Leben zu verbringen; das war letztes Jahrhundert, der schweigsame, rechtschaffene Vater, der sich zu Hause die Schuhe bringen lässt und eine Zigarre raucht. In dieser geflammten Holzverkleidung mochten wir uns nicht bewegen, doch die Jungen machten uns auch nicht glücklich.

Ich hatte, wie die meisten, die mich umgaben, kein Gefühl für mein Alter. Weil ich früher attraktiv gewesen war, hatte ich das unbestimmte Gefühl, dass mir etwas Besonderes zustünde. Und wenn es schon keinen außergewöhnlichen Partner gab, wobei mir nicht klar war, wodurch sich dieser auszeichnen würde, sollte es zumindest ein schöner sein. Also ging ich auf die Jagd, ohne zu überlegen, was ich mit den Beutestücken machen sollte, die dann, den meist nicht überragenden Verstand von Rauschgift vernebelt, in meiner großbürgerlichen Wohnung lagen. Je älter wir wurden, wir mutigen Frauen, umso verzweifelter wurden die Abenteuer, die wir hatten. Der Traum, sich jüngere Männer zu halten, scheiterte an der banalen biologischen Veranlagung des Mannes, der sich fortpflanzen wollte, und zwar mit jungen, gesunden Frauen mit breitem Becken und straffer Brust. Das Einzige, was Männer mehr schätzten als sehr junge Partnerinnen, waren sehr reiche Frauen, denn ihre Faulheit war noch stärker als ihr Drang nach repräsentativen Trophäen.

Hatte man beides nicht zu bieten, ließen sie sich wohl für eine Nacht verführen und zeigten darauf ihr Desinteresse in unentschlossener Art. Männer sind keine Meister der Zivilcourage, und ich hatte oft den Eindruck, sie würden es bevorzugen, eine ältere Frau, mit der sie ohne Nachdenken eine Beziehung begonnen hatten, stürbe möglichst unauffällig, denn dann könnten sie sich trösten lassen. Es gäbe ihnen etwas Interessantes, wenn sie sagen könnten: »Meine große Liebe ist bei Gott.«

Monate hatte ich damit verbracht, mir Gedanken über junge Männer zu machen. Ihnen Zeit zu geben, Verständnis zu zeigen, zu leiden, mich ungeliebt zu fühlen, hässlich und gedemütigt.

Ich hatte gesessen und gewartet, bis die jungen Freunde des Mannes, den ich erwählt hatte, nach langen Nächten voller Bier und Marihuana endlich gegangen waren, hatte mich mit dem jungen Mann in ein schmutziges Bett gelegt, um ihn für mich zu gewinnen, und hatte seinen schweren, nach Alkohol riechenden Kopf auf meinem Leib liegen lassen, nicht schlafen könnend unter dem Gewicht. Ich hatte neben DJ-Pulten gelehnt, neben dem jungen Mann, der dort schlechte Platten auflegte, und hatte mich von jungen Mädchen fragen lassen, ob er mein Sohn sei. Ich hatte auf Vernissagen gestanden, wo der junge Mann Kunst ausstellte und mit Kunststudentinnen flirtete, während ich am Rande stand und tat, als ob mir das alles nichts ausmachte. Ich hatte junge Männer nach Überdosen Drogen und Alkohol von Partys aufgelesen, sie hatten es gerade noch geschafft, mich anzurufen, ehe sie kollabierten, ich hatte sie gereinigt ins Bett gelegt, um am neuen Morgen von ihnen ignoriert zu werden. Ich hatte junge Männer getröstet, die unglücklich in Models verliebt waren, und manche hatten mich auch mit deren Namen angesprochen. Ich hatte mich so behandeln lassen, wie ich meinte, dass es mir zustünde, weil ich nicht mehr makellos war. Ich hatte die Fähigkeit verloren, mich selber amüsant zu finden. Und das nur, weil ich nicht wusste, was mir guttat, weil mir noch nie ein anderer Mensch gutgetan hatte.

Heute.
Nacht. Fast Morgen.

Im Schlaf weinen. Und durch Nebel spüren, dass man weint. Und ahnen, dass es kein gutes Erwachen geben wird. Und wissen, dass es kein Albtraum ist. Nicht munter werden wollen, vom eigenen Schluchzen, das zu laut ist, in einem Raum, in dem man sich zu alleine aufhält.

Und geträumt habe ich wieder von ihm. Er war da, neben mir, und es fehlte nichts, weil ich nicht mehr brauchte, als ihn zu halten und atmen zu hören, seine Hand zu fühlen, die sich um meine schloss, manchmal im Schlaf mein Gesicht streichelte oder mich zudeckte, ohne Beifall zu erwarten.

Bald ist die Nacht vorbei, und vor mir liegt ein unendlicher Tag, der sein wird wie lebendig unter der Erde liegen, sich nicht bewegen können, keine Glocke da, um auf sich aufmerksam zu machen, wie in Poes Geschichten, nur starr in der Kälte begraben sein.

Warum will es atmen, pumpt es Sauerstoff in dieses System, das keinen Schritt mehr tun will, zur Arterhaltung nicht mehr imstande, zu großen wissenschaftlichen Leistungen nicht gemacht. Weiterträumen, nichts will ich mehr, als dass er wieder anwesend ist, und sei es auch nur im Schlaf.

Geschlafen wird nicht, gar geträumt. Nur gelegen und gefroren und solche Angst vor dem Erwachen.

Der unangenehmste Moment des Tages – wenn das Liegen zu schmerzen beginnt, weil Nervosität die Glieder zucken macht, und wieder nicht gestorben sein, über Nacht, keine

Feuerwalze hat die Insel ergriffen, keine Springflut. Hell ist es und zu laut, als dass ich mich weiter tot stellen könnte.

Es war eingetreten, was ich am meisten befürchtet hatte. Beine ab. Er war noch so jung. Ein Laster ins Haus. Krebs in der Lunge. Ein Flugzeugabsturz, die unendlich langen Minuten bis zum Aufprall.

Es gibt kein Anrecht auf irgendetwas. Willkür, Biologie und Zufall bestimmen den Verlauf eines Lebens, ich habe mir umsonst schöne Momente verdorben durch den Gedanken an ihre Vergänglichkeit. Und bereits in den Zeiten meiner Angst vor der Angst ahnte ich, dass ich zu feige wäre, im entsprechenden Moment Hand an mich zu legen. Ich betrachte meine Hand. Nichts, vor dem man sich mit großem Respekt verneigen sollte.

Ich hatte nie verstanden, was schwierig daran sein sollte, an nichts zu denken, konnte ich doch früher stundenlang der Leere in meinem Kopf lauschen, frei von jedem Bild, das da hätte auftauchen können. Jetzt wird mir klar, dass meine scheinbar angeborene Gabe zur Kontemplation nur freundliche, zufällige Leere gewesen war und ein ausuferndes Desinteresse, mich oder etwas außerhalb von mir zu erforschen.

Ich weiß nicht, wie ich es vermeiden kann, zu denken, wie ich Bilder abwehren soll, außer mich zu bewegen, mit der Präzision eines technischen Geräts. Unmöglich ist es, im Liegen Gedanken zu vermeiden, wenn das Bett zu schwimmen beginnt, das Zimmer schwankt, das Haus bebt und sich die Welt vor dem Fenster rasend schnell entfernt.

Mein Selbstmitleid könnte mir peinlich sein, aber wer soll denn Mitleid mit mir haben, hier am anderen Ende der Welt, wo mich noch nicht einmal eine Kioskfrau verstünde; selbst wenn sie es wollte, verstünde sie mich nicht, ich gehöre nicht zu ihrer Rasse, ich bin kein Kind, ich bin nicht flauschig, warum soll man so jemanden streicheln.

Waschen, anziehen, die Sachen riechen noch nicht, ich hoffe, sie riechen nicht, Sonderaktionen wie das Reinigen meiner Kleidung haben keinen Platz in meinem organisierten Tagesablauf.

Ich wünschte, ich hätte ein Tier. Ich könnte es verhungern lassen, es würde zu mir sprechen, kurz vor seinem Tod: »Warum hast du mich benutzt, nur um mich sterben zu sehen?« würde er fragen, der kleine Beagle, und traurig schauen, und ich würde erwidern: »Tut mir leid, es ist nichts Persönliches, ich wollte nur wissen, um was ich trauere.« Dann würde er noch einmal kurz schnaufen, und ich könnte ihm am Strand ein Grab bereiten.

Ich habe keine Ahnung, was in der Welt gerade passiert. Vielleicht herrscht vor der Tür eine Choleraepidemie oder Europa wurde mit einem Atombombenteppich bedeckt, Rückzug ins Private nennt man das. Ich könnte beginnen, eine Heimatgeschichte zu schreiben oder einen Familienroman, aber da ist keine Familie, keine Heimat.

Jeden Morgen um sechs stehe ich auf. Ich wasche mich ohne jede Aufmerksamkeit.

Es gibt nichts, was mich an meiner Person interessiert. Ich bin sauber, mehr kann keiner erwarten.

Ich gehe nicht mehr jede Stunde zur ankommenden Fähre, schaue nicht mehr in chinesische Gesichter, ein paar Weiße, bei jedem hellen Fleck geht das Herz schneller, pumpt das Blut in den Kopf, die Venen dick, sie könnten platzen, platzt doch endlich, sondern ich verlasse die Wohnung, die steile

Treppe hinab, nehme das Meer nicht wahr, es ist da wie der Himmel, und laufe dem Strom der Angestellten entgegen, die auf die Fähre wollen, sie wollen wenigstens irgendetwas, auch wenn sie es sich in den seltensten Fällen selbst ausgesucht haben. Ich nehme niemanden wahr. Keiner sieht mich, keiner interessiert sich für mich, man weicht mir aus, und das ist das Höchstmaß an Kontakt, das ich mir vorstellen kann.

Damals.
Vor vier Jahren.

Ich lag auf einer Matratze, von der Straße her erhellte das Licht einer Laterne den Raum, in dem sich benutzte Kleidung zu Haufen schichtete, Verstärker unbegreiflich hintereinander standen, als wollten sie in den Krieg ziehen, und zwar gegen mich, zusammen mit der Artillerie, den Aschenbechern, die überall im Raum lauerten, die ich nur riechen konnte.

Neben mir ein Körper, den ich auf gar keinen Fall berühren mochte.

Mich in Anwesenheit anderer zu entspannen war mir beinahe unmöglich. Vielleicht lebte ich bereits zu lange ohne eine Person, zu der ich mich hätte reden hören können.

Da war ein Mensch, er war zu nah, er ließ mich die Geräusche, die meine Organe erzeugten, unangenehm laut wahrnehmen. Dieses Geatme und die Luft, wie sie fast obszön in meinen Körper floss, das unattraktive Innere durchblutete.

Eine wenig erfreuliche Situation, die nicht besser wurde, als der Mann sich aufstützte, mich mit einem Blick, dem jede Zuneigung fehlte, ansah und sagte: »Ich habe lange nachgedacht.«

Wie das ausgesehen haben sollte, vermochte ich mir nicht vorzustellen, denn Denken war keine herausragende Fähigkeit des jungen Mannes.

»Ich schaffe es nicht. Jede kleine Verbindlichkeit lässt mich die Deckung hochnehmen. Das macht mich traurig, das steuere ich nicht mit dem Kopf. Das liegt nicht an dir – wie du bist. Ich würde so gerne, du Großartige, nur reicht es irgendwie nicht – ich bin nicht frei für dich. Da ist so ein Besetztzeichen in mir.«

Warum musste es so albern sein, wenn sie denn schon einmal redeten? Vielleicht würde ich irgendwann über all die völlig unzureichend intelligenten Sätze, die ich von in die Ecke gedrängten Männern im Verlaufe der Jahre hatte hören müssen, lachen können, dachte ich und wartete, welche uninteressanten Informationen ich noch erhalten würde.

Ich wusste bereits seit Monaten, dass der junge Mann auf eine Gelegenheit hoffte, mir mitzuteilen, dass er mich nicht mehr sehen wollte. Nachdem er sich ein paar Wochen eingeredet hatte, dass eine unverbindliche körperliche Beziehung genau das war, was er suchte, hatte er irgendwann gemerkt, dass unsere Treffen nicht so unbeschwert waren, wie er es sich vorgestellt hatte. Er fühlte sich unklar unter Druck gesetzt, es gebrach ihm an geistiger Kapazität, dem Gefühl nachzugehen und es zu erforschen, und so wollte er nur noch weg. Nicht mehr vorhanden sein, und zwar ausschließlich für mich.

Doch das sagte er nicht, er wand sich weiter, und ich ließ ihn sich winden, eine winzige Genugtuung, da es nicht in meiner Macht stand, ihn anderweitig leiden zu machen. »Wir können unsere Beziehung nicht in dieser Form weiterführen, das wäre nicht fair. Ich merke doch, dass es dir nicht gutgeht. Und ich werde mich nie in dich verlieben können.«

Aber das musst du doch gar nicht, hatte ich erwidert, ganz starr vor Peinlichkeit. Natürlich hätte er müssen, denn wie so viele Frauen vermochte ich nur unzulänglich zwischen Geschlechtlichem und Liebe zu unterscheiden.

Ich lag auf einer Matratze in einem unaufgeräumten Knabenzimmer und war ratlos, weil ich nicht wusste, wie ich elegant aus diesem Raum verschwinden konnte. Der Junge blickte zur Decke, als gälte es dort interessante Erscheinungen festzumachen. Er hatte einen braunen Körper mit hervortretenden Sehnen und Muskeln, das Haar fiel ihm lang und schwarz auf die Schultern, und die Leere seiner Augen war nicht zu erkennen. Im Halbdunkel sah er ohne Zweifel gut aus. Ich ahnte in jenem Moment, dass für mich die Zeit, in der ich mich ohne Bezahlung an jungen Männern erfreuen konnte, vorüber war.

Aufgrund der Häufigkeit der Abweisungen, die ich erfahren hatte, war ich zu der Überzeugung gelangt, abstoßend unattraktiv zu sein. Lange war mir die banale Erkenntnis, dass ich für großartige Erfolge auf dem freien Markt der Geschlechter einfach zu alt geworden war, nicht vergönnt, denn das Altern fand so langsam statt, dass es schwerfiel, es wahrzunehmen, wenn das, was verfiel, man selber war.

Im Nachhinein ist mir die Nachlässigkeit unverständlich, mit der ich meiner Wirkung begegnet war. Hätte ich mir doch viele unerfreuliche Erlebnisse ersparen können mit der Gabe, mich so zu sehen, wie es jemandem außerhalb von mir erlaubt war.

»Es ist besser, wenn du jetzt gehst«, sagte der aktuelle junge Mann, »selbstredend«, erwiderte ich, er schaltete das Licht an, das mich wie ein Scheinwerfer ausleuchtete.

Ich hätte gerne etwas zu sagen gewusst, was dem jungen Mann Schmerzen zugefügt hätte, aber es fiel mir nichts ein, es gab nichts, was ihn verletzen konnte, denn er war Mitte dreißig, verfügte über straffes Fleisch, volle Haare und gesunde Zähne und dachte, dass die Welt auf ihn wartete, und vermutlich hatte er damit sogar recht. Ich kleidete mich an, eine ältere Frau, die in ihre Sachen stieg, und vor dem Haus stand ich dann, erstarrt vor Sehnsucht nach etwas, das ich mit dem jungen Mann in der Wohnung verwechselt hatte, und Scham.

Der junge Mann schaltete das Licht aus. Daran tat er gut, er brauchte seinen Schlaf, denn schon morgen konnte die Welt ihn als Star entdecken. Wieder einer, der meinte, er müsse allein aufgrund seiner Anwesenheit belohnt werden. All die jungen Männer, deretwegen ich mich in den letzten fünf Jahren schlecht gefühlt hatte, warteten auf ihre Entdeckung, als Künstler, Schauspieler, Literaten oder Sänger. Was jener dort, der in der Wohnung, zu der ich hinaufschaute, werden wollte, wusste ich nicht. Ich hatte ihn nie etwas gefragt, wusste weder von seiner Kindheit noch von seinen Träumen, denn ich ahnte, dass es Informationen waren, die ich schon zu oft erhalten hatte. Alle diese jungen Männer entstammten der unteren Mittelschicht, kamen aus unattraktiven Städten, das Verhältnis zu ihren Eltern war nach der Trotzphase ausnehmend gut, doch richtig verstanden sie den Sohn nie, der ausgezogen war, sein kreatives Potential auszuleben.

So wenig, wie sie mich zu überraschen vermochten, wusste ich mit etwas aufzuwarten, was einen jungen Mann interessieren konnte. Ich war weder reich, noch verfügte ich über blendende Kontakte zu irgendwem, mein Aussehen war ein schwaches Zitat früherer Attraktivität, und besonders unterhaltsam war ich auch nicht. Nicht für junge Männer, die in Bars herumlungerten und mit Ende dreißig in die Midlife-Krise kamen, weil ihre Schönheit verschwamm und der Erfolg sich nicht eingestellt hatte. Es war mir keine Genugtuung, dass ich bereits die Zukunft der Jungen kannte, die in wenigen Jahren Tränensäcke und Bauchansätze haben, nach zu viel Bier und Zigaretten riechen würden, einer fragwürdig werdenden Jugendkultur nachhängend. Im Moment war ich alleine und wollte es nicht mehr bleiben. Ich wollte bei jemandem liegen, der nicht am nächsten Morgen verschwand, ich wollte keine albernen Anstrengungen mehr leisten, um jung zu wirken, was ohne Zweifel ein erfolgloses Unterfangen bleiben würde. Ich wollte mich ausruhen, denn die Jahre alleine waren anstrengend gewesen. Sich täglich von der Wichtigkeit, das Bett zu verlassen, überzeugen zu müssen, machte müde. Ein Sturm hatte sich entwickelt in der feuchten Luft, Wolken jagten am Mond vorüber, die Laternen hatten gelbe Kreise um ihr Licht gezogen. Ich wollte heim.

Heute.
Morgen.

Ich setze mich an den einen Tisch, der sich vor dem Café befindet, das von einem jungen Chinesen geführt wird und das ich jeden Morgen aufsuche, immer in Sorge, ich könnte bereits am Tisch sitzen, wenn ich das Café erreiche.

Der Chinese heißt Jack, der englische Name von den Eltern als eine Art Beschwörung gewählt, ein guter Chinese in der Verpackung der ehemaligen Unterdrücker, die das Land hatten reich werden lassen. Jack ist ein fleißiger Chinese geworden, der zwanzig Stunden am Tag arbeitet und vermutlich jetzt schon so viel Geld hat, dass er nie mehr arbeiten müsste, wäre da nicht die Gier des Menschen nach mehr. Jack bäckt Muffins und all diese aufgeblähten Mehldinger, die man bereits während des Essens als Brei im Magen sieht. Er stellt einen Kaffee und irgendein Gebäckstück vor mich hin, jeden Tag dasselbe, ich weiß nicht, warum er vermutet, dass ich diese Art von Frühstück bevorzuge. Wir haben das Thema nie besprochen. Wir haben noch nie etwas besprochen, was über die Wetteranalyse hinausgehen würde. Manchmal würde ich gerne wissen, warum Jack auf mich so befremdlich traurig wirkt. Aber ich wage nie, ihn anzusprechen, vermutlich interessiert es mich auch zu wenig.

Ich esse, weil verhungern zu lange dauern würde, ich habe darüber gelesen. Ich esse, weil etwas vor mir steht. Wenn nur das Schlucken nicht so mühsam wäre und das Starren dabei. Die kleinen Gassen der Insel, es sind ungefähr zehn, sind zu keiner Stunde des Tages leer. Immer läuft wer, rennt, hastet irgendwohin, einer Aufgabe hinterher. Eine schöne Sorte Menschen ist das hier, zart und elegant in den Bewegungen, und ich würde gerade mit jedem, der nicht ich ist, mein Leben tauschen. Statt meiner säße dann eine chinesische Angestellte der Kultur- und Bildungsabteilung vor Jacks Café, und ich ginge an ihrer Stelle in das Museum für Naturkunde in Hongkong. Ich käme eine Stunde vor Öffnung des Museums, das mir zu dieser Zeit am angenehmsten wäre, mit seinem Geruch aus Formaldehyd und Linoleumpflegemittel. Meine kleinen praktischen Schuhe quietschten auf dem sauberen Boden, wenn ich an interessanten Präparaten vorbeiginge, kontrollierend, ob sich keines der ausgestopften Tiere verabschiedet hatte über Nacht. Meinen Kaffee nähme ich neben meinem Lieblingssaurier ein, danach ginge ich in einen kleinen Raum aus Holz und Glas, der mich immer an eine Telefonzelle erinnern würde und in dem die Kasse stünde. Bis Mittag käme nur ein Rentner, er würde immer vor dem Skelett eines Tieres sitzen und weinen. Mittags dann Schulklassen, die ich mit liebevollem Argwohn beobachten würde, sie versuchten stets Knöchlein zu stehlen und wischten mit ihren fettigen Händen an den Glasvitrinen herum. Der Tag würde langsam vergehen, unter Ausschluss des Lichtes. Am Abend würde ich meinen Saurier einpacken und mit der Fähre nach Hause fahren, wo meine neunundneunzigjährige Mutter auf mich wartete.

Ich bin für einen Moment so glücklich in meinem ausgedachten Leben, dass es mir sehr widerstrebt, zurückzukehren. Und mich sitzen zu sehen als etwas, das keiner will.

»Lenk dich ab, geh ins Kino, geh mit Freunden aus, trink

was, mach einen Volkshochschulkurs, lass dir die Haare abschneiden, unternimm doch mal eine Reise.« Der letzte Vorschlag war der verwegenste, und ihn hatte ein Bekannter am Telefon geäußert, vor Tagen, als ich dachte, mit Bekannten in der alten Welt zu reden brächte mir eine Erleichterung.

Ich hatte doch eine Reise unternommen. Mit mäßigem Erfolg. Ich sitze auf einer Insel im Südchinesischen Meer. Wohin soll ich da noch fahren, wenn es sonst überall ist wie irgendwo auf Feuerland, im Dauerregen.

Ich sitze mit dem Kaffee, der noch nicht einmal kalt wird, denn er war es schon vorher, und schaue auf das gegenüberliegende Haus. Studiere den Verfall der Regenrinne. Für etwa drei Stunden.

Damals.
Vor vier Jahren.

Zu Hause war mir selten unwohl. Verspannt wurde ich allein, wenn ich auf die Straße musste oder wenn ich auf irgendeine Weise Kontakt mit dem gesunden Menschenverstand hatte.

Dass ich irgendwann eine so schlechte Meinung von der eigenen Rasse haben würde, überraschte mich, ich war davon ausgegangen, dass man gütiger würde, im Alter. Als junger Mensch hatte ich mich noch über Tierschützer erregt, verstand nicht, warum man seine Energie nicht dazu verwendete, Menschen zu retten, heute wusste ich es besser.

Es gab wohl nur wenige Tiere, die so von der Brillanz ihrer Meinung überzeugt waren wie der Mensch und die mit solcher Vehemenz ihre Dummheit verteidigten.

Die Menschen hatten ihre guten Momente, doch das täuschte nicht darüber hinweg, dass die meisten von überwältigender Einfalt und Niedertracht waren. An mir konnte ich beobachten, wie überaus schnell der Wunsch entstehen konnte, andere mit Einkaufswagen zu rammen. Nach Momenten sinnloser Wut hatte ich jedoch immer noch Sekunden, in denen mir klar war, dass andere denselben Impuls bekamen, wenn sie meine Fesseln sahen: Wir mochten uns nicht besonders. Jeder fühlte sich dem anderen überlegen, und daraus bildete sich ein Dauerton der Aggression, der den Menschen wie ein Tinnitus im Ohr klang. Permanent.

Der Tag war mir vom Morgen an verleidet, denn ich hatte eine Verabredung. Außer zwei, drei ehemaligen Freunden, die über die große persönliche Freiheit verfügten, sich nicht wichtig zu nehmen, forderte mich seit geraumer Zeit keiner mehr zu Aktivitäten auf. Ich hatte zu oft abgesagt.

Doch auch die wenigen, die sich noch meldeten, setzten mir unangenehm zu. In monatlichen Abständen drangen sie über das Telefon in meine behagliche Wohnung, da standen ihre virtuellen Leiber, vorwurfsvoll die Augenbrauen nach oben gezogen, mit spitzen Mündern, und setzten mich unter Druck, indem sie keine Lügen akzeptierten. Andere bloßzustellen, die sich mit gepflegten Unwahrheiten aus den Sackgassen unseres Miteinanders wanden, war immer ein Zeichen miserabler Manieren. »Ach komm schon, du arbeitest doch abends nie«, intervenierten die Freunde, und ich wurde rot vor Scham, denn ich war ein schlechter Lügner. Ich hasste sie dafür, dass sie mich in die unerfreuliche Lage brachten, ihnen entweder zu erwidern: »Was ich euch schon immer einmal sagen wollte: Höre ich euch nur Guten Tag sagen, falle ich um vor bodenloser Müdigkeit. Ich habe zu viele eurer nahezu identischen Lebensläufe gesehen, und ohne sie werten zu wollen, langweilen sie mich tödlich. Ihr lest keine Bücher, ihr macht keine merkwürdigen Forschungen, von denen ihr mir berichten könntet, und ganz im Vertrauen: es interessiert mich nicht, zu hören, was ihr in den Nachrichten gesehen habt.« Oder eben doch hinzugehen, um einen Affront zu vermeiden.

Mein Tag war vergiftet von dieser Entscheidung, und das Alleinsein, das ich eigentlich hätte genießen können, war nur mehr Warten auf einen Zug, gefüllt mit einer Karnevalsgesellschaft, die ich bei mir beherbergen musste, vierzehn Tage lang.

Jeder ist so erstaunlich individuell, wurde uns in jungen Jahren erzählt, um uns vom Selbstmord abzuhalten. Auch so eine Unsitte. Menschen ihrer letzten Freiheit berauben. Selbstmordversuch und ab in die geschlossene Abteilung, gefesselt und überwacht, egal wie alt man ist, ohne Rücksichtnahme, ob einer seine evolutionäre Pflicht schon erfüllt hat oder nicht. Gelebt muss werden, da könnte ja sonst jeder kommen. Die Steuern, die Armee, der Nachwuchs, die Evolution. Dieses kollektive Zusammenzucken, wenn vom freiwilligen Abschied die Rede war, hätte man nicht das Gespräch suchen können, therapieren können, den Unglücklichen abhalten, ihn zwingen, die achtzig Jahre abzusitzen?

Da der Tag ohnehin verdorben war, ging ich zu den Freunden, die mich trotz meines Widerstands eingeladen hatten.

Ich schnallte mir meine beiden Prothesen an und überlegte, wie ein Mensch mit vier Gliedmaßenprothesen die wohl anlegen wollte. Der Abend war dunstig, und die Freunde lebten in einem Haus, das man spätestens in dreißig Jahren zu Recht abreißen würde. Im Moment verkörperte es das, was der Mensch unter modernem Wohnen verstand. Sichtbeton und quadratische Balkone. Innen gab es immer eine graue Küche, in der die Gastgeber standen und Wein tranken, wobei sie sich mit Tiernamen ansprachen, was vielen schon als ausreichender Grund erschienen wäre, mit beiden nicht mehr zu verkehren, für mich jedoch war es das Einzige, was mich den Abend überleben ließ.

Was mich wirklich aus der Fassung brachte, war, dass in ihrem Schlafzimmer ein riesiger Schrank mit verspiegelten Türen genau dem Bett gegenüber stand und ein weiterer Spiegel an der Decke hing.

Der Weg durch das Schlafzimmer war der einzige, um ins Badezimmer zu gelangen, das ich während der Abende mit dem Paar alle halbe Stunde aufsuchte, um mich mit kaltem Wasser vom Einschlafen abzuhalten. Ich möchte nicht wissen, wie fremde Menschen schlafen oder gar miteinander geschlechtlich werden und sich dabei in Spiegeln beobachten. Jeder Hausbesuch bringt ungewollte Bilder mit sich. Die Toilette, was da in den Schränken steht, die Fieberthermometer, das Toilettenpapier, die Küche mit Knoblauchgeruch, Fußmatten vor dem Bett, Hausschuhe mit durchgetretener Sohle – ich will das alles nicht erfahren, ich will niemanden an meinem Leben dergestalt teilhaben lassen, und auch im umgekehrten Fall weiß ich nicht, was ich mit derlei Informationen anfangen soll. Es verstörte mich, mit dem Paar, das gutgeputzten Mäusen glich, am Tisch zu sitzen, kleine Gurken zu essen und immer zu denken: der Spiegel. Was machen sie mit diesem Spiegel? Gegen weitergehende Gedanken war ich machtlos.

Ich sah ständig meterhohe Wassermassen, die über Häusern auftauchen, große Greifvögel mit Babys in den Krallen, die sie aus Kinderwagen entwendet hatten, oder kleine Menschenvölker, die in Ritzen zwischen Dielen leben. Ein Gehirndefekt vermutlich, dem ich hilflos ausgeliefert war.

Wir saßen an einem Esstisch aus poliertem Material, überall standen kleine Kommoden mit grotesk grünen Vasen, und es gab eine sehr große weiße Couchgarnitur, die wie ein grimmiger Albino-Elefant den Raum beherrschte; alles sah aus, wie wenig phantasiebegabte Kinder sich eine Erwachsenenwohnung einrichten würden. Menschen, selbst freundlich gesinnte, in seine Wohnung einzuladen ist ein sadistischer Akt.

Vermeintlich ohne nachzudenken, aus reiner Zeigefreudigkeit, werden Fremde in Höhlen geschleppt und alles vorgewiesen, was einer im Laufe der Jahre gesammelt hat. Auf mich hat es stets die Wirkung, als müsste ich meinen Eltern bei einer Unterwäschemodenschau beiwohnen.

Das Paar redete wenig, worüber auch, vermutlich erfolgten ihre reflexartigen Einladungen ausschließlich aus Sentimentalität, eine gefälschte Erinnerungsmatrix gaukelte ihnen vor, dass wir vor zwanzig Jahren wunderbare Momente geteilt hatten, und die galt es wiederherzustellen.

Sie hatten ausnehmend neutral schmeckende Speisen zubereitet, und ich wurde mit jedem Bissen, den ich nahm, ein Stück tiefer in meinen Körper gezogen, an einen Ort, an dem ein Brunnen auf einer Lichtung stand und eine alte Frau mit einem Spinnrad saß und mit dem Kopf wackelte.

Ich hörte, vom Moos gedämpft, die Stimmen des Paares und war unterdes mit der alten Frau ins Gespräch gekommen, die mir erzählte, dass sie ihren Enkelkindern bei Magenweh immer Magenbitter auf Zucker träufelte. Dass aber die Enkelkinder vor fünfzehn Jahren gestorben waren.

Das Paar am Tisch war von mir unbemerkt zu Bett gegangen. Ich erhob mich, stellte meinen Teller in ihre Küche und machte mich auf den Heimweg durch eine angenehm diesige Nacht. Und als ob mein Bedarf an Gesellschaft nicht auf Wochen gedeckt gewesen wäre, saß auf den Stufen zu meinem Haus die seltsame Bekannte.

Heute.
Nach dem Frühstück.

Asiaten fließen an mir vorbei wie leiser Regen. Die Ausländer sind gegen neun auf die Fähre verschwunden. Wie Kinder, in Uniformen gezwängt von hektischen Eltern, viel zu früh. Die Gesichter blass, die Uniformen kratzen, sie müssen aus einem Kinderschlafgesicht ein Erwachsenengesicht machen. Nicht zu spät kommen, nur nicht zu spät kommen. Solche Angst vor dem Zuspätkommen, dem Nichtgenügen, dem Ausgetauschtwerden. Von wem nur. Manche haben vielleicht noch einen Chef – lebendig, jung, dynamisch. Ein Idiot in jedem Fall. Oder einfach ein Vorgesetzter. Jung, dynamisch. Ein Idiot. Ein Alphatier. Aber mit Führungsqualität. Solche Angst. Sie lassen sich ausbeuten, und sie würden es doch nie so nennen. Ich arbeite gerne, würden sie sagen, was auch sonst. Es können ja nicht alle selbständig sein, Künstler oder Penner, einer muss ja arbeiten. Früher nannte man das Klassenkampf. Die da oben, die da unten. Heute nennt man es Angestelltenverhältnis, und keiner wundert sich. Den Tag verkaufen, eine Stunde Mittagspause, aber bitte nicht überziehen, nicht auffallen, sich ducken. Nach Dienstschluss in eine Bar. Den Stress wegsaufen. Trinken sollt ihr. Trinken, Freunde, um zu vergessen, was da passiert, mit euch und eurem Leben, aber wenigstens passiert etwas.

Nach meinem Kaffee, den drei Stunden Starren, gehe ich jeden Tag die gleiche Strecke über die Insel. Der Weg durch den Dschungel ist aus Betonquadern, sie erinnern mich an alte Autobahnen, ich kenne jede Platte, jeden Riss, jede Spalte, in der Gras wächst, ich kenne jedes Haus im Dorf, es sind an die hundert. Die Hälfte ist von der Feuchtigkeit grau geworden, und sie sehen aus wie zweigeschossige Bauhaus-Garagen, erlegt von dem Grün, das seine Wurzeln in den Beton gräbt. Die Neubauten sind ausnehmend weiß, Kacheln am Boden und Schiebefenster in wetterstabilem Alurahmen, immer messingfarben, auffallend viele Ledersofas, große Plasmafernseher, Stereoanlagen. Die absolute Vorliebe für Sechziger-Jahre-Rockmusik der Inselbewohner bemerke selbst ich, die ich keine Ahnung von Musik habe, bei der dauernden Wiederholung der wenigen Stücke von Janis Joplin. Im Untergeschoss der Häuser Restaurants, Cafés, Handwerksgeschäfte, kleine Supermärkte, ein Heim für Obdachlose oder deprimierte Tiere, eine Massagepraxis, an den riesigen Bäumen, von denen Wurzeln hängen, die in die Häuser kriechen, Zettel von westlichen Menschen, die umziehen, ihren Krempel verschenken, ihre Häuser vermieten, neue Häuser oder Hunde suchen. Hinter dem Dorf folgt eine Ebene mit Moskitobrutplatz, Bananenstauden, Dschungel, doch auch hier befremdlich breite Betonwege, die scheinbar im Nichts enden. Kein System auszumachen.

Es ist nie vollkommen ruhig. Ständig erzeugen Kinder, Motorboote, Flugzeuge, das Meer, Janis Joplin und diverse Insekten Geräusche, und doch begegnen mir selten Menschen auf diesem Weg, die Augen auf den Boden, die Betonplatten zählend.

Nach etwa zwanzig Minuten unbewohnten Grüns wieder ein paar alte Häuser. Eine Suppenküche, ein Laden mit Strandspielzeug am Rand des Plattenwegs, der dann zu Sand wird, Bucht und Meer und ein kleines Hotel mit Café, alles reizend, wenn man es denn reizend haben wollte.

Man kann Dinge erst sehen, wenn sie einen nicht mehr überraschen. Die unangenehmste Aufforderung, die ich in meinem alten Leben öfter gehört hatte, war: »Überraschen Sie mich.« Immer ausgesprochen von Menschen, die nichts mehr überraschen konnte, die nichts mehr freuen konnte, ein Portfolio-Manager-Spruch.

Mein Blick wird wieder klar, sucht die Betonplatten auf Veränderungen ab. Ich nehme jedes Detail wahr und kann keine Rückschlüsse daraus ziehen. Meine Augen sind vermutlich Fliegenaugen geworden, sie zerlegen alle Bilder in kleine Teile, aber das Gehirn kann sie nicht in Information umwandeln. Wie jeden Tag setze ich mich am Strand auf eine Bank, es ist immer dieselbe, und ich schaue aufs Meer, auch nicht ausgetauscht über Nacht, und immer sind da Paare, die Drachen steigen lassen, stellvertretend für sie fliegt der Drachen auf, an einen Ort ohne Raumprobleme, und immer sind da Kinder, die leise meditierend geradeaus schauen. Ein seltsamer Ort, wie ein lebendig gewordenes Bild aus einer Broschüre der Zeugen Jehovas. Fast erwartet man, dass Geißen kommen und sich an die Menschen schmiegen und Quellen hervorbrechen, aus denen Blumen strömen.

Nach vier Stunden gehe ich zurück. Zurück nach Hause, denke ich aus Versehen und weiß zum einen nicht, wo das ist, zum anderen wird mir sofort kalt, Schweiß auf der Stirn, das Herz schlägt viel zu schnell. Abreisen, das wäre eine gezielte Aktion, das hieße Ticket buchen, ein Flugzeug besteigen, zurück in mein Leben und akzeptieren, dass ich wieder alleine bin.

Damals.
Vor vier Jahren.

Vielleicht, dachte ich mir, als ich zu meiner Wohnung zurückkehrte, vielleicht sollte ich öfter Abende mit Menschen verbringen, die ich nicht besonders mochte, damit ich zu schätzen lernte, was mein Leben ausmachte. Ich hatte mich lange nicht mehr so nachdrücklich auf die Frische meines Bettes und die Ruhe um mich gefreut wie an jenem Abend, nach zähen, in Verstellung verbrachten Stunden. Kurz bevor ich meine Tür und damit die Sicherheit erreichte, fiel mein Wohlgefühl in Sekundenbruchteilen in sich zusammen: Alles, was mich an Menschen befremdete, saß da vor meiner Tür.

Die seltsame Bekannte begleitete mich schon seit Jahren durch mein Leben, wie ein muschelbeklebter Aschenbecher, den man bei jedem Umzug in einen Karton legt mit dem Vorsatz, ihn endlich wegzuwerfen.

Ich erinnerte mich weder, wo ich sie kennengelernt hatte, noch warum es mir nie gelungen war, sie loszuwerden.

Die seltsame Bekannte war durch ihre Verzweiflung allen anderen gegenüber dumpf geworden und torkelte wie ein trister kleiner Planet in ihrem eigenen Sonnensystem. Trotz all der interessanten Ausflüchte, die ich gesucht hatte, gelang es ihr, mich mit abstoßender Hartnäckigkeit zur Kapitulation zu zwingen und einen Besuch pro Monat durchzusetzen. Dass ich ihr die Wahrheit nicht zu sagen vermochte, die hieße, dass unsere Beziehung nicht existierte, lag vermutlich an der gleichen Hemmung, die geistig Gesunde daran hindert, auf am

Boden Liegende einzutreten. Die seltsame Bekannte war nie ein attraktiver Mensch gewesen und dann in grausamer Weise gealtert. Ohne mich in übertriebener Art liebevoll betrachten zu wollen, meinte ich, dass die Bekannte gut zwanzig Jahre älter aussah als ich, was natürlich völlig egal war, denn den meisten hilft auch die Jugend in keiner Hinsicht weiter.

Allein war sie immer gewesen, und wie fast alle, die immer allein bleiben, hatte sie sich fast ausschließlich mit Projektionen aufgehalten, war davon ausgegangen, dass jeder Mann, der sie in Aufregung versetzte, das Gleiche für sie empfinden müsste, hatte wegen der mangelnden Zivilcourage der Männer die meiste Zeit ihres Lebens auf Nachrichten gewartet, die nie eintrafen, war bitter geworden über dem Warten und fühlte sich betrogen. Von den Männern, der Regierung, der Gesellschaft. Wie hilfreich es für viele wäre, sich nur kurz von außen betrachten zu können. Der seltsamen Bekannten wäre dann klargeworden, dass es für niemanden einen Grund geben konnte, sein Leben mit ihr zu teilen. Die Chance, dass sich einer fand, der sie für den Sonnenschein seiner Existenz hielt, war sehr gering. Sie hätte die optische Last, die die Natur ihr auferlegt hatte, durch viel Charme und Güte zwar nicht wettmachen, so doch etwas mildern können. Sich in Boshaftigkeit zu flüchten war unzweifelhaft die falsche Entscheidung gewesen. Ich kam nie wirklich dahinter, was sie von mir wollte, denn ich mochte sie nicht, und alle unsere Treffen basierten seit Anbeginn ausschließlich auf meiner Resignation. Früher hatte ich die Vermutung, dass sie mich mit an Verliebtheit grenzender Bewunderung betrachtete. Sie hatte immer wieder versucht, mein Äußeres zu kopieren, meine Gesten, meine Art zu sprechen.

Ich hatte das lange nicht bemerkt, man kommt, wenn man nicht von übertriebener Eigenliebe beherrscht wird, nicht auf die Idee, dass ein anderer Mensch so sein will, wie man selbst ist. Irgendwann war es mir aufgefallen, als sie vor mir saß und genauso wirkte wie ich, nachdem ich lange Zeit zum Gären in einer Schüssel gelegen hätte.

Die Bekannte war mir nie nähergekommen, geschweige denn ans Herz gewachsen, und ich wurde in ihrer Gegenwart jeweils nach einer Minute leer und traurig, gerade so, als würde mir erst durch sie klar, dass ich einen Menschen vermisste, durch den ich mich nicht einsam fühlte.

Verabschiedete sie sich, war es immer, als wäre eine Regenwolke abgezogen.

Sie war ein Mensch, den nichts auch nur für eine kurze Zeit glücklich machen konnte. Ich glaube, sie hatte das Gefühl, wunschlos zu sein, nie kennengelernt. Es gab nichts, was sie nicht auf sich bezog; sah sie eine schöne Landschaft, so erschien es ihr ungerecht, dass sie darin kein Haus besaß.

Das Unangenehmste an ihr war jedoch die Entschlossenheit, sich in meinem Leben aufzuhalten. Sie besuchte mich, und wenn ich nicht da war, saß sie stundenlang vor meiner Tür, bis ich irgendwann auftauchte. Dann rollte sie sich in erstaunlicher Behendigkeit auf die Füße und drückte sich an mir vorbei in die Wohnung, um dort sofort in einen Sessel zu fallen. Sie wirkte, als sei sie mit ihm verwachsen, streifte ihre Schuhe von den geschwollenen Füßen und begann ohne Unterlass zu reden. »Ich plane, nach Burundi zu gehen…« Als ich, beflügelt ob dieser wunderbaren Idee, zusammenzuckte, fuhr sie fort: »Die armen Menschen da brauchen Unterstützung. Ich werde in einem Hilfswerk tätig sein, im Dschungel auf einer Campingliege schlafen, und helfen werde ich, helfen, helfen. Ich werde Kinder auf den Knien wiegen und Brunnen graben.« Ich gestattete mir nur innerlich die Frage, mit welchem Spezialwissen sie denn den Einwohnern von Burundi überlegen sei, die seltsame Bekannte dozierte währenddessen über die Politik Amerikas, von der sie keine Ahnung hatte, und gelangte über die Achse Russland–Irak zu unterdrückenden Männern und Beziehungsfragen im Allgemeinen. »Die Männer haben doch Angst vor starken Frauen«, hörte ich noch, bevor ich mich, wie meist in ohnmächtiger Lage, zu jener alten Frau am Tümpel begab, die in mir wohnte. »Es ist schwer, sich selber zu erkennen«, sagte die Alte spinnend am Rad. »Wenn du denkst, alle anderen seien erbärmliche Dummköpfe, so ist das dein gutes Recht. Doch warum solltest einzig du eine Ausnahme sein.«

Als ich aus dem Exil zurück in die Realität schwamm, befand die seltsame Bekannte sich immer noch auf meinem Sessel, Ärzte würden sie an den Oberschenkeln aus dem Gewebe des Polsters schneiden müssen. Ich bemerkte, dass der Frau Haare am Kinn wuchsen, fast vermeinte ich, ihnen dabei zuschauen zu können. Die seltsame Bekannte berichtete von ihrem Gefühl, auf das sie sich immer verlassen könnte; in welcher Hinsicht, hatte ich über der Betrachtung der Bartstoppeln verpasst. Ich fragte mich, wie es ihr ging, innen, da, wo sie zu Hause war. Wie das sein mochte, sich immer betrogen zu fühlen und ungerecht behandelt, wie es sich anfühlte, sich morgens zu sehen, mit diesem Bart. Drei Menschen hatte ich an jenem Abend ertragen müssen, und mit keinem von ihnen verband mich etwas Wärmendes. Die zwischenmenschliche Bilanz meines Lebens war erschütternd.

Irgendwann, nach viel zu langen Stunden, war die seltsame Bekannte in der Nacht verschwunden, ich hatte alle Fenster geöffnet, um ihren Geruch zu vertreiben, saß frierend auf meinem Bett und fragte mich, wie man es eigentlich richtig machen soll.

Heute.
Mittag.

Auf halbem Weg zwischen Strand und Dorf befindet sich die Puddingküche. Man kann sie nicht verfehlen, wenn man sich einer der großen Gruppen aufgeregter asiatischer Menschen anschließt, die sich täglich auf dem engen Weg zum Strand drängen. In einem alten Haus neben dem Weg wird auf offenem Feuer in großen Eisenkübeln Sojapudding gekocht, die werden dann über den Weg geschleppt und auf einen alten Holztisch gestellt. Jeden Tag, gegen Mittag und am späten Nachmittag, stehen lange Schlangen vor dem Holztisch: Schulkinder, chinesische Tagestouristen, selten Ausländer, sie fürchten sich wohl vor der glibberigen, nicht identifizierbaren Masse.

Ein altes Paar verteilt den Pudding fast gönnerhaft in Plastikschalen, die beiden wirken rührend, wie einander zugewandte Präparate in Flüssigkeit. Sie betreiben das Puddingrestaurant seit fünfzig Jahren, schleppen und kochen können heute die Enkelkinder, sie teilen nur noch aus, das Königspaar der Puddingdynastie.

Die langen Bänke vor den Holztischen sind immer dicht besetzt von puddingessenden Chinesen, die mit eigenartiger Hektik braunen Zucker auf den Pudding streuen und ihn in Sekunden verschlingen. Dann sitzen sie, wie betäubt, vielleicht fragen sie sich, was sie da gerade getan haben.

Ich bin jeden Tag hier, schwitzend unter der Decke aus Baumgipfeln, unter der die Feuchtigkeit steht und die Hitze.

Vielleicht manifestiert sich die Begeisterung der Menschen und steckt mich an, für Sekunden.

Es scheint in China keine Alleinstehenden zu geben, bis auf die Rollstuhlfahrerin, die einzige auf der Insel, der ich immer wieder begegne und die ich grüße, weil man hier jedem immer begegnet und grüßt. Sie kommt an meinen Tisch gefahren. Ich hoffe nicht, dass sie ein Gespräch sucht.

Doch da die Hoffnung immer nur eine aberwitzige Träumerei der Erbärmlichen ist, beginnt die Dame mit mir zu sprechen. Leise plätschert ihr mäßig gutes Englisch dahin, und ich versuche minutenlang, meine Augen auf sie einzustellen. Immer wenn ich kurz davor bin, die Linse zu fokussieren, fällt das Bild in sich zusammen, und die Frau verschwimmt; wie ein Monet-Gemälde sieht sie aus, lächerlich geschminkt, mit blauem Lidschatten, der verzweifelt nach Lidern sucht, einem sehr roten Mund, und ihre Haare sind durch wiederholte Blondierung und Dauerwellen von strohigem Orange.

»Merken Sie, wie mich alle hier schneiden?« fragt die bunte Frau, und ich merke das natürlich nicht, es ist mir auch völlig egal. »Ich bin die Prostituierte der Insel«, sagt die Frau, die ich nun doch sehen kann, ihre Augen liegen einfach so weit auseinander, dass man Mühe hat, auf einen Punkt in ihrem Gesicht scharf zu stellen. Ich staune nicht schlecht, dass es auf so einer kleinen Insel eine zuständige Prostituierte gibt. »Das ist bestimmt nicht einfach«, sage ich, »Sie kennen doch jeden hier.« – »Und wie ich jeden hier kenne«, erwidert die Frau, die, wie ich nun bemerke, auch einen Goldzahn hat. Danach schweigen wir, ich esse meine Puddingsuppe und stelle mir vor, hier als Hure zu arbeiten. Unter den Frauen machte man sich damit sicher nicht viele Freundinnen, die Männer schauten verschämt zur Seite, wenn man ihnen außerhalb des Bettes begegnete. Keine Ahnung, wie es wäre, bei jedem Mann, dem Arzt, dem Kapitän, dem Apotheker und dem Cafébesitzer, die dazugehörigen Genitalien zu kennen. Ich stelle mir das lange vor und sage nichts mehr. Angenehm an den Chinesen ist, dass sie Schweigen nicht als peinlich zu empfinden scheinen. Aber vermutlich kann ich ihre Gesichter noch weniger lesen als die der Menschen zu Hause. Ich hatte immer Mühe damit gehabt, Emotionen in Menschengesichtern zu erkennen, vermutlich hat es mich damals wie heute einfach zu wenig interessiert, was andere bewegt. Ich gehe grundsätzlich davon aus, dass sie sich entfernen werden, wenn ihnen etwas nicht behagt.

Es erstaunt mich auch nicht besonders, dass eine behinderte Frau als Prostituierte arbeitet. Wenn man weiß, dass Männer in Pornofilmen am meisten durch den devoten Gesichtsausdruck der Darstellerinnen erregt werden, wundert einen nichts mehr. Auch nicht abwegig, dass sie das Gespräch mit mir sucht, denn die anderen Inselbewohner werden vermutlich nicht so gerne untertags mit ihr plaudern.

Die Stunde in meinem Sojapudding-Zwischenstopp ist abgelaufen, ich ziehe meinen Hut, verabschiede mich von der Dame und gehe weiter meinem Tagwerk nach, Stunden herumzubringen, zu warten, nicht irrsinnig zu werden, zu hoffen, auf die Nacht, auf den neuen Morgen.

Damals.
Vor vier Jahren.

Meine Berufsausübung fand in so angenehm reduziertem Umfang statt, dass mich immer wieder das Gefühl der Dankbarkeit überwältigte. Ich wusste nicht, wie man ein Leben in beruflicher Abhängigkeit ertragen konnte, doch vermutlich gewöhnt man sich daran, so wie an einen Tumor, den man mit sich spazieren trägt.

Manchmal wurde ich daran erinnert, dass die meisten Lebensläufe weitaus unerfreulicher verliefen als der meine, und mit dieser Erkenntnis würde es mir auch gelingen, den Tag zu überstehen.

Ich saß in einem derart gelben Büro, dass ich, aus Sorge, mich zu kontaminieren, versuchte, nichts zu berühren. Warum taten sich Menschen so etwas an? Diese tiefgehängten Plastikdecken, das Neonlicht, die Kaffeemaschinen mit Glasaufsatz, bei dieser ganzen Manifestation von Lieblosigkeit sah ich mich sofort unter den Tisch mit der Kunstholzbeschichtung fallen.

Zeige die Dankbarkeit, die du täglich fühlst, sagte ich mir und lächelte mit der Anmut einer Tempeltänzerin.

Ich hielt mich in jenem Büro auf, weil mir ein Abteilungsleiter Details zu einem unfassbar langweiligen Auftrag geben musste. Die Wichtigkeit des Moments ließ ihn beben. Die Wangen, die Hände, die Nase – der Abteilungsleiter war ungnädig gealtert, mit vögelchengleichem Haar, sicher ohne eine Frau, denn er roch säuerlich, und vermutlich sehnte er sich nach jungen Mädchen, die er, außer er vergewaltigte oder kaufte sie sich, nie mehr berühren würde. Ich war sein Moment. Es war vermutlich das einzige Mal am Tag, dass ihm jemand zuhören musste – er wusste es und holte weit aus.

Ich schrieb seit zwanzig Jahren Gebrauchsanweisungen, und die Informationen, die der Mann mir gab, waren vollkommen unsinnig. Ich hätte ihm sagen können: »Hören Sie, diese albernen Maschinen funktionieren alle gleich, ein paar Knöpfe, neuerdings auch Dinge zum Programmieren, es wird sowieso keiner verstehen, was ich schreibe, die Funktion von Gebrauchsanweisungen besteht einzig darin, dem Verbraucher Respekt vor der Maschine und das Bewusstsein der Unterlegenheit zu verschaffen. Dann hat er das Gefühl, sein Geld gut angelegt zu haben, der Mensch, der in Maschinen investiert, die inzwischen *Gadgets* heißen und in Schränken daheim stehen.« Doch ich war nicht ausreichend boshaft, um dem gelben Herrn den Höhepunkt seines Tages zu zerstören, auch er war nur ein Verlorener, der nach seiner Arbeit heimging, um die er zittern würde, bei Nacht, er würde sich entkleiden, seine dürren Beine in eine Pyjamahose stecken und doch frieren, und er hätte solche Angst und wüsste nicht einmal, wovor, weil er ein Mann war und noch weniger zum Denken in der Lage als seine weiblichen Artgenossen. Bald wäre er tot, würde verbrannt, seine Gebeine zermahlen. Am selben Tag stürben einhundertfünfzigtausend andere, die keinerlei Spuren hinterlassen würden.

Dieser unterhaltsame Strom von Gedanken füllte mein Gehirn bis in jeden Winkel, während ich den Mann mit glasigen Augen musterte.

Als mir klargeworden war, in welch unbedeutende Richtung sich mein Leben entwickelt hatte, war es schon fast zu spät gewesen. Natürlich gibt es Greise, die den Mount Everest besteigen; seit dort überall Müllhaufen herumliegen, ist das einfacher geworden. Oder sie lassen sich mit Ende achtzig immatrikulieren. Vermutlich ist das die Sorte Mensch, die immer über ein wenig mehr Energie verfügt als andere. Wenn einem diese überhitzte Umlauftemperatur nicht von Geburt an oder als Folge einer Hirnfunktionsstörung eigen ist, kann man sie nur mit Drogen erzeugen.

Ich war träge, und diese Eigenschaft verstärkte sich, wie alle übrigen, mit den Jahren. Meine Faulheit zum Beispiel musste man geradezu Koma nennen; und mein Leben noch einmal völlig zu ändern, um zu überprüfen, ob ich in einer anderen Form glücklicher wäre, würde ich vermutlich nicht mehr schaffen.

Der kleine gelbe Mann redete immer noch und tat mir so leid, dass ich unvermittelt zu weinen begann.

»Lassen Sie uns zusammen einen Tee trinken gehen«, hörte ich mich sagen, und der Mann schwieg verstört. Ich hatte ihn aus seinem Rhythmus gebracht. Normalerweise lag mir nichts ferner, als andere des kleinen Schauspiels zu berauben, das sie tagtäglich für sich aufführen, doch es war über mich gekommen. Ein seltsamer Anfall von Nächstenliebe, den ich fast schon wieder bereute, als ich sah, wie der Mann sich verwirrt erhob und seinen Mantel vom Haken nahm. Es wunderte mich nicht einmal, dass es sich um einen Superman-Umhang handelte. Wir gingen in das nächste Restaurant am Weg, eines mit gelben Gardinen, wenig Licht und zwei Alkoholikern am Tresen. Ich trank Tee, der gelbe Herr Wein, und er, der eben noch Abteilungsleiter einer Firma für den

Vertrieb importierter Mikrowellengeräte gewesen war, verfiel nun in eine beeindruckende Geschwindigkeit.

»Ich hatte geglaubt, allein das Wissen darum, dass mir keine Wunder zustehen, würde die Enttäuschung über ihr Ausbleiben weniger schmerzhaft sein lassen. Aber so, wie ich mit allen die Nachteile des Älterwerdens teile, macht es keinen Unterschied für das Ausmaß meines Selbstmitleids, zu sehen, dass auch fast alle anderen Lebensentwürfe gescheitert sind, die ich sonst beobachtet habe.« Trotz zügigen Alkoholkonsums redete der gelbe Herr sehr klar, fast als läse er vom Blatt, vielleicht hatte er die Sätze lange einstudiert, in der Hoffnung auf eine Situation wie diese.

»Es ist, als gäbe es ein Verfallsdatum für das Leben. Wie über Nacht wurde die Auflösung des Körpers sichtbar, und zusammen mit ihr das Scheitern aller Pläne.«

»Ja«, sagte ich, »das kenne ich«, doch dem Abteilungsleiter schien meine Meinung egal zu sein. Mit eigenartiger Regelmäßigkeit traf ich immer schon auf Menschen, die mir Vorträge hielten, die monologisierten und nicht einmal so taten, als seien sie an mir interessiert. Da hätte ich fast ein wenig böse werden können, aber es war mir durchaus wohl damit, nicht antworten zu müssen, berieselt vom stetigen Strom fremder Leute Worte.

»Wie von einem plötzlich auftauchenden Hurrikan wurden die meisten Leute, mit denen ich verkehrte, in komische Rehabilitationseinrichtungen weggefegt«, fuhr der Abteilungsleiter wie zur Bestätigung meiner Gedanken fort. »Sie kämpfen dort gegen Dinge, die sie Krebs nennen oder Depression oder Anorexie oder Tablettensucht und die nichts anderes sind als die Erkenntnis, dass sich ihre Träume nicht erfüllt haben. Ich wäre meinem Verfall auch gerne mit einem freundlicheren Hallo begegnet, als es mir in jenen ersten Jahren, da ich ihn realisierte, möglich war. Ich musste zugeben, dass es tatsächlich schwieriger ist, sein Leben angemessen verstreichen zu lassen, als ich angenommen hatte. Ohne es zugeben zu wollen, hatte ich immer auf ein Später gehofft.«

Der gelbe Herr nickte zur Unterstützung seiner Worte, und ich war ein wenig verstört über unsere offensichtlichen Gemeinsamkeiten, hatte ich doch gemeint, Lichtjahre von ihm entfernt zu sein.

Der Abteilungsleiter nahm einen letzten Anlauf.

»Ich habe nicht in großem Stil versagt, ich habe nur begriffen, dass wir alle scheitern, irgendwann, und sei es an dem Versuch, das zu wahren, was wir unter Würde verstehen. Was nichts anderes bedeutet, als dass man, wenn der Körper in die Grauzone von jung und alt gerät, am besten unsichtbar bleibt. Würde«, der Abteilungsleiter lachte kurz auf, »mit Würde ist so etwas wie Peter O'Toole gemeint, in einem See angelnd, mit einem Kaschmirmorgenmantel am Leib. Und dabei enden doch alle betrunken in Kegelgruppen oder inkontinent mit vertrotteltem Blick. Wehe dem, der beim Verfall nicht mit einer Forschungsaufgabe und einem geliebten Menschen in einer gut isolierten Wohnung sitzt. Wir sind dazu gebaut, mit vierzig zu sterben, nachdem wir Kinder bekommen haben, doch da ist erst die Hälfte der Zeit abgelaufen, und die Konzepte für den anderen Teil sind noch nicht ausgereift. Außer jung zu sein, hat der Mensch noch keine glamourösen Ideen entwickelt, mit denen er sich anfreunden könnte. Der Körper, kein Meisterwerk eleganten Designs, verliert seine eh schon unzureichende Form, und der Geist stagniert.«

Der Abteilungsleiter fiel unter den Tisch, denn so viel hatte er vermutlich in den letzten Jahren nicht am Stück geredet. Ich stützte den Betrunkenen und brachte ihn in seine Wohnung, deren Adresse ihm nicht entfallen war. Ich legte ihn ins Bett und schaute mich kurz um: Die bedrückend kleine Wohnung war mit Bambi-Postern dekoriert. Das Reh in allen Posen.

Das war dann auch für mich ein wenig zu viel. Ich ging und schloss leise die Tür.

Ich befand mich in einem Leben, von dem ich wusste, dass es nicht wirklich schrecklich war, allein der Gedanke, es eventuell noch vierzig Jahre auf die gleiche Art fortzuführen, machte mich ein wenig schläfrig.

Heute. Mittag.

Äußerst entschlossen geht ein Regen auf die Insel nieder.

Ein Picknick im Schnee mit Clownsmaske am Ufer des Sees, in dem die Toteninsel schwimmt.

Früher hätte mir der Niederschlag in seiner Aufdringlichkeit Freude bereitet, da ist keine Luft zwischen den senkrecht stehenden Wassersäulen, er produziert keine erkennbaren Tropfen in seinem ernsthaften Anliegen, alles, was sich bewegt, wegzuspülen. Gott ist böse.

Ich stehe unter einem völlig fremdartigen Baum, sehr nah bei einem Haus, dessen geöffnete Verandatür mich an einer interessanten Familiendarstellung teilhaben lässt.

Eine alte Frau schaut fern, auf dem Herd ein Topf, in dem ein junger Mann rührt, und dann kommen die Kinder aus der Schule, es sind Jungen, die ihre Ranzen in eine Ecke werfen und die Großmutter umarmen, bevor sie ihr den Kopf mit einem Axthieb abtrennen. Ich vermute, dass im Haus Dreharbeiten zu einer Vorabendserie stattfinden. Die Familie zieht alle Register, um mir klarzumachen, wie glücklich sie ist und wie wenig ich es bin.

Natürlich könnte ich in die Küche gehen und mich an den Tisch zur Oma setzen. Mit etwas Glück fiele meine Anwesenheit keinem auf, sie würden sich weiter unterhalten, mir Essen hinstellen und sich nicht wundern, wenn ich mich später zurückzöge und mir mein Bett auf einem Sofa zubereiten würde.

Je älter ich werde, umso häufiger flackern kleine Erinnerungen auf, Momente, wie man sie beim Hören vertrauter alter Lieder hat, die mir klarmachen, was für immer verloren ist. Im Regen hatte ich gestanden, vor dem Haus eines Jungen, der mit einer Freundin in seinem Bett lag, aber das wusste ich nicht, ich war sechzehn und unsterblich. Nie mehr die Aufregung jugendlicher Leidenschaft, da man glaubt, besonders zu sein und alles anders zu machen als all die anderen. Nie würde man aufhören, miteinander zu reden, nie sich nicht berühren und unendlich fühlen. Denkt man und vergisst es doch, wenn man sich trennt, nebeneinandersteht, als hätte man sich nie gesehen, noch nicht wissend, dass bereits die nächste Liebe nur noch ein Schatten der ersten sein wird. Gelingt es einem nicht, die Erregung durch ein anderes Gefühl zu ersetzen, wird man von nun an auf der Jagd sein.

Meine erste Reise nach Paris fällt mir ein, auch im Regen. In einem Auto übernachten, morgens warten, bis das erste Café öffnet, und wissen, das blödsinnige Croissant ist das Einzige, was man essen wird die nächsten zwanzig Stunden. Es war so anstrengend, unbequem, ungeschützt, aber dieses Staunen wird es nie mehr geben. Die Sonne auf der Seine und die Läden, all die teuren Läden, und die wunderbaren Wohnungen, von denen man wusste, dass man sie noch nicht betreten, noch nicht besitzen kann, aber später, später würde es sich fügen. Die Zeit nach der Jugend verbringt man in der Hoffnung, dass sich die starken Gefühle wiederholen, und man versucht Geld zu machen und sich die Erregung zu kaufen, und irgendwann noch nicht einmal das mehr, denn zu deutlich ist der Ersatzgeschmack. Das Geld für die Wohnung an der Seine ist ausgeblieben. Die Erregung auch.

Die chinesische Familie sitzt vor dem Fernseher, und ich erinnere mich mit Zuneigung an dieses freundlich plappernde Medium.

An Momente großer Zufriedenheit, wenn der Fernseher lief, wenn ich las oder arbeitete und den Mann im Nebenzimmer wusste. Jetzt wurden von Großmutter Nüsse gebracht oder etwas Chinesisches, das ich für Nüsse halte und was vielleicht Käfer sind. Und nun verlasse ich die Familie in der Küche. Sie werden mich nicht vermissen. Ich werde sie vergessen. Auf meinem langen, sinnlosen Spaziergang durch den Tag.

Damals.
Vor vier Jahren.

Von meinen geringfügigen sozialen Verhaltensstörungen abgesehen, versuchte ich das Leben eines leisen Menschen zu führen, der sich in karierte Kaschmirdecken drapiert und in reizenden Bibliotheken aufhält.

Es war mir gelungen, mein Geld ohne große Verrenkungen mit einer begrenzten Selbständigkeit zu verdienen, die mich nicht von der direkten Willkür anderer Dummköpfe abhängig machte und es mir erlaubte, das Haus nicht zu verlassen. Ich war nicht überbordend intelligent, was mich mitunter mit leiser, resignierter Traurigkeit erfüllte. Der zunehmende Ekel, den ich den meisten Menschen entgegenbrachte: den anderen, den Schafen, den Nachbarn, den Bürgern, den Sozialdemokraten, den Nazis, machte mich noch mehr zum Teil einer großen Masse, denn es handelt sich um ein sehr verbreitetes Phänomen.

Normal auch, dass ich mit zunehmendem Alter immer seltener auf Menschen traf, die mich nicht mit ihrer Humorlosigkeit langweilten.

Mein Bekanntenkreis hatte sich, außer durch das gewöhnliche Bekanntenkreissterben, auch durch den Umstand auffallend verkleinert, dass es mir kaum mehr gelang, irgendetwas ernst zu nehmen. Traf ich auf eitle Menschen, und das waren nicht wenige, schaute ich sie mit offenem Munde an, lauschte scheinbar den Ausführungen über ihre eigene Wichtigkeit, das neue Buch, den neuen Film, die neue Forschungsarbeit, die neue Philosophie, den Dreißigjährigen Krieg, die Reinkarnation von Energiefeldern, bis mir Speichel aus dem Mund floss und ich meine Augen wie bei schlechten Darbietungen epileptischer Anfälle zu verdrehen begann.

Es gab Leute, die glaubten, wenn sie nur genug über das Universum nachdächten, würde das auch umgekehrt funktionieren.

Ich versuchte nachhaltig milde zu sein, denn auch an mir bemerkte ich zunehmende Zeichen von Altersverwirrung. Immer öfter hatte ich das Gefühl, dass die Welt mit allem, was sich auf ihr bewegte, einschließlich des Wetters, gegen mich sei. Dabei war mir in lichten Momenten klar, dass ich der Welt schlicht egal war. Alles andere wäre ein Übermaß an Aufmerksamkeit, das ich mir durch nichts verdient hatte. Ich ertrug fast nur noch die Anwesenheit von sehr alten Leuten oder pubertierenden Kindern. Vielleicht war es der Mangel jeder Eitelkeit, resultierend aus dem Übergang, in dem sie sich befanden, der mich bei beiden angenehm berührte. Ich habe nie verstanden, warum es vielen so unerträglich ist, sich lächerlich zu machen.

An jenem Nachmittag, in einer Wohnung sitzend, die wirkte wie von einem Menschen, der seit Jahren in einer Anstalt lebte, an diesem unvermeidlichen Küchentisch mit Rotweinglasringen, war ich im Begriff, wieder einen Freund zu verlieren, mit dem nie eine wirkliche Beziehung stattgefunden hatte.

»Ich habe immer wieder das Gefühl, dass du mich nicht ernst nimmst. Je länger ich dich kenne, umso fremder wirst du mir«, sagte der Mann, der mir vorher etwas zu ausführlich von einer Komposition erzählt hatte, an der er gerade arbeitete. Ein Melodram, in dem erwachsene Menschen mit ihren inneren Kindern konfrontiert wurden.

Er sagte wirklich »innere Kinder«, und das war wohl der Moment, da mein Blick wirr zu werden begann. Ich überschlug sehr schnell meine Möglichkeiten. Ich konnte ihm die Wahrheit sagen, was bedeuten würde, dass es künftig einen mehr gäbe, der die Straßenseite wechselte, träfe er auf mich. Unterdes schien mir, dass die Trottoirs, auf denen ich mich bewegte, auffallend leer wurden.

Also sagte ich: »Nein, mir ist nur ein wenig übel heute, es wird wohl mit meinen Wechseljahren zu tun haben.« Wenn man Männer schnell und definitiv zum Schweigen bringen will, muss man ihnen nur von Frauenleiden erzählen. Selbst bei hartnäckigen Zweiflern genügen die Worte »Unterleib« und »Blut«, um jeder weiteren Frage zu entgehen. Es funktionierte auch in diesem Fall, und der Bekannte schwieg unangenehm berührt.

Wir kannten uns seit zwanzig Jahren. Irgendwann in der Halbzeit hatte er sich eingeredet, dass er in mich verliebt sei. Plötzlich, wie über Nacht, war es ihm gekommen, nach ungefähr dreihundert ereignislosen gemeinsamen Mahlzeiten. Ich war wütend ob seiner Idee, der ich misstraute. Diese abrupte Veränderung alter Gefühle schien mir allein der Versuch, den Marktwert zu erforschen, sich der Verfügbarkeit des anderen zu versichern, um sich überlegen fühlen zu können. Merkwürdige Spiele.

Wie jede anständige Frau machten mich ungefragt offerierte Gefühle verlegen, und ich empfand Schuld, da ich sie nicht zu erwidern vermochte.

Damals hatte ich versucht, mich von den Qualitäten des

Bekannten zu überzeugen, fühlte mich in seiner Anwesenheit unter Druck gesetzt, und in dunklen Träumen war er mir erschienen, zwei Jahre, so lange terrorisierte er mich mit seinen Gefühlen, und am Ende verliebte er sich in eine junge Frau aus Südamerika und tat mir gegenüber so, als wäre nichts geschehen.

Der Bekannte, den ich seit Minuten glasig ansah, unterbrach meine Gedanken: »Ich sagte, Elvira hat gelernt, ihre Vergangenheit anzunehmen. Ist das nicht großartig!«

»Vollkommen großartig«, antwortete ich und dachte an die unerträgliche südamerikanische Freundin des Mannes, die mit Mitte dreißig immer noch nicht die Höflichkeit besaß, fremde Menschen mit ihren Problemen zu verschonen. Wenn einer nicht das Glück gehabt hatte, als Kind eine ordentliche Erziehung zu genießen, ist es hilfreich, wenn er wenigstens über die Intelligenz verfügt, später die Verantwortung für sich zu übernehmen und keinem zur Last zu fallen mit Unbeherrschtheiten. Der Freund mir gegenüber erzählte weiter von seinem Privatleben, und ich wurde zunehmend ratlos: »Wir haben jetzt eine Ebene der Vertrautheit gefunden. Also wir streiten viel, Elvira hat stärker den Wunsch nach Auseinandersetzung als ich. Aber ich merke auch, nach fünf Jahren, dass diese Diskurse sehr reinigend sind.« Ich verstand nicht, wovon er redete. Ich mochte mich nicht erinnern, dass seine Sätze jemals so abenteuerlich geklungen hatten wie jetzt, geformt vom Einfluss seiner Freundin, der er aus berechtigter Angst zuhörte, ohne sie alleine altern zu müssen. Ich verstand die Worte nicht, nicht den Sinn dahinter, der vermutlich meinte, dass sich da zwei Menschen das Leben zur Hölle machten. Aber sich in Lebensgeschichten anderer einzumischen lag mir fern. Die beiden waren verbunden durch ein festes goldfarbenes Band, das ihre Neurosen miteinander geknüpft hatten. Allein verstand ich nicht, warum so viele Menschen miteinander leben, die sich offenkundig nicht besonders mögen.

»Ich muss heim, mich hinlegen, die Wechseljahre, du weißt schon …«, sagte ich und schwankte aus der Wohnung. Ich konnte den Anblick des Mannes nicht eine Sekunde länger ertragen, und das hieß wohl, dass ich doch wieder einen Bekannten weniger hatte. Ich lief auf seltsam leeren Bürgersteigen nach Hause.

Meine Wohnung war eine Insel geworden, ich hatte mich so angenehm eingerichtet, dass ich sie kaum noch verlassen musste. Das Paradoxe meines Lebens bestand darin, dass mein Verstand ausreichte zu erkennen, dass jeder Versuch, sich selber zu überhöhen, lächerlich war. Aber er war nicht brillant genug, um mir eine Alternative zu zeigen. Die einen suchten also immer noch draußen nach Erlösung. Ich hatte aufgegeben und wartete drinnen, dass ich irgendwann müde genug werden mochte. Kein Richtig oder Falsch.

Heute.
Tag.

Das Meer gleicht einer Pfütze in Wuppertal, der graue Himmel spiegelt sich in grauer Suppe, dabei ist es warm, und wie jeden Tag wird es gegen Mittag hell werden, die Sonne wird sich den Weg durch die Abgase bahnen, die vom chinesischen Festland hierhergeschoben werden, dann wird es Wolken geben und Blau und Gelb, und die Hitze wird drückend werden. Jetzt ist es feucht und unklar und nirgends etwas, das mich an zu Hause erinnert. Vielleicht die Stimmung, vor dem Frühling, wenn schon Wärme in der Erde steckt und Vögel verrückt werden. Auf einmal wird die Sehnsucht nach meinem alten Leben so groß, dass ich nicht mehr atmen kann. Ich komme zu mir und liege auf der Bank, das Meer schräg am Horizont. Der Körper war freundlich zu mir und hat das Licht ausgeschaltet. Ich versuche mich abzulenken; nicht wieder daran denken, nicht an die Abende denken, da ich mich gefreut habe, ins Bett zu gehen, weil es hieß, ich konnte mich auf ihn legen, mein Gesicht an die Stelle am Hals, wo man den Puls fühlt. Wie das beruhigte: einzuschlafen, gehoben, gesenkt, und das Klopfen des Blutes. Warum kommt mir dieses Bild vollkommenen Aufgehobenseins immer wieder, diese masochistische Quälerei! Was hilft es mir, kaum mehr atmen zu können, sterben werde ich nicht daran. Ich sehe angestrengt das Meer an, das mir schon immer auf die Nerven ging. Es macht Lärm. Am Horizont Schiffe, hinter den Schiffen China und dann Russland und links um die Ecke Europa.

Es stört mich nicht, so weit weg von zu Hause zu sein. Es gibt kein Zuhause mehr. Jeder Ort, an dem ich mich aufhalte, ist gleich. Jeder Ort, an dem der Mann nicht ist.

Damals.
Vor vier Jahren.

Gibt es einen größeren Witz als den Menschen? Emotionale Krüppel in abstoßenden Hüllen, der Welt, dem Rudel, dem Wetter, den Gewalten hilflos ausgeliefert, torkeln wir durch ein Dasein, das an Lächerlichkeit nicht zu überbieten ist. All unsere ernsthaften Versuche, die Welt zu verstehen, charakterlich integre Personen zu werden, Besitz anzuhäufen, die Umwelt zu retten, Doktortitel zu erwerben, enden mit verschissenen Windeln im Altersheim.

Die Zukunft wird besser, ohne Aids und mit wunderbar funktionierenden Prothesen, weniger Schadstoffen und Windeln, die nicht auftragen. Vielleicht werden die nach uns schon hundertzwanzig Jahre leben. Was für eine wundervolle Vorstellung, und doch, wie viel Zeit davon kann einer bewusst genießen? Wie viele gute Momente?

Ist es ein Leben auf der falschen Seite der Erde, auf der falschen Seite der Straße, im falschen Bezirk, mit den falschen Eltern, dann gibt es, alles in allem, vielleicht einen guten Monat – wenn die Drogen wirken, wenn man sich vereinigt, verliebt, etwas zu essen hat. Mehr wird nicht geliefert. Ja, Sie haben hier unterzeichnet, ein Monat Glück, dafür dürfen Sie dann noch vierzig Jahre weitermachen, ehe sie erschossen werden oder an Aids sterben, an Krieg, an Hunger, an schlechten Karten.

Ich hatte das große Los gezogen, denn ich war durch Willkür auf der richtigen Seite geboren und brachte es im Verlaufe meines Lebens sicher auf fünf bewusst glückliche Jahre. Nicht am Anfang. Sicher nicht.

Die Kindheit in Abhängigkeit. Das vorherrschende Gefühl: Wut. So wie mir später klar wurde, dass ich nie unter einem Vorgesetzten würde arbeiten können, verstand ich, sowie mein Gehirn Affenkapazität erreichte, nach den ersten Gemüsejahren, dass ich Mühe mit Autoritätspersonen hatte. Für ein Kind eine unangenehme Situation, denn ich wusste, dass es nur in meiner Macht stand abzuwarten, bis ich alt genug war, um dem Paar zu entkommen, das sich als mit mir verwandt ausgab und mir seine albernen Prinzipien aufzwingen wollte. Um Menschen, die von wunderbaren Kindheiten berichteten, von Kuchenduft und Abenteuern in Lederhosen, wusste ich immer große Haken zu schlagen. Sie würden nie meine Freunde sein. Schienen sie doch zu sagen: »Ich liebe es, abhängig zu sein, geregelte Abläufe zu haben und betreut zu werden.« Sie verbringen ihr Leben meist in Angestelltenverhältnissen und warten, dass sie endlich ins Pflegeheim können und sich ihr Kreis schließt.

Ich habe es gehasst, ein Kind zu sein, und ich fand es furchtbar, eine Jugendliche zu werden. Sicher gab es da Momente im Stehen und Warten und Hoffen und Unendlichsein und Schwalben-Hören, immer diese Schwalben mit ihrem Pfeifen, und sich in den Himmel schrauben mit ihnen und denken, alles sei möglich. Doch das meiste war Schmerz und Unglück, weil ich von der Unendlichkeit überfordert schien. Das jedenfalls glaubte ich damals, jetzt nehme ich an, dass man bereits in der Jugend die Begrenzung wittert, den Verfall, das Ende, das man besichtigen kann, bei allen, deren Entwürfe so stereotyp waren, und nirgends ein Vorbild.

So überwältigt wie jenes erste Mal, da man einen Geliebten anfasst, der schwitzt und noch nach Kind riecht, wird man nie mehr sein. So aufregend wie vor dem Sex wird der Sex nie wieder sein, so romantisch und heilig und grenzenlos. So riesig wird man nie mehr, wie in Momenten, da man über Wiesen lief im Herbst und die Luft nach Feuer roch und man glaubte, das Leben wäre etwas, das nur auf einen wartete. So großartig wie vor dem Leben wird das Leben nie mehr.

Ich hatte spät gemerkt, dass ich erwachsen geworden war. Hatte mich gewundert über die anhaltende Traurigkeit und erst nach Jahren herausgefunden, dass es die verschwundene Hoffnung war und der abhandengekommene Glauben an ein Wunder, was mich fühlen ließ, als watete ich durch etwas nicht wirklich Unangenehmes, aber doch Zähes, vom Morgen an.

Es war mir nicht gelungen, das Wissen, das mir nicht zustand, in Freiheit umzuwandeln.

So verging die Zeit zwischen Jugend und beginnendem Alter mit guten Momenten, die sich manchmal einstellten, als ich entschied, wovon ich leben würde, als ich erleichtert erkannte, dass sich kaum einer für mich interessierte, in der ersten Nacht in einem teuren Hotel, so einem mit Buchsbäumen und goldenem Licht, als ich dort auf dem Bett lag und auf die Stadt schaute und dachte, ich könnte tun, was ihr tut, aber ich bin jung und ich brauche das nicht, die Hotels nicht, die Kreditkarten nicht, die albernen Designerkleider nicht.

Von erfüllten Sekunden abgesehen, saß ich meist in meiner Wohnung und hatte keine Ahnung, wie man sich verhalten sollte darin. Ich versuchte erwachsenes Sitzen und Gehen und aus dem Fenster Schauen, doch es fühlte sich falsch an, nachgestellt, das Wohnen war mir egal und ich war mir egal, und vermutlich das Schmerzhafteste dieser zehn Jahre war, dass es nichts gab, was mich entzünden konnte. Dass da keine Kunst in mir gewesen war, die ich hätte entäußern müssen, keine Liebe zu jemandem, keine Leidenschaft. Alles blieb verschwommen, das war mein Leben, und ich – eine zweidimensionale Figur darin.

Heute denke ich, die Jahre zwischen dreißig und vierzig hätten die besten sein können, wenn ich um ihre Einmaligkeit gewusst hätte, wenn ich nur gewusst hätte, was ich heute weiß, wie es sich anfühlt, die Erkenntnis des Verfalls, der Endlichkeit, wie es einen müde macht, die Albernheit zu verstehen, unsichtbar zu werden, auch für sich selber.

Ich hatte aufgehört zu träumen, von Freitreppen, auf denen ich in mein Schloss wandeln würde, Friedensnobelpreisen oder der Begegnung mit der großen Liebe. Dazu hatte ich sie schon zu oft getroffen. Dem ungeheuren Theater, das uns allen ständig als Gradmesser der eigenen Gefühle vorgeführt wird, misstraute ich bereits nach dem Ende der Pubertät.

Da musste immer Besinnungslosigkeit sein und Kontrollverlust, Auflösung und unbedingt Seelenverwandtschaft. Alles Zustände, die mir zuwider waren. Ich fand meine Seele nicht so überragend, dass ich mir noch einen mit den gleichen Unfähigkeiten gewünscht hätte.

Liebe wurde in der öffentlichen Wahrnehmung mit etwas Pathologischem gleichgesetzt und hatte mit weggebissener Unterwäsche und Schweiß zu tun. Dass es sich im besseren Fall um etwas Familiäres, Freundschaftliches handelte, war eine unpopuläre Idee.

Ich gehörte der Generation an, in der die leise Verachtung der Männer für eine Dame selbstverständlich war. Wir mussten uns von ihnen distanzieren, von den Adenauers und Brandts, den großen Mimen, den alten Dichtern, die mit unserem Leben nichts zu tun hatten. Und so war eine Generation von Frauen herangewachsen, die ihre Kräfte maßlos überschätzten. Die in allem brillant sein mussten, keine Hilfe akzeptieren konnten, die krank wurden wegen eines zu anstrengenden Lebensentwurfes, ohne Rückzugsmöglichkeit und Ort zum Ausruhen. Als ich mit Männern Frieden schloss, weil ich nach den Jahren des Kampfes gegen sie herausgefunden hatte, dass sie sich von Frauen wenig unterschieden, war es, wie ich fand, bereits zu spät, um mein Leben noch mit einem zu teilen, denn das war etwas, das ich nicht einmal mit mir teilen wollte, es war ja kaum mehr etwas davon übrig.

Heute.
Nachmittag.

Ich hatte vergessen, wie es sich anfühlt, nichts um sich zu haben als die Begrenztheit des eigenen Verstands und den Körper, der wie eine Trikotage um das hängt, was unzureichende Empfindungen sind.

Manchmal stellt sich ein kleines Wohlgefühl ein, wenn ich mich sehr viel langsamer bewege, als es meinen Impulsen entspräche. Der Körper wird betrunken, und der Herzschlag beruhigt sich. Elegant in Zeitlupe schwebe ich am Haus des Masseurs der Insel vorbei. Manchmal sehe ich den grimmig wirkenden Chinesen in sein Haus gehen und frage mich, wer sich von einem Mann massieren lässt, der wirkt wie ein Eisenbieger auf dem Jahrmarkt. Ich gleite weiter in Richtung Hafen.

Der Umriss der Insel ähnelt, angemessen verkleinert, dem Großbritanniens. Steht man davor, befindet sich unten in der hammerhaikopfähnlichen Spitze der Fähranleger, über seinen Steg gelangt man, an den Fischrestaurants vorbei, auf die Dorfgasse, in der sich meine Wohnung befindet, von dort geht es links in die Bucht, zu der mich meine täglichen Rundläufe führen. Geht man von der Fähre den Hügel hinauf, passiert man das Wohnquartier der Ausländer, und am Rande einer anderen Bucht gelangt man zu einem kleinen Dorf, in dem ausschließlich Chinesen wohnen. Den Weg kann man in zwei Stunden bewältigen, und das war meine Aufgabe zwischen Tofupudding und Nachmittagskaffee. Die Strecke ist, was wir Alpinisten unter anspruchsvoll verstehen, schließt sie doch die Besteigung eines steilen Hügels ein, bei dessen Bezwingung meine Lunge rasselt und sich komplette Leere im Gehirn einstellt.

Mit halbgeleertem Gehirn fallen mir nach geraumer Zeit des Wanderns viele kleine Vögel auf, die meine Tour begleiten. Sie sehen aus, als gehörten sie zum chinesischen Zweig der Spatzenfamilie. Die kleinen Idioten springen vor mir her, und ich nehme mir die Zeit, sie zu mustern. Außerordentlich reizende gefiederte Freunde sind das, lieb lächelnd, knopfäugig, und auf einmal überwältigt mich der Gedanke: Ich muss einen solchen Vogel besitzen. Ich könnte ihn wie einen kleinen Mann in meiner Hand spazieren führen und das Klopfen seines Herzens hören. Ich bin überzeugt, dass mich so ein Vogel retten kann. Ich versuche mich anzuschleichen, als sie äsen, die kleinen Schurken, und sie fliegen doch auf, wann immer ich mich ihnen nähere.

Ich schwitze und schreie, ich weine und bin ohnmächtig, doch einen kleinen Vogel kann ich nicht fangen. Am Ende bleibe ich, sitzend auf dem Weg in ein unerhebliches Dorf am Ende der Welt, ohne einen kleinen Vogel, den ich mit zu Bett nehmen könnte.

Damals.
Vor vier Jahren.

Meine Zukunft umgab mich wie ein gelbes Gas, drang durch die Wände, schob sich unter der Tür hindurch und floss in den Korridor. In dem Haus, in dem ich wohnte, hielten sich neben mir nur alleinstehende Damen auf, keine unter achtzig, in wohlriechenden Wohnungen, in denen schwere Teppiche lagen. Die Damen spielten Klavier, gingen mit rosenfarbenen Kostümen zu Diavorträgen, und von Zeit zu Zeit starb eine, dann erstarrte die gesamte Hausgemeinschaft, als habe sie Angst, dass der Tod sie sehen könnte bei zu schnellen Bewegungen.

Ich lebte, als sei ich eine von ihnen. Meine Kleidung war unauffällig und alterslos, mein Haar hatte ich in einem dunklen Ton gefärbt, weil meine natürliche Haarfarbe mir zu grell und anbiedernd erschien. Ich wollte von niemandem mehr angesprochen werden, ich glaubte nicht daran, dass ich noch wen fände, der mit mir und einem Hund in einem Bett liegen wollte. Das war die einzig mögliche Form von Gemeinschaft, die ich mir vorstellen konnte, und es war noch nicht einmal meine eigene Idee. Ich hatte ein Foto von einem britischen Paar um die siebzig gesehen, die umgeben von Büchern, feinem Geschirr und Notizen nebeneinander in einem Bett lagen. Sie trugen Seidenanzüge, und alles an ihnen war so gepflegt und reizend, dass ich eine große Sehnsucht danach bekam, Teil ihrer Geschichte zu sein.

Seit ich über dreißig war, hatte ich alte Menschen beneidet.

Um ihre Rente und die Entspanntheit, nicht mehr unbedingt etwas mit dem Leben anfangen zu müssen, und vor allem um ihre Unsichtbarkeit.

Meinen Tagesablauf hatte ich mit der Perfektion eines meisterhaft gelungenen Ikebana-Gestecks gestaltet, sodass es nicht vorstellbar schien, irgendetwas daran zu ändern, ohne die Schönheit des Ganzen zu vernichten.

Wie fast alle Menschen liebte ich die beruhigende Wirkung von Routine.

Das Frühstück mit der Zeitung im wöchentlich manisch weiß bezogenen Bett eingenommen, die Arbeit bis zum Mittag, ein kleiner Spaziergang zu einem Suppenrestaurant. Dann Fortsetzen der Tätigkeit und am Abend ein Film, ein Buch, ein Bad; die Möglichkeiten, es sich angenehm zu machen, waren manchmal fast erschlagend vielgestaltig. Zunehmend empfand ich Telefonanrufe als eine Belästigung, die mich in einer der Tätigkeiten, die meinen Tag strukturierten, störten, und ich erwog die Abschaffung des Apparates; nur schien es mir zu schrullig, um der Idee wirklich zu folgen. Ich verstand, warum Rentner niemals Zeit hatten, warum ihnen oft die Mahlzeiten wichtiger waren als Verabredungen. Mir ging es ähnlich. Wohl fühlte ich mich nur mit den wenigen Personen, die nichts von mir erwarteten und die mich nicht unter Druck setzten, etwas wider meine Gewohnheiten zu unternehmen.

Ich ertrug Unterhaltungen immer weniger. Die meisten Leute waren mir zu uninformiert, der Verstand besetzt von manipulierten Nachrichten, die sie dann ihre Meinung nannten, vergessend, dass eine Meinung nicht mehr ist als ein flüchtiger chemischer Prozess. An Meinungen festzuhalten offenbart ein großes Maß an Trägheit.

Es interessierte mich nicht.

Zu hören, wie man die Welt verändern könnte, wer die Bösen und die Guten waren, um danach selbstgefällig zu seinen kleinen Verrichtungen zurückzufinden, hatte etwas so Lächerliches, dass ich es kaum mehr ertrug, ohne in den Teppich zu beißen, doch selbst diese kleine rührende Geste war einem verleidet, seit bekannt wurde, dass es offenbar eine der Führervorlieben gewesen war.

Mag man es Resignation nennen, Abstumpfung oder die Weisheit, nicht mehr gegen Unabänderliches zu kämpfen, doch schien mir das Einzige, was helfen konnte, vielen ein angenehmeres Leben zu schaffen, eine gute Ausbildung zu sein, Geld und harte Gesetze. Menschen werden ohne empfindliche Geldstrafen ihr Verhalten nie ändern. Der Rest bliebe immer der Bosheit, der Dummheit und der Gier überlassen.

Ich versuchte ein Leben zu führen, bei dem niemand zu Schaden kam. Mehr stand nicht in meiner Macht. Die alten Damen in meinem Haus verklagten einander, weil Blütenblätter von oben nach unten auf Balkone rieselten, sie riefen die Polizei, wenn eine Dame zu laut Klavier spielte, sie grüßten sich nicht im Flur, sie klopften mit Stöcken auf den Boden, sie waren bitter und widerwärtig und bestätigten all das, was ich von Menschen dachte. Wie ein Krake saß ich in meiner Wohnung und wartete auf den Tag, da ich zum ersten Mal eine Klage an die Hausverwaltung schreiben würde. Er schien mir nicht weit entfernt.

Heute.
Nachmittag.

Die nächste Station meines streng organisierten, völlig sinnlosen Tagesablaufes führt mich in eines der Ausländercafés am Ende der Hauptgasse. Zwei Stahlbeton-Jogger zischen an mir vorüber, ich vermeine ihren Schweiß spritzen zu sehen. Reste alten Feuers kehren für Sekunden zurück, und behende stelle ich einem der Vorbeilaufenden ein Bein. Er fällt wie ein Baum, und fast bekomme ich für Sekunden gute Laune. Vermutlich würde ich Läufer, besonders Marathonläufer, mit Wärme an mein Herz drücken, wenn die Welt unterginge und wir noch zwei Sekunden zu leben hätten und sich eine Gruppe Läufer um mich aufhielte. So aber verachtete ich sie aufrecht, sie waren der Gegenentwurf zu allem, was mir lieb war.

Über die kleine sportliche Betätigung konnte ich meine Magenschmerzen kurz vergessen, sie kommen zurück, nun, da ich das Café betrete. Es könnte sehr gut in Amerika sein, das kleine esoterische Gewölle, mit Blumen und Klangspiel, eine befremdliche Mischung aus vegetarisch, *organic*, links und *peace*, und natürlich riecht es ein wenig muffig nach Körnern und Menschen, die ihren eigenen Geruch nach Mensch schätzen. Da sitzen solche, die eindeutig zu lange von zu Hause weg sind, mit Computern und schreiben Briefe an die Freunde in der Heimat, die vermutlich seit Jahren tot sind. Grauhaarige Hippies, die so wenig hierhin gehören, wie man es eben tut, wenn man den Platz, an dem man geboren wurde, verlässt und sich irgendwo aufhält, wo eine fremde Sprache gesprochen wird. Es ist normal geworden, keine Wurzeln mehr zu haben. Nicht in Orten, nicht in Familien. Kein Grund, sich zu beklagen. Dafür leben wir heute länger. Wenn auch nicht ganz klar ist, wozu.

Mit mir sitzen zwei Damen im Raum, die wirken wie müde Raben. Sie beobachten schweigend den Bildschirm eines Computers, vermutlich lesen sie Nachrichten aus der Heimat, und es wäre ihnen eine willkommene Abwechslung, ginge ich zu ihnen und forderte sie auf, mir von ihrem Leben zu erzählen. Vermutlich heißen die Damen Kate und Milly und stammen aus Oregon und Wales. Die eine hätte als Personalchefin bei einem amerikanischen Unternehmen in Hongkong gearbeitet, die andere war vermutlich mit ihrem Mann, einem gelben Systemanalytiker, hierhergekommen. Dann hatte das Leben sie mit seinem rasanten Ablauf überrascht. Kates Mann war gestorben, die Kinder in Australien, Milly wurde pensioniert, und den Kontakt zur alten Heimat hatten beide mit dem Tod der Eltern verloren. Jetzt wohnten sie zufällig als Nachbarn auf der Insel, wussten sich nicht zu trösten, aber sie saßen jeden Tag hier, um zusammen Zeitungen im Internet zu lesen, während sie auf den Tod warteten und vielleicht noch eine Reise nach Thailand planten.

Ein anderer Gestrandeter am Nebentisch hat lange weiße Haare, und unglücklicherweise bemerkt er, dass ich ihn betrachte. Er prostet mir mit seinem Kräutertee zu und rückt seinen Stuhl wenig später zu mir. Ich versuche zu tun, wie ich denke, dass ein Taubstummer es täte, das hält den Mann aber nicht davon ab, das Reden zu beginnen. »Ich bin Rob«, sagt der alte Zausel, und wer sich so vorstellt, der hat sicher gelesen, dass ein fester Händedruck ebenso die Visitenkarte eines charaktervollen Menschen ist, wie das Halten von Blickkontakt Ehrlichkeit signalisiert. »Waren Sie schon einmal an der Ostküste Englands?« fragt er mich und bohrt seinen Blick in meinen. Ich bin an der Ostküste Englands gewesen. Ich habe vergessen, warum, erinnere mich jedoch lebhaft an die Erkältung, mit der ich verwirrt auf dem kalten Bett eines zugigen Hotelzimmers saß, das unglaublich viele geschnitzte Details aufzuweisen hatte. Während des Wochenendes meiner Anwesenheit heirateten im Ort ungefähr zwanzig dicke englische Paare, da musste eine romantische Kapelle stehen, und rollten im Anschluss an das Ereignis kichernd durch die Korridore. Ich war mit stark erhöhter Temperatur im Ort herumgeschlichen und hatte mich vor dem Meer gefürchtet, das wie ein böses Tier neben der Stadt lag, hatte gefroren in weißen Backsteinhäusern bei schlechtem Tee, war ratlos gewesen und hatte mich gefragt, warum Touristen freiwillig an solche Orte kamen und froren und durch die drei blöden Gassen liefen.

»Nein«, antworte ich dem alten traurigen Huhn, das mir immer noch ins Gesicht starrt. »Tut mir leid. Ich war nie dort, und ich muss gehen, meine Wechseljahre, Sie verstehen«, sage ich und verlasse das Café. Das Letzte, was ich will, ist mir vom Heimweh eines Engländers berichten zu lassen.

Es regnet immer noch nicht.

Damals.
Vor vier Jahren.

Das Einzige, was mir das Zusammenleben mit mir erträglich machte, war, dass ich mich nicht zu oft sah und selten reden hörte. War ich mir geraume Zeit ausgesetzt, in zu heller Beleuchtung, begann ich dem Klang meiner Stimme zu folgen oder die Haut auf meinen Armen zu studieren. Ich wollte weder mich noch andere zu ausführlich beobachten. Ich verkehrte mit Menschen nur noch für die Dauer eines eingängigen Essens und taugte nicht zum Aufsuchen einer Demonstration, einer Ferienreise oder einer Tour in die Höllenschlucht.

Ich war in einem Restaurant verabredet, das *Zum Knochen, Zum Schlachter, Zum Rind* hieß, das war gerade Mode, nach all den Lokalen, die ein *Les* oder ein *Da* im Namen hatten, erdige Schlichtheit, die dem Kunden das Gefühl von Scholle und Heimat geben sollte.

Ich kam an einer sich fotografierenden Gruppe Touristen vorbei, und es gelang mir, mit verzerrtem Gesicht ins Bild zu springen.

Ein guter Tag.

Das Restaurant sah aus, wie alle Restaurants in jener Zeit aussahen. Der Versuch, die Atmosphäre französischer Bistros nachzugestalten, hielt sich hartnäckig, obgleich jeder Gastwirt begriffen haben sollte, dass rote Lederbänke ohne ein glamouröses Publikum darauf nur rote Lederbänke waren. All die verzweifelten Designversuche führten zu Gasträumen, die aussahen wie Wartehallen. Vermutlich war mir da ein mäßig origineller Gedanke gekommen – die Leute trafen sich in diesen Restaurants und warteten, dass etwas passierte. Und wenn es nur ein gelungenes Essen war. Aber damit sollte man nicht rechnen. Es wurde Fernsehkochzeug serviert. Irgendwas, wo noch ein Knochen rausragte. Herausragende Knöchlein in Restaurants, die *Zum Schlachter* hießen, waren das, was man schätzte in dieser Saison. Um mich herum sah ich Menschen mit Tierköpfen, vornehmlich Echsen, die Nahrung zu sich nahmen, dabei sprachen, spuckten, Zuhören vortäuschten, Hemden spannten, die Hosen zu kurz; was mochte sich unter den Socken verbergen.

Ich versuchte mich abzulenken, indem ich an die wunderbaren Dinge dachte, die Menschen zu schaffen in der Lage waren. Sushi und Eiffelturm, Haikus und Kaschmirpullover.

Ich schaute, halb betäubt von den Geräuschen, dem Klappern und Schwatzen, dem Kauen und Lachen, dem Zuviel an ungewollten Informationen, auf meine Bekannten.

Da saßen wir zusammen und nahmen nach nichts schmeckende Nahrung gemeinsam ein, nur weil ich in Abständen dem Glauben erlag, ich müsse meine Wohnung verlassen, um an den Errungenschaften unserer Zeit teilzuhaben. Manchmal wurden meine Anstrengungen belohnt. Dann traf ich auf eine neue Idee, die es, gleich, in welcher Form sie mir begegnete, zu bewundern galt, oder sehr selten auch auf einen Lebensentwurf, der mir fremd war.

An jenem Tag schien sich nichts Großes mehr zu ereignen. Die Bekannten waren Homosexuelle, typische Begleiter von Damen unklaren Alters, die immerhin oft mit interessantem Spezialwissen aus der Modebranche oder der bildenden Kunst aufzuwarten wussten und die sich bemühten, ein angenehmes Äußeres herzustellen, wenn der Körper dieser Aufgabe nicht mehr ohne weiteres nachzukommen vermochte.

Ich versank in leichten Schlaf, während die Bekannten detailliert über den Zustand des Kunstbetriebs diskutierten. Ich war in die, selbstverständlich unbequeme, rote Lederbank gesunken und hatte das Gefühl, dass ich meine Augen nie mehr würde öffnen können. »Die Kommerzialisierung der Welt hat ein unerträgliches Maß angenommen«, hörte ich dumpf, als läge ich in einem Paket, das jemandem zugestellt worden war, der die Annahme verweigerte. Ich beobachtete das Paar mir gegenüber, die Herren waren seit zehn Jahren zusammen, und ich hatte nichts mit ihnen zu tun. Nach unserem Essen würden sie nach Hause gehen und eine Familie sein. Das war, um was ich sie gerade äußerst beneidete. Ich hatte nicht damit gerechnet, dass mein Leben zu lang sein würde, als dass mir meine ausschließliche Anwesenheit darin genügen würde.

Vor den großen, in Bleiglas gefassten Fenstern ging ein kalter Regen nieder, und ich dachte an den Winter, der lange dauern würde, und wie außerordentlich abgenutzt mir all die Annehmlichkeiten schienen, mit denen ich mir den Umstand schön zu machen suchen würde, dass viele unnütze Monate herumzubringen wären. Die Badewanne, die Bücher, die DVDs, ich wollte gerade wieder einnicken ob der großen Langeweile, als Unruhe entstand.

Neben mir drängte sich ein massiger Mensch auf die rote Sitzbank. Er fiel mir in meiner Apathie nur dadurch auf, dass er in der Umgebung der nachgestellten Bohème-Welt völlig unpassend wirkte. Er war mit zwei Frauen gekommen, die vielleicht mit ihm verwandt waren. Die Frauen unterhielten sich, und der Mann war umgehend auf eine Art in sich versunken, die wie ein Wachkoma wirkte. Wir saßen auf der Bank, so dicht nebeneinander, dass sich unsere Arme berührten, und verfolgten die Gespräche der Paare, mit denen wir gekommen waren, nicht.

Mir ist unklar, aus welchem Impuls wir uns einander zuwandten. Klügere als ich versuchen immer noch zu erforschen, was Menschen aneinander interessiert. Frühkindliche Prägungen oder die Ablehnung frühkindlicher Prägung – wir werden es irgendwann herausfinden. In jenem Moment handelten wir einfach und befanden uns, soweit ich von mir sprechen kann, in einem geschlossenen Raum miteinander, in dem es ruhig war und auffallend angenehm.

Heute.
Nachmittag. Eher Richtung Abend.

Gleich wird die Sonne untergehen und das Licht wird orange auf die Häuser fallen, die für einige Sekunden schimmern werden, als seien sie pubertierende Mädchen.

Die Insel hat geschlafen, den heißen Tag über, jetzt wacht sie auf, es wird voll und laut, und ich benötige lange, um vom Café in meine Wohnung zu gelangen, ohne jemanden zu berühren, um zu schieben, mich schieben zu lassen. Die Treppe hat dreiundzwanzig Stufen, die mir wie vierhundertsiebenundsechzig sind, denn ich weiß, was in der Wohnung wartet. Das Bett. Ich kauere mich darauf und schaue auf die Straße, die durch mein Zimmer zu führen scheint. Sie reden, lachen, murmeln, räuspern sich zwei Meter unter mir. Sie hasten zur Fähre, von der Fähre weg, egal in welche Richtung, dahin, wo sie wohnen, wo sie sich in Sicherheit wähnen, da muss eingekauft werden, und dann kommt der Mann nach Hause, das Kind, es wird gegessen, geschlafen, all diese langweiligen Details des Lebens, die es ausmachen, die wunderbar sind, über die die Menschen, mit denen ich nichts zu tun haben möchte, ungefragt sagen: »Unsere Liebe soll nicht im Alltag sterben.« Ja, wo denn sonst? Ob ihnen klar ist, den Leuten da unter mir, wie schnell etwas passieren kann, mit dem Mann, den Unfällen, den Tsunamis?

Keine Sicherheit für niemanden.

Ich erinnere mich, früher fasziniert von Fernsehsendungen gewesen zu sein, in denen Menschen nach Tragödien vor Kameras gezerrt wurden, sich zerren ließen, weil sie meinten, ihre Normalität würde wiederhergestellt werden, wenn sie nur ein wenig bedeutend wären, denen im Fernsehen konnte doch nichts zustoßen, weil sie nicht real waren, und dann standen sie und weinten, und sie hoben die Hände und es lief ihnen aus der Nase und sie schrien: »Warum? Warum ich?« – »Warum nicht?« raunte es von oben, dann gingen die Kameras aus, das Fernsehen zog ab zur nächsten Katastrophe, und die Eltern des toten Kindes, die Überlebenden von Erdbeben, Feuer, Flugzeugabstürzen, blieben zurück. Vielleicht verstanden sie selbst dann nicht, dass es keine Ordnung gab, keine Ansprüche ans Leben, und dass sie nicht mehr waren als eine Zellanhäufung, die aus Versehen ein Mensch geworden war, der nicht damit zurechtkam, dass er denken konnte und fühlen. Es ist alles Zufall. Nichts hat man sich verdient, gutes Benehmen garantiert kein langes Leben, es gibt weder Gerechtigkeit noch Vernunft, es gibt keine göttliche Weltordnung oder was auch immer wir herbeisehnen, um uns nicht ausgeliefert zu fühlen. Es kann alles vorbei sein in der nächsten Sekunde, oder noch schlimmer: Es kann alles genauso weitergehen.

Damals.
Vor vier Jahren.

Das, woran ich mich am deutlichsten erinnerte, an dem Tag vor vier Jahren mit dem Mann neben mir auf der roten Bank, war das Gefühl von völliger Unvertrautheit. Ich hatte so einen Menschen noch nie aus der Nähe gesehen, doppelt so groß und schwer wie ich, wirkte jede seiner Bewegungen wie Tai-Chi. Ich hatte keine Ahnung, was so einer dachte, was er fühlen mochte, wie es war, sich in so einem Körper aufzuhalten.

Dieser Tag, der sich mit seinem unentschlossenen Winterwetter durch nichts auszeichnete, weder gab es irgendwo auf der Welt einen neuen Krieg oder Terroranschlag noch Verwüstungen oder Erdbeben, war für mich neben jenem, an dem ich den nuklearen Erstschlag initiiert hatte, einer der bedeutenderen. Sicher hatte ich auch vorher die Gelegenheiten gehabt, den Verlauf meines Alltags kurzfristig zu ändern. Es steht ja jedermann frei, in ein malariaverseuchtes Land zu ziehen, ein Metzger zu werden, der sich durch seinen Beruf intensiv mit dem Tod auseinandersetzt und religiös wird, oder sich ein anderes Geschlecht operieren zu lassen, doch all das hätte meinen Zustand wenig verändert. Die Stimmung, in der jemand sich befindet, lässt sich nicht nachhaltig durch Aktionen beeindrucken. Sie ändert sich allmählich, passt sich den Enttäuschungen an. Wird resigniert oder böse. Soweit ich mich erinnerte, und weit war das nicht, Jugend und Kindheit lagen zu entfernt, als dass ich sie noch mit Gefühlen verband, hatte ich zwischen dreißig und vierzig die angenehmste Zeit meines Lebens verbracht. Damals, als ich erkannt hatte, dass ich nichts Besonderes war, und trotzdem das Eintreten eines Wunders noch nicht ausschloss.

Die Hoffnung war dann einfach verschwunden, und seit einigen Jahren war mein Zustand ruhig und friedlich, als bewegte ich mich langsam in leicht kühlem Wasser und sähe schon das andere Ufer, an dem es auch nicht interessanter wäre.

Keine Ohnmacht stellte sich ein an jenem Tag vor vier Jahren, mir wurde nicht schwindelig, weder begann ich zu toben, noch zuckte ich ekstatisch, vielmehr wurde ich von einer völlig unerklärlichen Müdigkeit befallen, die mich schwer machte und ruhig.

Halb schlafend spürte ich, dass der Mann sich für mich interessierte, konnte aber nicht sagen, was seine Aufmerksamkeit weckte. Mein Äußeres war nicht dazu angetan, andere spontan zum Jubeln zu veranlassen, ich sah irgendwie aus. Auch meine geistreichen Kommentare waren wohl kaum der Auslöser für sein Interesse, denn wir redeten wenig.

Erst lehnten wir nebeneinander auf dieser roten Bank und lauschten den Gesprächen der Menschen, die klangen wie leise Musik in einem Fahrstuhl, und irgendwann standen wir zusammen auf und verließen das Restaurant, was, wie es den Anschein hatte, unseren Begleitern egal war. Aber vielleicht hatten wir sie auch nur vergessen. Wir liefen völlig unverständliche Straßen entlang, ich hatte keine Ahnung, wo wir uns befanden, und waren müde auf eine Art, dass wir sofort leise zu Boden gleiten wollten. Von ihm erfuhr ich das später, bei mir merkte ich es gleich. Jeder Schritt erforderte eine immense Anstrengung.

Unser Gespräch lief so schleppend, dass es eigentlich nicht existierte. In jener ersten Nacht.

Wir schwiegen, weil es das Höflichste war unter Menschen, die sich nicht vertraut sind. Ab und an folgten wir müde den Konventionen und erkundigten uns nach unseren Lebensumständen. Der Mann arbeitete in der Holzverarbeitung, Näheres vergaß ich sofort wieder. Ich dachte doch so weit in Klischees, dass ich verstört gewesen wäre, hätte er ein Management Consulting Office oder ein Event Catering betrieben. Holzverarbeitende Berufe bargen ausreichend Potential für naturromantische Illusionen, und das langte mir für den Moment. Er wohnte in einem kleinen Haus mit Seesicht, das interessierte mich schon eher, denn kleine Häuser mit Seesicht verdienen Aufmerksamkeit und Zuneigung. Der Mann liebte Berge. Er sagte nicht: »Ich liebe Berge«, sondern äußerte sich in einer Männerart, die fast ausgestorben scheint, in einer Zeit, da jeder Mann, wenn er schon keine Ahnung von seinem Innenleben hatte, doch Emotionalität vortäuscht. Der Mann sagte: »Ich werde unruhig, wenn ich längere Zeit keine Berge sehe. Ich will nie auf sie steigen, ich will nur, dass sie da sind.« Wir gingen weiter, die Nacht wurde schwarz, und schließlich standen wir vor dem Hotel, in dem er schlief. Der Moment war seltsamerweise nicht aufregend und endgültig zugleich. Wir umarmten uns, und ich wusste, dass ich aus diesen Armen und von dem festen runden Leib nicht mehr wegwollte.

Heute.
Abend.

Ich sehe aus dem Fenster in der unsinnigen Hoffnung, dass mich einer entdeckt, von unten, und zu mir kommt, mit der erklärten Absicht, ein wenig neben mir sitzen zu bleiben.

Ich bin die einzige Person, die die Energie aufbringen wollte, mich zu bemitleiden, wäre da Energie vorhanden. Mitgefühl bringt man für die engsten Angehörigen auf. Für das Kind, die Eltern. Meist findet schon zwischen Partnern kein wirkliches Mitleid mehr statt, und den Bewohnern des eigenen Dorfes oder Landes bringt man nur noch Sätze der wohlerzogenen Anteilnahme entgegen, die eigentlich meinen: Gut, dass es mich nicht getroffen hat.

Hat man das Bedürfnis, sich völlig aufzulösen, empfiehlt es sich, in einen anderen Kulturkreis zu reisen, in ein Land das nicht vertraut ist, eine fremde Sprache, eine sich von der eigenen unterscheidende Hautbeschaffenheit – und schon spürt man die eigene Existenz kaum noch. All diese wundervoll gelungenen Egoauflösungen, denen man begegnen kann, in tropischen Ländern, wo sie unter Ventilatoren sitzen, das Hirn wie von der Syphilis zerfressen, da wollten sie ein Leben im Paradies und haben doch nur Hitze und Einsamkeit gefunden, in neongrünen Räumen. So viele sind mir begegnet, die ausgezogen waren mit der lächerlichen Idee, man würde sie herzlich willkommen heißen, in Thailand, Kambodscha, Laos, und immer waren da am Anfang, wenn es noch Geld gab, kleine reizende Frauen, später waren sie weg, die Männer saßen verwirrt am Strand, ohne Geld für den Rückflug, und wenn ja, wohin zurück? In Orte, die Duisburg oder Liverpool hießen, in denen die Sonne nie zu sehen war und der Lebensverlauf so berechenbar. Dann lieber im Meer ertrinken, von Hochhäusern springen oder austrocknen, das Gehirn rösten, und man selber ist nicht mehr zu Hause. Vielleicht bin ich bald eine von ihnen. Herumschleichen mit zotteligem Haar und fiebrigem Blick, vielleicht eine unsinnige sadomasochistische Affäre mit einem Chinesen beginnen, auf seinen Treppen übernachten, mit einem Hundehalsband. Und mich dann auflösen im Wahn, verscharrt in den Bergen.

Es gibt keinen Grund, weiterzuleben, und warum ein Mensch, der nicht mehr in der Lage ist, reibungslos seinem biologischen Auftrag nachzukommen, noch am Leben hängt, ist mir unklar. Vielleicht hatte die Natur keine Lust mehr, eine extra Schaltung für Lebensmüde und Alte einzubauen, war beschäftigt mit der Erschaffung von Ameisenbären, ein fürwahr aberwitzig aufwendiges Unterfangen.

Starren und die Zeit besiegen. Nichts denken und nichts fühlen, weil man es nicht aushält. Vermutlich entstehen so Mörder, Päderasten und Soldaten. Sie sind in einer Lücke zwischen den Gedanken hängengeblieben.

Damals.
Vor vier Jahren.

Als ich am Abend unserer ersten Begegnung nach Hause kam, hatte der Mann bereits auf den Anrufbeantworter gesprochen.

Seine Stimme, durch den Apparat komplett unvertraut, erfüllte meine leere Wohnung. Er gab vor, sich von der Richtigkeit der Telefonnummer überzeugen zu wollen, und erstaunlich war allein, dass ich ihn sofort zurückrief, denn ich war ein mäßig begabter Telefonbenutzer. Stimmen ohne Körper machen mir Angst.

Der Mann meldete sich so schnell, dass man glauben konnte, er habe auf meinen Anruf gewartet, doch damit endete bereits der aktive Teil des Gesprächs. Wir hatten beide die Kunst der einnehmenden Rede nicht erfunden und wussten weder etwas zu sagen, noch damit aufzuhören, und so lauschten wir in die Leitung, die allen technischen Entwicklungen zum Trotz immer noch surrte. Als wir uns irgendwann verabschiedeten, blieb ich beruhigt und ein wenig ratlos zurück. Das Schweigen, das wie eine leichte Daunendecke gewesen war, fehlte mir.

Später lag ich zum Schlafen bereit und wartete auf die Angst, die sich normalerweise vor Verabredungen mit mir Fremden einstellte, doch da war nichts, was mich ängstigte, eher ein Gefühl der Unausweichlichkeit. Es gab keine andere Möglichkeit, als den Mann wiederzusehen, denn die Vorstellung, dass er mit jenem Gespräch, das keines gewesen war, aus meinem Leben verschwinden würde, erfüllte mich mit etwas Abgründigem.

In der Nacht träumte mir von Beinprothesen aus Kunstfleisch, das aussah wie Thunfischsteak. Am neuen Morgen waren meine Beine verschwunden. Ich stand auf den Stümpfen mit meinem Kaffee am Fenster und sah wie jeden Morgen den Nachbarn bei ihrem Leben zu.

Erstaunlich, mit welcher Ernsthaftigkeit sie sich verkleideten, in Anzügen und Kostümen, und die Gesichter hielten sich noch in einem Zwischenreich auf.

Man sollte mit anderen ausschließlich um sechs in der Früh verkehren, wenn sie noch in ihren Pyjamas stecken, die Haare am Kopf kleben, und ein wenig Spucke im Gesicht. Mit etwas Glück konnte man dann sogar einen Satz hören, der noch nicht gefiltert und kontrolliert worden war.

Als ich mich an den Schreibtisch begab, um eine Gebrauchsanweisung für einen Pulsmesser zu schreiben, merkte ich, dass meine Beine noch vorhanden waren. Es sind mitunter Kleinigkeiten, die einem zu guter Laune verhelfen.

Heute.
Abend.

Zwei Stunden nach Sonnenuntergang kommt wieder Ruhe über die Insel.

Auf der Straße vor meinem Fenster schlendern Chinesen, die vermutlich ihren Gang nicht als Schlendern bezeichnen würden, sondern als zielstrebiges Schreiten. Der Eindruck unentschlossener Bewegung rührt von den anatomischen Gliedmaßengegebenheiten vieler Chinesen her, die für uns O-Beine sind, hierzulande aber normales Gebein.

In den Restaurants sitzen laut redende Festlandtouristen, richtig ruhig wird es nie, denn bereits im Morgengrauen laufen die Fischerboote aus, öffnen die Gaststätten, in denen Einheimische Reissuppe essen, bevor sie auf die erste Fähre gehen, morgens um sechs.

Ich suche das Restaurant auf, das sich unter meiner Wohnung befindet. Fünf Metalltische stehen an einer kleinen Mauer, direkt dahinter das Meer, ein paar Ratten gibt es immer zu beobachten, wenn ich nicht länger in die Dunkelheit starren mag. Am Nebentisch sitzt ein westliches Paar, das sich streitet, befremdlicherweise in einem schlechten Englisch. Vermutlich handelt es sich um Deutsche, die fürchten, erkannt und verachtet zu werden. Ein merkwürdiges Selbstbewusstsein wohnt dem großen Nordvolk inne, und wann immer ich auf Menschen traf, die sich scheuten zu sagen, woher sie stammten, hatte es sich um Deutsche gehandelt.

Die beiden haben sich auf rührende Weise als Erwachsene

verkleidet. Es ist die Sorte Personen, die sich nie gefragt haben, was sie eigentlich wollten, völlig unerheblich, ob es irgendeine Chance gab, es auch zu bekommen. Sie hatten vermutlich überangepasste Eltern, die unter Erziehung vor allem Verbote und Regeln verstanden, die das reibungslose Funktionieren sichern sollten. Als sie den Eltern entwachsen waren, hatten sie vielleicht kurz mit Millionen anderer den Aufstand geprobt, sich als Punker verkleidet oder Atomkraftgegner, um sich dann schnell einzuordnen in die Pullunder- und Halbschuhwelt, in der man eine Ausbildung macht, heiratet, zwei Kinder erzeugt und anschließend leise die Welt verlässt, ohne irgendeine noch so minimale Störung auf ihr hinterlassen zu haben.

Das Paar ist nach dem Streit in ein Schweigen gefallen, das unangenehm Raum greift. Sie sind nicht froh und machen sich gegenseitig dafür verantwortlich, jedes Wort, jede Handlung des anderen wird als Angriff wahrgenommen, weil doch alles so wund ist und traurig in ihnen.

Und nun kommt die Dame, der das Lokal vermutlich gehört, bringt mir Tee und fragt, ob ich »the same« will. Ich will »the same«. Gebratene Nudeln mit undefinierbarem Gemüse. Jeden Tag. In zehn Minuten ist das Gericht in meinem Leib verschwunden, ich weiß, dass der Leib funktioniert, muss mir keine Geräusche meines Magens anhören. Ich kann mir nicht erlauben, jetzt krank zu werden, denn ich muss irgendwann weiterleben, weggehen, hierbleiben, irgendeine Entscheidung treffen, die keinen außer mir interessiert.

Damals.
Vor vier Jahren.

Berufliche Umstände hatten den Mann in die Stadt geführt, in der ich mich seit Jahren unentschlossen aufhielt. Die Damen, mit denen er zu Tisch gewesen war, hatten ungalanterweise über den überstürzten Abgang, den wir vollzogen hatten, nicht hinweggesehen, und so hatten sich die jungen Geschäftsbeziehungen, die sich hätten anbahnen sollen, direkt zerschlagen. Statt wieder dorthin zu fahren, wo er wohnte, blieb der Mann jedoch für eine nicht näher definierte Zeit in meiner Stadt, in der wir, meinen Vorgaben folgend, Befremdliches unternahmen.

Es war unsere erste Verabredung.

Ich hatte eine kleine Tasche dabei, in der ich gerne einen Sprengkopf transportiert hätte, so war nur eine zu grelle Sonne am Himmel, und wir liefen zwischen all jenen, die sich zu einer Demonstrierung der guten Laune um den See versammelt hatten. Vermutlich ist das ziellose Schlendern an sonnigen Nachmittagen eine Beschäftigung, die Menschen Angst macht. Alle scheinen sich in einer kollektiven masochistischen Anwandlung mit der Repetition schreckenerregender Kindheitserinnerungen bestrafen zu wollen; sie laufen hinter adrettem Lächeln und bekommen schlechte Laune, die sie sich nicht erklären können, denn die Sonne ist doch warm und die Wiese satt. Vielleicht gab es damals, in der Kindheit, noch Väter, die so arbeiteten, wie heute nur mehr in Osteuropa und der Dritten Welt gearbeitet wird. In Minen und

Gruben, Steinbrüchen und Fabrikhallen, mit Giften abgefüllt, der Mensch, in seiner reinen Bestimmung als Humankapital. Da musste noch spazieren gegangen werden. Da wäre keinem eingefallen, auf hässlichen Fahrrädern mit Helm herumzufahren; laufen, das war es. Und einmal Sonne sehen in der Woche.

Der Mann bewegte sich auf eine Weise, wie ich es bislang nur bei aufrecht stehenden Bären gesehen hatte. Wir waren weit davon entfernt, uns wortlos zu verstehen, eine gemeinsame Sprache zu haben, ich hatte eigentlich keine Ahnung, was wir voneinander wollten, möglicherweise gab es doch Instinkte, denen wir entgegen unserer Beschränktheit folgten. So schoben wir uns mit Massen anderer den Uferweg entlang und fragten uns nichts, was ich als wohltuend empfand. Ich bemerkte, dass wir uns an den Händen hielten, ohne dass ich hätte sagen können, wie es dazu gekommen war.

Unsere erste Verabredung war nicht mehr als schweigendes Wackeln am See, und Wohlgefühl auf einer Ebene, auf der ich mich zuvor nicht sehr oft aufgehalten hatte. Der Mann brachte mich zu meiner Wohnung, wir hielten uns, und dann verschwand er in der Nacht. Ich hatte ihn nicht gefragt, wann er zurück nach Hause wollte. Aber ich hoffte, nie.

Heute.
Abend.

Mein Körper ist frei von jeder Energie und bereitet sich darauf vor, der Körper einer alten Frau zu werden. Es macht mich nicht traurig, ich registriere es nur, an diesem Tisch, im zu grellen Licht der Lampe, die an einem Baldachin hängt. Die Hände scheinen bereits einer mir fremden Person zu gehören. Deutlich treten die Sehnen hervor, fast als hätten Tiere kleine unterirdische Gänge angelegt in mir; jeden Moment könnten Gesichter unter meiner Haut hervortreten, wie unter einer Gummimaske würden sie sich abzeichnen. Ich lege den abgezählten Betrag für die Nudeln auf den Tisch und krieche meine Treppen hoch, es sind immer noch dreiundzwanzig Stufen, in meine Wohnung, in der immer noch nichts passiert ist. Lege mich auf das extrem unbequeme Bett. Und warte.

Das konnte mir noch nie einer erklären, wie man leben kann mit dem Wissen, dass man bald Insektenfutter wird. Dieses Geliege unter der Erde, das konnte mir keiner erklären. Die Therapeuten sind gescheitert. Der Neurologe konnte nichts feststellen. Und meine Freunde, als ich noch welche hatte, fanden mich negativ. Man muss das Leben doch genießen, sich fortbilden, weiterentwickeln, Ziele haben, Visionen. Ich vermisse die Freunde nicht.

Ich fand mich normal und sah nicht ein, warum ich mich bewegen sollte, warum all den Mist mitmachen, diese albernen Spiele. Wir leiden an uns, wir fühlen uns unzulänglich, wir studieren, wir machen Kurse, wir fühlen uns ungeliebt, und wir sind es auch. Dann haben wir Sex. Mit Geräten. Mit Komplexen. Mit Angst, Angst, Angst. Wir suchen Partner, finden keinen. Werden schwanger. Oder nicht. Haben Angst, weil wir nicht schwanger werden oder doch, und dann kommt das Kind, wir kennen es nicht, wir pflanzen es in einen Blumentopf. Wir rennen, um Geld zu haben, haben Geld und Angst, es zu verlieren, geben es aus, um geliebt zu werden, werden nicht geliebt. Und wenn doch, dann aus Versehen, dann sind es nur Hormone, ich ess dich, ich ess dich, und gleich wieder weg. Die ersten Wochen wäre es befremdlich. Reste von mir würden meinen, etwas zu verpassen, draußen in der Welt, in der immer Winter war. Eine Unruhe würde machen, dass ich meine Position ständig verändern müsste, Rückenschmerzen und Kopfschmerzen verschwänden, in der sechsten Woche. Die Fensterläden geschlossen, und die Augen gewöhnten sich an das Dunkel, daran, dass es nichts zu sehen gab. Nachts ginge ich zum Kühlschrank, aus Gewohnheit, und sähe in das leere Licht. Ich hörte den Wind nicht mehr, von draußen, und auch das Rauschen meines Blutes verstummte. Die Körperfunktionen auf ein Minimum reduziert, verbrächte ich die Tage im Halbschlaf, die Nächte in Dunkelheit. Vermutlich wäre es schmutzig in meinem Zimmer, vermutlich roch der Eimer, in den ich ausschiede, den ich nicht leerte, ich weiß es nicht. Ich läge da und wartete. Es wäre mir wohler als all die Jahre zuvor. Es wäre mir wohl, das Gehirn auf Bildschirmschoner gestellt, läge ich da und hätte die Augen halb geöffnet. Vielleicht sollte ich das einfach machen. Ab jetzt. Liegen bleiben und warten, was passiert, oder noch besser: auf nichts mehr warten.

Damals.
Vor vier Jahren.

Für die unklar umrissene Zeit der Anwesenheit des Mannes in meiner Stadt erstellte ich minutiöse Pläne, denn ich glaubte, dass man alles daransetzen musste, der Realität wehrhaft zu begegnen, die bedeutete, dass es keinen wirklichen Grund dafür gab, dass einander unvertraute Menschen ihre Zeit miteinander verbrachten.

In der Naivität eines Alleinlebenden war ich davon ausgegangen, dass Paare ihre Freizeit intensiv gestalten müssten, weil sich ansonsten die Stille, die zwischen ihnen steht, als bösartiges Geschwür manifestieren würde.

Das Beziehungsmodell, das mir von verschiedenen Kunstformen her bekannt war, basierte auf rein sexueller Anziehungskraft, die nach einer gewissen Zeit erlosch. Was Partner dann miteinander trieben, blieb unklar und wurde meist als Elend vermittelt.

Keiner hatte sich je der Anstrengung unterzogen, eine Liebe zu schildern, die ruhig und still verlief, die freundschaftlich war und eine gewisse Niedlichkeit ausstrahlte. Von Liebe berichten, so schien es, ausschließlich Personen, die mit dem Begriff und dem Gefühl dazu nicht vertraut sind. Alte Herren schreiben über ihre Geilheit und über den Hass in langen Beziehungen, Frauen machen Filme über Sehnsucht oder Seitensprünge, Therapeuten geben Ratschläge. Die Welt voller Menschen im Dauerzustand unerfüllbarer Träume.

Auch ich war ein Opfer falscher Ideen geworden und

konnte mir nicht vorstellen, was ein Paar nach dem Abklingen der Erregung verbinden mochte. Sah sie sitzen, sich alte Schallplatten vorspielend und gähnend. Dann kämen Freunde zu Besuch, und man würde Rollenspiele machen, was auch immer das sein mochte. Am Sonntag gingen die Paare in den Garten und würden Gasmasken anlegen, zu ihrer Erbauung. Wir hatten doch alle keine Ahnung!

Aus Sorge um Stillschweigen verplante ich während des Mannes Anwesenheit akribisch jeden Tag, mit Kammerkonzertbesuchen, Ausstellungen in Zinnmuseen, geführten Stadtspaziergängen mit Märchenerzählern, und selbstverständlich waren wir im Zoo gewesen. Dort hatten wir einen Ameisenbär mit der Kraft unserer Gedanken zum Ausführen von Kunststücken gezwungen.

»Man kann jedes Tier beeinflussen, wenn man nur lange genug den Punkt zwischen seinen Augen fixiert«, sagte der Mann, und wir starrten das unserer Kraft ohnmächtig ausgelieferte Tier an. »Sollten wir ihm nicht noch eine Aufgabe übermitteln?« fragte ich. Der Ameisenbär begab sich verstört in eine Ecke. Ich hatte ihm befohlen, sich auf den Rücken zu legen. »Ich habe ihm aufgetragen, sich in einer Ecke aufzuhalten«, sagte der Mann.

Er gewann immer.

Beim Beeinflussen von Tieren. Beim Erraten sexueller Vorlieben uns Unbekannter, und vor allem siegte er in jedem Gelassenheitswettbewerb mit einem Lächeln.

Ich, die ich erfreulich wenige Menschen kannte, war noch nie jemandem begegnet, der der Welt so wohltemperiert begegnete wie der Mann, wahrscheinlich weil er nicht übermäßig an Wertungen interessiert und frei von Projektionen schien. Unklar, ob er schlichten Gemütes war oder ob seiner Unfähigkeit, sich zu erregen, ein buddhistisches Prinzip innewohnte.

Es war Frühling. Natürlich war bald Frühling. Irgendwann, Mitte Februar, in der Zeitrechnung der bedeutungslos gewordenen Jahreszeiten, des Dauerregens, der Auflösung.

Jahre war es her, dass ich eine Person, die nicht ich war, täglich getroffen hatte. Um genau zu sein, vermutlich waren meine Eltern die Letzten gewesen, mit denen ich in gewisser Regelmäßigkeit verkehrt hatte. Das stellt man sich doch nicht vor, in seinen Träumen von Liebesgeschichten; dass die Anwesenheit von jemandem vierundzwanzig Stunden am Tag bedeutet, das eigene Leben zu ändern; man träumt von Sekundenaufnahmen, von Wegen in der Herbstsonne, Licht, das durch Küchentüren fällt, und Großmutter lebt noch.

Dass es hauptsächlich meint, neben einem anderen zu gehen, zu liegen oder zu stehen, wenn man davon spricht, sein Leben miteinander zu verbringen, ist ein Umstand, der in der Weltliteratur kaum Erwähnung findet.

Ich konnte mich sehr gut neben dem Mann aufhalten. Weder drückte er sich in Stereotypen aus, noch versuchte er sich in irgendeinem Bereich als besonders befähigt herauszustellen. Es gab zwischen uns eine schweigende Übereinstimmung in dem, was wir als gegeben voraussetzten, woran wir glaubten und was wir verachteten, und die bemerkte man nur, weil es kaum etwas gab, was uns aneinander verwunderte. Wir verhielten uns, als könnten wir den komplizierten Beginn der Bekanntschaft überspringen und an dem Punkt weitermachen, da man gemeinsam eine Grabstätte sucht.

Ich lag neben dem Mann, auf einer Bank, einem Sofa, einer

Wiese, ich habe es vergessen, weiß nur, dass mein Kopf in seinen Händen befindlich war und ich über unseren absurden Beschäftigungen erschöpft. Vielleicht war es auch nur eine Schwere in den Gliedern, die der Dauerregen hervorgerufen hatte, oder die Angst, dass mir der behagliche Zustand wieder genommen werden könnte. Und als ahnte er, was mich matt hatte werden lassen, teilte mir der Mann mit, dass er nun wieder nach Hause müsse.

Heute.
Mitternacht.

Die Nacht hängt formlos im Raum, ohne Ende und Anfang.

Merkwürdige Geräusche von draußen. Warum kann es noch nicht einmal ordentlich dunkel werden hier, ruhig werden, tot sein, müsst ihr denn die Weltmacht schon morgen erobern, geht doch zu Bett, packt eure Gesichter auf weiße Kissen und spuckt und schlaft. Geschlafen wird nicht – jeder will reich werden. Um sich damit die Illusion einer Welt zu kaufen, wie man sie sich aus einer guten alten Zeit vorstellt. Irgendwas mit Platz und Natur und Ruhe. Davon träumen sie, während sie die Erde zubetonieren und ihre Ausscheidungen in Kanäle leiten, die Wälder abbrennen, um noch mehr Betonflächen herzustellen, auf denen sie herumfahren, einen Arm aus dem offenen Wagenfenster, durch das der Geruch ihrer Fäkalien strömt. Ablenkung tut not, ich beobachte die Wohnung, die im Halbdunkel auch nicht schlafen kann. Sie hat ein Schlafzimmer, das mit dem Doppelbett überfüllt ist, ein kleines Fenster geht auf die Hauptstraße, ein Stock unter dem Bett, mit Läden, Restaurants, Chinesen. Touristen. Am Wochenende werden sie wiederkommen. Pünktlich mit der Zehn-Uhr-Fähre – Schüler, die Krach machen, aber vielleicht sind es keine Schüler, sondern junge Erwachsene, und ich einfach zu weit entfernt von ihrem Jahrgang, um ihr Alter schätzen zu können. Sie werden über die Insel laufen, eine halbe Stunde von der Fähre zum Strand. Dort werden sie, ohne sich ihrer adretten Kleidung zu entledigen, Drachen steigen lassen oder im Sand sitzen und sich ordentlich betragen. Sie werden kichern und nach zwei Stunden wieder aufbrechen. Pudding essen unter Bäumen, zu der kleinen Hauptstraße laufen, an der ich wohne, in den Souvenirläden Gummibälle und Handyanhänger kaufen, zuletzt in einem der Restaurants am Wasser Fisch essen. Dann werden sie mit der Fähre zurückfahren nach Hongkong, wo sie in viel zu kleinen dunklen Wohnungen leben, und sich auf den nächsten Sonntag freuen.

Ich weiß nicht mehr, wie das Gefühl zu dem Wort funktioniert. Ich stehe ratlos in der Küche, von der aus ist das Meer fast zu sehen, auf jeden Fall riecht man es – als ich noch etwas gerochen habe, war da sicher Meer in der Nähe –, und weiß nicht mehr, wie es ist, sich zu freuen. Gehe ich aus der Wohnung die steile Treppe hinab, stehe ich im Restaurant, fünf Tische direkt am Wasser, links das Kohlekraftwerk, das mir so gefallen hat, als mir noch etwas gefallen hat, denn es fügte sich so freundlich in die Berg-Meer-Dschungel-Idylle, mit seinen drei Schornsteinen. Ich mag es, wenn sich praktische Dinge in der Natur befinden. Menschen, Geschäfte, Kraftwerke, sonst wird mir die Natur zu übermächtig, zu klar, dass ich ihr völlig egal bin, der Natur, der Welt, den anderen Milliarden, drum betoniert sie fleißig zu, die grüne Hölle!

Die Insel besteht zum überwiegenden Teil aus felsigem Untergrund, der unbebaut und freundlich leer ist. Die Menschen wohnen, wie sie es gerne tun, zusammen in der Nähe der Fähre, an der Hauptstraße und in einer Siedlung im Dschungel.

Nach einer Woche hat man jeden, der hier lebt, schon einmal gesehen, die Ausländer sind Freaks, Esoteriker, zottelige

Aussteiger oder mäßig bezahlte Computerfachleute, die sich die Mieten in Hongkong nicht leisten können, ich kenne jeden von ihnen, und auch die chinesischen Gesichter kann ich inzwischen unterscheiden.

Das Leben auf der Insel ist wie das, was man sich nach dem Ende der Hochzeit des Kapitalismus vorstellt. Eine Mischung aus Mittelalter und Hightech, Selbstversorger und Gebäude, die dagegen zu kämpfen scheinen, dass der Dschungel sie frisst. Wir hatten uns überlegt, wie es wäre, hier ein Haus zu kaufen. Ich hätte überall mit ihm sein können. Und ohne ihn nirgends.

Damals.
Vor vier Jahren.

Ich vermisste den Mann bereits eine Stunde nach unserem Abschied auf eine sehr körperliche Art.

Mir war kalt.

Es war uns nicht vergönnt, unserer Bekanntschaft telefonisch eine gewisse Dreidimensionalität zu geben, denn riefen wir einander an, saßen wir in der Folge schweigend mit Hörern in der Hand und schauten aus dem Fenster. Drei Wochen saßen wir mit dem Telefon in der Hand und sahen auf die Straße oder sendeten uns Kurzmitteilungen mit außerordentlich belanglosem Inhalt. Ich gehe einkaufen. Ich habe ein Tier gesehen. Schlaf gut. Worte, die nichts meinten, außer, dass wir aneinander dachten. Es wäre mir sehr unangenehm gewesen, hätte ich Dinge lesen müssen, die sexueller Natur waren oder von Liebe handelten. Weder konnte ich über solcherlei Themen reden, noch gelang es mir, darüber zu lesen, ohne dass mir sehr kalt im Nacken wurde.

Ich schlich durch mein Leben, dem es auffallend an Harmonie gebrach, und füllte meine Tage, wie mir schien, mit Unsinnigkeiten.

Es war neu, dass ich die kleine Melancholie, die oft bei mir zu Besuch war, einem klaren Ursprung zuordnen konnte. Der bedauernswerte Zufall, der Menschen geschaffen hat, ohne sie mit einer klaren Aufgabe auszustatten, war ohne jemanden, den man gerne berühren wollte, schwer zu ertragen.

Dass ein neuer Abschnitt meines Lebens beginnen würde,

merkte ich daran, wie ich von allem Vertrauten Abschied nahm. Vielleicht geschehen merkwürdige Dinge gerade, wenn man entspannter wird und nichts mehr dringend erwartet.

So traf ich an einem jener Nachmittage eine alte Dame aus meinem Haus, die noch nie einen Satz mit mir gewechselt hatte. Ich trug ihre Taschen zwei Stockwerke hoch, und überraschenderweise sagte sie dann: »Kommen Sie doch auf einen Tee herein.« Ich hatte nichts vor, außer Abschied zu nehmen, so folgte ich ihrer Einladung. Ihre Wohnung war erfüllt von dem Geruch, den leere Keksdosen und alte Parfüms verströmen, und die Einrichtung zeugte von erlesenem Geschmack. Alte skandinavische Designmöbel standen in kleinen Gruppen zusammen, befremdlich wirkte allein ein ausgestopftes Nagetier in einem ausnehmend schönen Finn-Jul-Regal.

Die Dame kam mit Tee und so kleinen Schritten, dass es wirkte, als hätte sie zwei Beinprothesen, die auf einem Skateboard befestigt waren, das sie nur wackelnd bewegen konnte.

Nach einigen Momenten der Ruhe begann sie zu reden.

»Ich habe nie geredet. Ich hatte wohl die Fähigkeit dazu, die physischen Voraussetzungen waren gegeben, doch gab es bei mir nie ein Bedürfnis, mich über Worte mitzuteilen. Vielleicht begann es als Tick, doch es ging mir wie jedem Menschen, der eine Gewohnheit entwickelt. Irgendwann konnte ich mir einfach nicht mehr vorstellen, anders zu leben, als ich es tat. In meiner Kindheit waren meine Eltern über Gebühr besorgt um meine Sprachlosigkeit. Sie wollten, auch das ist menschenüblich, unbedingt herstellen, was ihnen die Umgebung als NORMAL vorlebte. Ich verbrachte den größten Teil meiner Kindheit bei Ärzten, Psychologen, beim Delphinschwimmen und Pferdereiten. Die Aufregung bestärkte mich allerdings eher in meinem Entschluss, nichts zu sagen. Worte erschienen mir schon immer als Gefahr; wenn ich die Gespräche meiner Eltern belauschte, Sätze, in denen immer ein: ›Aber du hast versprochen!‹ vorkam. Die immer mit einem: ›Warum hast du dann gesagt!‹ endeten. In der Stille, die ihren Gesprächen folgte, entstand bei mir der große Wunsch, meine eigene Stille, die sehr viel behaglicher war, zu verteidigen. In meinem weiteren Leben hatte ich Freude in der Bibliothek, in der ich arbeitete, mit mir und der Ruhe, die mich umgab. Ruhe, wie ein Panzer aus Kaschmir, an dem alles abprallt, was in der Welt stattfindet, die man nicht mag, weil sie laut ist und unerfreulich. Ich habe nie darum gebeten, geboren zu werden. Die Eltern entscheiden für dich; in einem Moment der Lust oder der Gewohnheit stellen sie etwas her, das sie kurz nur versorgen und das dann sechzig Jahre in einem Zustand verbringen muss, der nichts will, außer wieder in Ruhe zu liegen. Was einem nicht vergönnt ist, denn ein ordentlicher Mensch hat seine Pflichten in der Gesellschaft. Ich wollte nie sein, was mir unter dem Begriff LEBENDIG vermittelt wurde. An Tischen sitzen, Wein trinken, vom Klang meiner Stimme trunken werden, mit Männern schreiend in Betten liegen, schnelle Autos zerfahren. Wenn ich schon als Mensch geboren worden bin, so wollte ich doch wenig mit der Spezies zu tun haben. Das gelingt schweigend. Kaum einer mag mit Stummen verkehren. Ich hatte beobachtet, wie unglücklich sie waren, die anderen, in der ständigen Erfüllung anderer Leute Erwartungen, wie es sie verspannte, wie sie zwar sprachen, doch kein Satz aus ihnen kam, sondern einzig tausendfach gehörte Worte, die wirken wollten. Ich war wohl einmal mit einem Mann zusammen. Doch ich habe alle Details vergessen. Ich suchte nie einen Freund, ich war mir genug. Ich bewegte mich in meiner leisen Welt, verließ das Haus am Morgen, wenn mit Glück Nebel oder Regen das Elend unsichtbar machte, lief durch eine öffentliche Grünfläche zur Bibliothek. Ich musste keinen sehen dort, weil es nur galt, Bücherpakete über Land zu verschicken. Am Abend ging ich heim, und der einzige Kontakt des Tages fand mit dem Verkaufspersonal des Supermarktes statt, in dem ich mir jeden Abend die gleichen Gerichte kaufte. Zu Hause las ich, schaute aus dem Fenster, wartete, dass die Zeit verging, in dem Leben, um das ich nicht gebeten hatte. Das Tier hatte ich eines Abends kennengelernt, als ich vom Einkauf zurückkam. Es war eine Art Nager, genau weiß ich es bis heute nicht. Es saß auf meiner Eingangstreppe und sah mich abwartend an. Ein kleines braunes Pelztier mit wachem Blick und zarten Händen. Nachdem ich die Tür geöffnet hatte, erhob es sich und schritt selbstbewusst ins Haus. Es stieg die Stufen in den vierten Stock, wo sich meine Wohnung befand, behende hoch, wartete auf mich, um dann wiederum in meine Wohnung zu laufen. Dort schaute es sich kurz um und nahm dann auf meinem Sofa Platz. Ich machte das Abendessen und stellte einen Teller vor das Tier. Es begann mit seinen kleinen Händen von den Bohnen zu nehmen, ein wenig Kartoffel, dann wischte es sich den Mund ab und ging in mein Bett, um sich schlafen zu legen. Von jenem Tag an lebte das Tier mit mir. Ich gewöhnte mich außerordentlich schnell an seine Gesellschaft, vermutlich, weil es keine Fragen stellte. Wir lebten einige Jahre zusammen, schliefen zusammen in meinem Bett, ich würde sagen, wir erfreuten uns an unserer Gesellschaft. Dann war Frühling, und ich ließ die Fenster offen, wegen der Luft, wegen der Vögel, und mein Tier saß auf dem Fensterbrett, und fast sorgte ich mich, dass es stürzen könnte. An einem Abend kam ich heim und sah das Tier am Fenster, es blickte mich an, ein wenig schuldbewusst, wie mir heute scheinen will. Es nickte mit dem Kopf und sprang aus dem Fenster. Ich habe es aufgelesen, und es steht jetzt hier und ist nur mehr eine Hülle. Ich weiß, dass die Mitteilung an mich eine andere war. Es geht um diesen Moment des Sichabstoßens in die Wolken, in das Blau, ich vermeine genau zu wissen, was mein Tier gesucht hat. Die endlose Ruhe. Es wird der stillste Moment meines Lebens, durch die Luft zu fliegen, nicht einmal Rauschen werde ich hören, und fliegen, endlich fliegen, und wissen, dass ich nie wieder Geräusche hören muss, nie wieder Stimmen. Das wollte ich noch irgendwem sagen. Vielleicht als einen Abschied. Es kommen neue Ebenen, und man muss sich nicht fürchten vor ihnen.«

Die Dame schloss die Augen, und ich ging in meine Wohnung. Ich schickte dem Mann eine Nachricht, dass ich am nächsten Tag zu ihm fahren würde. Als ich am Morgen das Haus verließ, um zum Zug zu gehen, sah ich kein Licht in der Wohnung der alten Dame.

Heute.
Gegen vier. Am Morgen.

Da wird kein Schlaf mehr kommen, in dieser Nacht, die Morgen wird, die Sonne wirft bereits rosa Flecken ins Dunkel, auf der Gasse ein paar Menschen, vermutlich Fischer, die mit Giftstoffen beladene Tiere fangen gehen, Oktopoden, die, wie man jüngst herausfand, sehr gerne spielen und sich kraulen lassen. Ich ziehe mich an und schaue flüchtig in den Spiegel. Ich erkenne nichts von dem, was ich da sehe.

Verdammte Jugend, die man verehrt in Kreisen, zu denen ich nicht gehören möchte, ist es doch die albernste Zeit im Leben eines Menschen, das ohnehin vor Albernheit jede Sekunde zu implodieren droht. Das Jungsein ist niedlich, aber zum Zuhören ist das nicht, die jungen Mädchen, die kichernd über die Insel laufen, an jedem Wochenende, die Jungs, die sich gegenseitig anstoßen und nicht wissen, warum. Ich ziehe nur einen Mantel über meinen Schlafanzug, um eine Nachtwanderung zu machen. Vielleicht werde ich müde dabei. Oder treffe einen Selbstmörder.

Den Weg kenne ich auch bei Dunkelheit, auch mit geschlossenen Augen, auch mit abgetrenntem Kopf.

Jetzt zum Meer zu gehen wird die Routine des Tages durcheinanderbringen, das Meer ist erst am Vormittag eingeplant, der Plattenweg, der Himmel, der inzwischen seltsam dunkelkupferfarben ist. Ich sitze auf meiner Bank, die befremdlich wirkt, im Dämmerlicht, ihrer Harmlosigkeit beraubt, bedrohlich, als könne sie mich verschlingen. Ich sitze und wage nicht, mich zu bewegen. Nicht aus der Angst heraus, verschlungen zu werden, sondern weil es unsinnig wäre, so wie es unsinnig ist, hier zu sitzen und zu hoffen, dass es in meinem Leben noch einmal ein Ereignis geben könnte, das mich die Unsinnigkeit vergessen lässt. Wie sie plärren in Chören, die Bürger, von der Schönheit des Lebens, ein Geschenk von Gott, ein Männermärchen, das sie bis heute in den Schulen in Kinderhirne schütten, um die Schafe auf den Weiden zählen zu können. Sie kriechen durch ihr Dasein, klammern sich an Moral und Gesetze, an Pianokonzerte und die Philosophen, die auch nichts zu erklären vermochten, wie auch, mit einem Menschenhirn. Sie rennen Marathon und schreien: »Ich habe den Krebs besiegt«, um dann am Herzschlag zu verrecken. Es gibt zwei Sorten von Dummheit: die derjenigen, die das Schild »Betreten verboten« befolgen, und die der anderen, die es extra nicht tun. Ich gehöre zu den Letztereren, auch albern in ihrem Trotz, die Freaks, die Rocker, die Kiffer, aber die kenne ich, verstehe ich, die anderen werden mir immer ein Rätsel bleiben.

Ein Geräusch holt mich aus der filigranen Schleife, die meine Gedanken gerade drehen, ein Geräusch wie ein Winseln, schwer auszumachen, im Dämmerlicht, neben der Bank, ein Bündel, das zuckt, ich stehe auf und erkenne, dass es ein Kind ist, was da liegt. Ein kleines Mädchen, vielleicht zehn Jahre, es ist schwer für mich, das Alter von Asiaten zu schätzen. Sie sehen lange Zeit aus wie Kinder, bis sie scheinbar innerhalb von Stunden verschrumpeln, wie freundliche Pflaumen.

Ich berühre das Kind nicht, das da weinend in sich zusammengerollt neben der Bank schnauft, denn ich weiß, wie sich Berührungen anfühlen, um die man nicht gebeten hat.

Das Mädchen bemerkt meine Anwesenheit, sie ist ihr unangenehm, ich spreche sie nicht an, doch ein Trotz in mir lässt mich bleiben. Es ist meine Bank, mein Strand und mein Vorrecht, unglücklich zu sein. Neben dem Mädchen kauernd warte ich, ob sie sich irgendwann in einen anderen Zustand begeben möchte. Lange beobachte ich das Meer, ignoriere meine schmerzenden Knie, weil ich eine Bewegung scheue, und wirklich fasst das Mädchentier irgendwann Zutrauen und redet, in erstaunlich gutem Englisch, doch der überdurchschnittliche Verstand asiatischer Kinder erstaunt vermutlich nur mich als Europäer.

»Entschuldigen Sie, dass ich Sie in diese peinliche Situation bringe.« Alle Wetter! denke ich, das ist Stil. Ich will dem Kind nicht zur Antwort geben, dass mir nichts mehr peinlich ist, weil das Gefühl dazu meint, dass man sich für die Menschen um einen interessiert. Das Mädchen redet, nachdem ihr Schluchzen sich beruhig hat, weiter.

»Sie müssen sich nicht um mich kümmern. Am liebsten wäre mir, Sie würden mich nicht weiter beachten.« Sie blickt mich aus ihren scheinbar lidlosen Augen an, die mir nichts mitteilen. Es sind nur mehr mir unvertraute Augenschlitze. Ich weiß nicht, was zu tun ist. Es widerstrebt mir, ein weinendes Mädchen vor Aufgang der Sonne am Strand zurückzulassen. Doch – wer bin ich, dass ich ihr helfen könnte? Ratlos versuche ich mich auf meine üblichen Schmerzen zu konzentrieren, aber es will mir nicht gelingen. Das Mädchen ist bemüht, sein Weinen zu unterdrücken, aus Rücksichtnahme auf mich. Da ich weiß, dass nichts unangenehmer ist, als anderen seinen Willen aufzudrängen, stehe ich auf und will gehen.

»Bleiben Sie«, höre ich die leise Stimme des Mädchens.

»Wenn es Ihnen nichts ausmacht, bleiben Sie noch ein bisschen. Ich möchte eigentlich doch nicht alleine sein.« Ich setze mich wieder hin und warte, dass sie weiterspricht. Es braucht eine Viertelstunde oder länger, die Sonne geht auf, die Insel wird gleich erwachen, bis das Mädchen sich neben mich setzt, aufs Meer sieht und zu reden beginnt.

Damals.
Vor vier Jahren.

Wenn ich mich in Zügen befand, in stockendem Verkehr, wenn es mir vergönnt war, auf verspätete Flugzeuge zu warten oder an Postschaltern, musste ich an mich halten, damit ich wegen des großen Wohlgefühls nicht zu grunzen begann. Es waren jene wunderbaren Momente, in denen ich und die Umgebung deckungsgleich waren: eine große leere Blase, die mich bis an die Grenzen der Flugfähigkeit beglückte.

Von einem gut funktionierenden Mitglied der großen Völkerfamilie wird gemeinhin erwartet, dass es produktiv ist, sich geschmeidig und zielstrebig bewegt, seinen Leib sportlich ertüchtigt, keine Kosten verursacht, sein Soll erfüllt. Sie waren gut erzogen, die folgsamen Bürger, überwachten einander, um die Ausgaben des Gesundheitswesens gering zu halten. Sport als Opium fürs Volk hatte sich überall in der westlichen Welt durchgesetzt, in Kombination mit Kokain entstand so eine Art Maschinenmensch, der den Kapitalismus zu immer perfekterer Perversion trieb.

Etwas wie ich, wie aus einem Rokoko-Gemälde übernommen, passte nicht in die vorherrschende Geschwindigkeit. Doch vermutlich hat alles immer dasselbe Tempo, nur man selbst wird im Alter langsamer.

Vor dem Zugfenster hielt sich die Schweizer Kulisse auf. Dieses verstörend unreale Land, das in mir jenes Gefühl erzeugte, welches man nach dem Erwachen an einem späten Sommermorgen in einer Wohnung hat, in der die Holzjalousien gekippt sind und Streifen gelben Lichts auf frisch gewachstes Parkett treffen.

Mir gegenüber saß ein Mann, der einen Hut trug und aus einer Thermoskanne Wasser trank. Vielleicht hatte ich ihn einen Moment zu lange angestarrt, da war etwas Verwaschenes in seinem Gesicht, das mich verstörte, der Herr beugte sich plötzlich zu mir, in einem Abstand, der so gering war, dass er mir zwangsläufig als Eindringen in meine Privatsphäre erscheinen musste.

»Sie starren mich an«, sagte der Mann, und ich versuchte zu tun, als habe ich ihn nicht gehört.

»Geben Sie es zu, Sie haben mich angestarrt«, beharrte der Herr. Er schien keine Antwort zu erwarten, denn er redete, ohne sich lange aufzuhalten, weiter: »Geben Sie es doch zu, bitte. Sie wären die erste Person, die mich anstarrt.« Freundlich sagte ich: »Ja, vielleicht habe ich Sie ein wenig zu lange angesehen, aber lassen Sie mich versichern, ich habe mich nicht über Sie gewundert.«

»Eben, das ist es, es wundert sich keiner, keiner sieht mich an, außer jetzt vielleicht Sie, und das geht mir schon mein Leben lang so. Ich war nie einer, von dem man etwas wissen wollte«, fuhr der Mann fort, er schien in Plauderstimmung, und wenn ich etwas wusste, dann, dass man Menschen, wenn sie den Drang zum Erzählen verspüren, nicht unterbrechen sollte, sie werden sonst unbeherrscht und treten nach kleineren Lebewesen.

»Ich habe meine Durchschnittlichkeit irgendwann erkannt und tatsächlich geglaubt, sie würde mich über den Durchschnitt erheben«, sagte der Mann. »Ich sah immer aus wie einer dieser Männer, die morgens in der Bahn sitzen, und man fragt sich, wie irgendeiner, geschweige denn ihre Frauen, sie auseinanderhalten kann. Die Haare gingen mir früh aus, diese mittelblonden, dünnen Haare, ich hatte einen recht großen Hintern und hängende Schultern, und in meinem Gesicht gab es außer der rechteckigen schwarzen Brille nichts, das nicht Luft geglichen hätte. Es ist erstaunlich, dass ich das alles feststellte, ja, manchmal dachte ich, vielleicht bemerken all diese durchschnittlichen Leute genau wie ich ihre Durchschnittlichkeit, und sie bekommen Krebs davon oder werden Neonazis oder Perverse, irgendwas, weil man aus der Mitte ragen möchte. Ich war auch nie zu großen Gedanken fähig. Gleichwohl hatte ich immer das Gefühl, ich sei doch tiefer als alle diese Männer mit ihren verdammten Halbschuhen, die aussehen wie meine Halbschuhe, aber ich bekam die Tiefe nie in Gedanken gehüllt. Sie lag in mir, und ich kam nicht an sie heran. Das GROSSE, das die Welt oder zumindest meine hätte verändern können, war zu groß für mich. Ich hatte das Gefühl, ich sei im falschen Körper geboren. Eigentlich müsste ich jemand sein, der auffällt, der interessante Gedanken auszudrücken vermag, ein verdammtes Alphatier. Aber nichts da, alles blieb klein und unauffällig. Ich nahm mir eine Frau, und wir hatten kleine Gefühle füreinander, die Frau sah aus wie alle Frauen, die mit Männern wie mir zusammen waren. Ich habe vergessen, wie sie aussah, ich habe vergessen, ob sie jemals einen merkenswerten Satz gesagt hat, einen, bei dem ich hätte denken können: Na, das ist aber jetzt mal ein Satz. Ich glaube, in der kurzen Zeit unseres Zusammenlebens sagte sie nicht einen Satz. Wir wohnten in einer Wohnung, die, wenn man von außen des Nachts hineinblickte, wie alle Wohnungen in dem Block wirkte, in dem sie sich befand. Ich habe vergessen, was wir da machten.

Ich habe vergessen, was ich gearbeitet habe. Es fand sicher an einem Schreibtisch statt und hatte mit einem Computer zu tun. Vermutlich habe ich nie denken müssen bei der Arbeit. Bei den meisten Beschäftigungen genügt es ja durchaus, wenn man ein Standardvokabular von zehn Sätzen beherrscht, die alle komplett inhaltslos sind. Als Jugendlicher hatte ich versucht, mich interessant zu gestalten. Ich hatte mich als Punker verkleidet, doch ich war mir der Attitüden gewiss: Ich sah immer nur aus wie ein mittelmäßiger Mensch mit schwarzen Mänteln und abgeschauten Posen. Wenn ich mich morgens betrachtete, bei der Reinigung, kam ein solcher Hass gegen mich in mir auf, und den wusste ich nicht einmal zu nutzen. Weder taugte ich zum Amoklaufen noch als Söldner oder Harleyfan, als Politiker oder Journalist; Dinge, die andere durchschnittliche Männer unternehmen, um sich eine Bedeutung zu geben, waren mir in ihrer verkrampften Bemühung zu offensichtlich. Ich war eine Ameise unter Ameisen, die keine Ameise sein wollte, der aber keine anderen Möglichkeiten einfielen.

Ich ging irgendwann von zu Hause weg, und seitdem lebe ich in diesem Zug. Ich steige abends aus, wechsle den Zug, steige morgens wieder ein.«

Die unglaublich farblose Stimme des Mannes hatte mich in einen leichten Halbschlaf versetzt, der sich unbemerkt von mir in einen Tiefschlaf verwandelte, aus dem ich erst erwachte, als der Zug hielt. Mir gegenüber saß kein Mann. Das Abteil war leer und ich mir nicht sicher, ob da jemals irgendwer gewesen war.

Heute.
Morgen.

»Es ist mir unangenehm, Ihnen zur Last zu fallen«, sagt das kleine Mädchen in ihrem befremdlich korrekten Englisch, »aber es wäre unhöflich, Sie nicht darüber zu informieren, warum ich hier liege und Ihnen Ihren Morgen verdorben habe. Außerdem sind die Menschen neugierig, und Sie würden zu lange über meine mögliche Geschichte nachdenken, und seien Sie versichert: Das ist sie nicht wert.« Das Mädchen sieht unverwandt aufs Meer, die Sonne ist aufgegangen, und ich biete ihr an, im Restaurant des kleinen Hotels hinter uns zu frühstücken. »Wenn es Ihnen nichts ausmacht, würde ich Ihre Einladung gerne annehmen«, sagt das Mädchen, und während wir über den Sand laufen, sehe ich uns kurz von oben. Wir wirken wie zwei Figuren aus einem existenzialistischen Film, der sechs Stunden dauert und in dem kaum gesprochen wird, in minutenlangen Sequenzen rinnt Wasser an Scheiben hinunter, und ein nasser Hund eiert am Horizont entlang.

Wenig später im Restaurant versucht das Mädchen zwar, mit Zurückhaltung zu essen, doch es gelingt ihr nicht, zu verbergen, wie ausgehungert sie ist. Ich beobachte sie nicht, um sie nicht zu beschämen, schaue den Strand an, als hätte ich den Hund nicht bereits zur Genüge gesehen.

Es wird wieder ein prächtiger Tag, die Luft ist fast klar, warm und weich, niemand außer uns ist am Strand um diese Zeit, die Kellnerin lehnt in der Tür und sieht aufs Meer, aus dem überall Fußboden ragt. Inseln rufen in mir normalerweise das schwankende Gefühl hervor, mich auf einer kippenden Scheibe aufzuhalten. Diese hier ist in Ordnung, ihre Felsen scheinen mit dem Meeresgrund verankert. Ein silberner Frühnebel liegt über der Fernsicht, und fast vergesse ich die Anwesenheit des Mädchens, das, nachdem es sein Frühstück beendet hat, bewegungslos dasitzt.

»Wir trauern, weil wir etwas vermissen«, sagt das Mädchen, und ihr abwesender Blick gibt dem Satz etwas Flirrendes, was mich nicht nötigt, mit kleinen Lauten Zustimmung zu bekunden. »Ich vermisse meine Mutter. Womit wir schon bei der Ursache meines Problems wären. Sie hat mich vor zwei Wochen zu meinem Großvater gebracht, der hier auf der Insel lebt, hat mich umarmt und gesagt, dass sie ihre Gründe habe zu gehen. Und dass ich nicht auf sie warten solle. Dann ging sie. Ich habe ihr vom Fenster aus nachgesehen, wie sie die Gasse herunterlief, zur Fähre. Und ich bin ihr nicht gefolgt. Ich habe auch meinen Stolz, und wenn mir einer sagt, dass er auf meine Anwesenheit keinen Wert mehr legt, bin ich die Letzte, die ihm hinterherläuft. Aber wie Sie sich denken können, fühlte ich mich furchtbar. Ich kenne ja nur meine Mutter. Mein Vater ist angeblich ein Seemann, der gekentert ist, aber unter uns, an diese Geschichte mag ich nicht mehr so richtig glauben. Tatsache ist, dass ich mein gesamtes bisheriges Leben mit meiner Mutter auf Ap Lei Chau verbracht habe. Das ist eine Insel da drüben –«, das Mädchen zeigt in Richtung Hongkong. »Es ist die dichtestbesiedelte Insel der Welt. Achtundsechzigtausend Menschen je Quadratkilometer. Nun, an so einem Ort aufzuwachsen ist ja immerhin etwas, das nicht jeder von sich behaupten kann. Meinen Vater habe ich nie gesehen, noch nicht einmal ein Bild gab es von ihm. Meine Mutter ist eine Person, die man nicht unbedingt als warmen, liebevollen Menschen bezeichnen würde. Sie war immer wie abwesend; auch wenn sie mir körperlich nahe war, befand sich der Teil, der einen Menschen ausmacht, an einem anderen Ort. Insofern ist es vermutlich folgerichtig, dass sie ihrem Geist nun an diesen Ort folgen musste. Vielleicht gewöhne ich mich ja hier ein.« Das Mädchen seufzt und scheint die Aussage ihres letzten Satzes doch stark zu bezweifeln.

»Und dein Großvater?« frage ich. »Was ist das für ein Mensch?« Das Mädchen denkt lange nach.

»Er ist der Masseur hier im Ort, und er ist ein schweigsamer Mann. Wenn Kunden kommen, nickt er ihnen zu, sie erzählen von ihrem Leiden, er nickt wieder und beginnt sie zu massieren. Er ist sehr kräftig, und vielleicht macht er mir ein wenig Angst, ohne dass es einen Grund dafür gäbe, denn er hat mich noch nie angefasst. Also auch nicht umarmt oder Ähnliches. Ich kann das verstehen, denn er hatte sehr lange Zeit keinen Kontakt mehr zu Kindern, oder überhaupt zu jemandem. Meine Großmutter ist vor zwölf Jahren, also bevor ich geboren wurde, gestorben. Seitdem lebt er alleine und redet kaum. Er hat mir ein Bett bezogen, in einer Kammer, wo sich die Schränke befinden, er stellt mir pünktlich Mahlzeiten auf den Tisch. Er gibt mir Geld für die Fähre in die Schule, und ansonsten habe ich das Gefühl, dass ihm meine Anwesenheit unangenehm ist. Aber vielleicht ist das nur eine Projektion. Er eignet sich hervorragend dafür, weil er wie ein leeres Blatt Papier wirkt. Nicht unbedingt das, was ein Kind meines Alters gut handhaben könnte, das Zusammenleben mit einem Stück Papier, ja, das ist wirklich nichts, was einen aufheitert, wenn man gerade seine Mutter hat weggehen sehen.«

Der Blick des Mädchens schwimmt ein wenig davon, und ich befürchte, sie könnte zu weinen beginnen.

Ich weiß nicht, ob ich sie in dem Fall trösten kann. Ich kann ja nicht einmal mich trösten.

Lange schweigen wir.

Dann fragt sie: »Würden Sie mich zu meinem Großvater begleiten? Das würde es irgendwie leichter machen, ihm meine Abwesenheit die ganze Nacht zu erklären.«

Zwar gibt es interessantere Dinge, die ich unternehmen könnte, als zu einem schweigenden Großvater zu gehen, den Plattenweg nochmals zu studieren beispielsweise, aber das Mädchen schaut mich aus ihren lidlosen Augen an. Gehen wir, sage ich.

Damals.
Vor vier Jahren.

Je näher ich dem vermeintlichen Standort des Mannes kam – ganz sicher sein sollte man sich ja nie mit der Idee, einen anderen Menschen zu treffen, denn vielleicht war er unterdes verstorben oder in den Krieg gezogen –, desto schläfriger wurde ich. Vielleicht schaltete der Organismus wegen einer unklaren Überforderung auf ein Notprogramm, oder es war einfach das Alter.

Immer nachdrücklicher verabschiedeten sich die Zellen meines Körpers, stellten Schmerzen in den Gelenken her, Übelkeit, und vermutlich war auch meine Sehstärke früher brillanter gewesen.

Der Zug fuhr am See entlang, nach Locarno, ein Ort, der trotz aller Versuche, ihn zu bebauen, bis der Tod einträte, immer noch wirkte wie in einem deutschen Ferienfilm aus den Fünfzigern.

Der Bahnhof schien mit Marmor ausgelegt, vielleicht sollte er einst ein Sanatorium werden, das sich aber gegen den Willen seiner Eltern entschieden hatte, einen anderen Weg einzuschlagen.

Am Ende des Bahnsteigs stand der Mann.

Sie stehen immer am Ende der Bahnsteige und tragen Trenchcoat und Hut und verziehen keine Miene, nehmen die Frau in den Arm und in Besitz und küssen sie. Dann endet der Film.

Der Mann stand unbeholfen da, er trug etwas, das vollkommen egal war, und er wirkte älter, als ich ihn in Erinnerung hatte. Selbstverständlich war er mir fremd, wie sollte es auch anders sein, sind einem doch alle fremd, die man nicht selber ist, und einzig die Gewohnheit macht sie uns ertragen.

Ich hatte daheim versucht, nicht an den Mann zu denken, weder an sein Äußeres, noch wie es sein mochte, einen vollständigen Tag mit ihm zu verbringen, doch hatte mein Unterbewusstsein sich offenbar Bilder gemacht, die sich im ersten Moment nicht einlösten.

Wir standen uns schweigend gegenüber, und ich dachte für Sekunden, dass ich jede weitere Enttäuschung vermeiden könnte, indem ich mich schnell in den Zug begab, der zur Rückfahrt bereit am Gleis wartete. Einige unklare Momente lang schien mir das eine begehrenswerte Alternative zur Ungewissheit, die mir bevorstand, allein ahnte ich, dass ich, hätte ich in jenem Moment aufgegeben, einen bleibenden Schaden davontragen würde, von dem ich nicht wusste, wie er genau aussehen sollte. Wir stiegen in ein Auto, das keinerlei ästhetische Mitteilung machte, fuhren durch mäßig attraktive Gegenden, an Ascona vorbei, das aus dem Autofenster rosa wirkte wie die Hemden der älteren Herren an der Uferpromenade, und parkten neben der Straße am See.

Ein tapezierter Lift fuhr außen am Berg ungefähr zweihundert Meter in die Höhe, und als wir ausstiegen, standen wir auf einer Wiese. Ein Schieferplattenweg führte zum Haus, das eingewachsen zwischen Palmen und Jasmin stand. Ein Bungalow mit großen metallgerahmten Fenstern, innen lagen schwere Holzdielen am Boden, es gab drei Räume, die fast leer waren.

Der Mann hatte das Haus, das sich in der Möblierung

durch keinerlei Geschmack auszeichnete, ein Meisterwerk an Gestaltungsunwilligkeit, rührend gereinigt. Es war das Haus eines Mannes, der kurz davorstand, einsam und schrullig zu werden.

Wenn man aus den Fenstern schaute, die die Räume fast in Wandgröße beherrschten, sah man nur das Blau des Sees und die Brissagoinseln. Ich verlor mich in der genauen Beobachtung der Umgebung, vielleicht, weil ich nicht wusste, was sonst zu tun sei. Mir war unklar, was ich bei dem Mann tat und hier in diesem furchtbaren Tessin, in das nach meinem Ermessen nur Rentner reisten, um die Erben von Stahlindustriellen in ihren absurd geschmacklosen Villen zu beneiden.

»Ich habe das Haus von einer Dame geerbt. Sie war wohl mit einem Stahlindustriellen verwandt«, sagte der Mann, und als ich etwas Nonchalantes erwidern wollte, hatte ich meine Stimme verloren.

Esoterikern würde sicher etwas dazu einfallen, ich neigte dazu, Dinge für das zu nehmen, was sie sind. Meine Stimme war weg, innerhalb der folgenden Stunde bekam ich Fieber, mein Hals schmerzte, und ich konnte noch nicht einmal flüstern. Alles um mich wurde unwichtig, mein Körper fraß die Reste meines Verstandes.

Der Mann brachte mich zu Bett, er hatte es frisch bezogen, was ich ihm hoch angerechnet hätte, wäre ich dazu in der Lage gewesen, von draußen kamen Hitze und die Sonne in nervösen Fetzen durch Palmen und Bananenstauden in den Raum.

In meinen Ohren rauschte ein hoher Ton, und ich fiel in angestrengten Schlaf. Als ich erwachte, hatte der Mann mir eine Suppe gemacht, deren Geschmack mir unbekannt war.

Das nächste Mal erwachte ich in der Nacht, die mit dem Tag zusammenfloss – ich habe kaum mehr Erinnerungen an die Zeit der Krankheit. Ich lag eine Woche zu Bett, und der Mann las mir nicht vor und erzählte mir nichts aus seiner Kindheit. Er hatte nur Angst um mich und fütterte mich ständig mit Honig.

Er lag neben mir und schaute mich an, und wenn ich in der Nacht erwachte, lag er immer noch da und schaute.

Heute.
Morgen.

»Ich heiße Kim«, sagt das Mädchen, als wir das Haus des Masseurs erreichen. »Vielleicht ist es angemessener, dass Sie meinen Namen kennen, wenn ich Sie schon in merkwürdige Familiensituationen verwickle.«

Wir stehen lange unbeweglich, denn sich bewegen heißt, weitermachen mit diesem Leben, das so unerfreulich lang vor uns liegt und will, dass man sich verhält.

»Es ist nicht so einfach, ein Kind zu sein«, sagt Kim nach einer Weile. »Man muss bei jemandem wohnen und ist völlig abhängig von seinen Launen. Ob man will oder nicht. Haben Sie sich das schon einmal so überlegt?«

Ich muss zugeben, dass ich mir das lange nicht mehr überlegt habe. Das letzte Mal vielleicht, als ich selber ein Kind war, aber daran kann ich mich nicht mehr erinnern. »Es ist auch nicht sehr viel angenehmer, erwachsen zu sein«, sage ich.

»Geht es denn schnell?« fragt Kim. Und leider kann ich ihr auch in dieser Hinsicht wenig Erfreuliches mitteilen. Erwachsen zu werden verbraucht die längste Zeit eines Lebens. Kind sein will man nicht, wegen der Sehnsucht nach etwas, das man noch nicht benennen kann, und wegen der fast drogensuchtgleichen Abhängigkeit von einem Erwachsenen, der einem liebevoll zugetan ist. Es gibt durchaus Kinder, deren Drogensucht befriedigt wird. Durch Nähe und ständige Berührungen. Aber wehe, wenn nicht! Dann wächst man mit dem Gefühl, ein unvollständiger, kranker Mensch zu sein.

Und was man sich nicht alles vom Erwachsensein verspricht in jener Zeit. Dass dann alle Bedürfnisse keine mehr wären, weil man sie sich selber zu erfüllen in der Lage wäre. Ist man nicht. Man ist nur groß und weiß auch nicht weiter. Man sieht die Veränderung der Zellen, ein Krebsgeschwür vor dem Ausbruch, und man sehnt sich immer noch, und Erfüllung wird immer unwahrscheinlicher.

Kim sieht mich an, in ihrem Gesicht bewegt sich nichts, oder alles, ich kann es nicht lesen, weil mich ihre Augen verwirren und die Glätte der Haut, die wirkt, als könne man sie nicht zwischen die Finger nehmen und anheben.

»Vermutlich sollte ich mein Schicksal nicht überbewerten. Es scheint, als sei es eine Episode aus der Reihe normaler Unerfreulichkeiten, die am Ende ein Leben ausmachen.« Ich habe aufgehört, mich über die gestelzte Ausdrucksweise des Mädchens zu wundern.

»Ich muss jetzt rein und mich eventuellen Vorwürfen stellen. Ich schaffe das alleine. Wenn Sie mögen, können wir uns heute Nachmittag treffen, am Hafen. Ich könnte Ihnen meinen Lieblingsplatz zeigen«, fügt sie noch an und verschwindet im Haus.

Ich gehe langsam zu meiner Wohnung zurück. Mein Zeitplan, den ich seit Wochen streng eingehalten habe, ist durcheinandergekommen. Eine kleine Irritation, die mich ratlos werden lässt, auf meinem Bett zusammensinken, und da liege ich und versuche, meinen Arm zu heben, was mir aus seltsamen Gründen nicht möglich ist.

Von draußen die kleinen Laute mikroskopischer Universen, da keines ein anderes berührt.

Vermutlich sind wir alle nicht fähig, so zu lieben, wie es uns vorgehalten wurde, über Jahrhunderte, ein Instinkt, mit falscher Bedeutung aufgeladen. Fast jeder scheitert an der Idee, die er von der Liebe vermittelt bekommen hat. Selbstlos, groß und leidenschaftlich. Und ist doch nur ein kleines Feuer, an dem man sich wärmt. Diese Kälte, die durch das Fenster kriecht, in den Raum, in mein Bett, meinen Körper, der steif von ihr wird.

Damals.
Vor vier Jahren.

Von da an waren wir zusammen.

Ein Satz, den ich in meinem Leben bisher ebenso wenig verwendet hatte wie: »Ich bin Arzt, lassen Sie mich durch.« Oder: »Sie werden von meinen Anwälten hören.«

Ich erwachte am Morgen durch das Licht, das auf meinem Gesicht stand, eng an den Mann gepresst, der gut roch und warm war. Die Sonne hatte Teile des Steinbodens erwärmt, oder mich; ein wenig feucht roch es immer in dem alten Haus.

Ich ging, »Sie werden von meinen Anwälten hören« murmelnd, in die Küche, die übertrieben nach Jasmin duftete, machte mir einen Kaffee und stand mit ihm dann vor der Tür. Zu Hause hätte ich jetzt Nachbarn in gegenüberliegenden Häusern angesehen, die sich mit kleinen unglücklichen Gesichtern auf einen Tag vorbereiten, um den sie nicht gebeten haben.

Hier lag eine zarte Nebelschicht über dem See, die Sonne warf ein flaches orangefarbenes Licht, und von links fuhr ein Boot. Warum nicht.

Von da an waren wir zusammen.

Ich bestieg den Rücken des Mannes, der das Frühstück zubereitete, verblieb da und ließ mich in den Garten tragen, wo wir redeten oder auch nicht, meist nicht am Morgen.

Der Mann schien nicht mehr von mir zu erwarten, als dass ich in seinem Garten saß, den See beobachtete und ab und an laut über Menschen nachdachte, die glaubten, von Meteoriten infiziert zu sein. Ich erinnerte mich an die seltsame Bekannte aus meinem alten Leben, der dieses unangenehme Schicksal beschieden war. Frauen neigen häufiger als Männer dazu, ihre Existenz durch aberwitzige Geschichten aufzuwerten. Sie werden wiedergeboren, haben heilerische Fähigkeiten, Borderline oder werden von Meteoriten infiziert. Normal. Männer sind einfach, Frauen brauchen einen Grund zum Sein.

Die Frau, von der ich zu berichten wusste, zeigte mir gerne ihre Fingernägel, unter denen sie Spuren fremden Lebens glaubte. Ich hatte noch nie daran gezweifelt, dass Menschen tüchtig einen an der Waffel hatten.

Der Mann hingegen wusste mit der Geschichte eines Gurus aufzuwarten, der in der Umgebung lebte und seinen Anhängern das Erlernen der Flugfähigkeit ohne technische Hilfsmittel in Aussicht stellte.

Männer werden Gurus, und Frauen folgen dem Quark. Lassen sich auf Vielweiberei ein, übereignen Gurus ihre Kinder, waschen ihm die Füße, schleppen Geld für ihn an. Seit Jesus nicht viel Neues.

Von da an waren wir zusammen.

Und der Mann hatte sich freigenommen, für mich, und nach dem Frühstück fuhren wir an dem bizarr blauen See entlang, auf die italienische Seite, wo die Häuser schöner und der Himmel noch blauer war, weil er hinter rosenfarbenen Villen schwebte. Eine Gegend, geschaffen für Lehrerehepaare, die einander aus Reiseführern vorlesen, mich machte sie unbestimmt melancholisch, sie wirkte wie eine elegante Rassekatze, die aber demnächst sterben würde und nur noch träge auf einer Fensterbank lag.

Die Welt, wie sie sein sollte, Promenaden mit attraktiven älteren Menschen, ein Café hatte weiße gusseiserne Stühle auf den Bürgersteig gestellt, langsam fuhren Schwäne oder Boote auf dem See vorüber.

Auf einmal wurde mir klar, dass all die Jahre stilisierter Einsamkeit, all dieses: Wir sind die Generation der Einsamen und wir leiden, all dieses Sich einmalig Fühlen in der Unfähigkeit sich zu binden, nichts weiter war als ein großes, sich ständig wiederholendes Theater. Was hatten wir uns besonders gefühlt! Getriebene Wölfe in dampfenden Großstädten mit Ausdünstungen aus U-Bahn-Schächten, die Hände tief in den Taschen. In Bars hatten wir frierend gestanden mit unserem kajalumrandeten Schmerz. Nur wir wussten, was Leiden meinte, schliefen in ungeheizten Wohnungen, die nach Rauch rochen und in denen der Kühlschrank leer war. Und was war davon geblieben, außer dass wir erst alt werden mussten, um zu erkennen, dass Alleinsein noch trauriger ist, als zu zweit in einem Reihenhaus zu sitzen und das Kind Freia zu nennen. So verschwanden wir in späten Liebesgeschichten, mit dem Ersten, der uns endlich einmal wollte, nichts Besonderes, nichts, um sich einen Orden umzuhängen. So einzigartig war ich wie drei Millionen anderer, die gerade im gleichen Moment neben jemandem liefen und sich dachten: Und darum hab ich immer so ein Aufhebens gemacht? Das ist ja völlig unspektakulär. Das ist ja nur ein Mensch, und es kommt darauf an, ihn atmen zu hören und keine Angst vor ihm zu haben.

Der Mann war neben mir, und ein Gefühl, als wäre er schon immer da gewesen, und würde er sich entfernen, entstünde eine unangenehme Leere. Es war ein Moment, der sich durch stille Perfektion auszeichnete. Die Temperatur, die Umgebung, die Freude, nicht alleine zu sein und dennoch unter keinem Druck zu stehen, machten ihn vollkommen. Ich wollte diesen Moment nicht verlassen, den See nicht und den Mann nicht. Und ich hatte zum ersten Mal keine Sorge, dass es ihm anders gehen könnte. Ich blieb stehen und sah ihn an und hatte mich nicht verliebt. Etwas anderes war eingetreten.

Heute.
Nachmittag.

»Hier sieht es aus, als ob es seit Jahren hereinregnen würde«, sagt das Mädchen, das vor einigen Minuten in meine Wohnung gekommen ist. Sie geht durch die verdunkelten Räume, mit ihren Augen sehe ich die schmutzige Wäsche am Boden, die leeren Instantbrei-Packungen in der Küche, das Bett, das ich mit Kleidungsstücken des Mannes in eine Höhle verwandelt habe, das schmutzige Geschirr, das Grauen.

»Es sieht aus wie so eine Messie-Wohnung«, sagt Kim. Ja, denke ich, so sieht's wohl aus. »Wir sollten hier ein wenig Ordnung schaffen«, sagt Kim und beginnt damit, während ich auf dem Bett sitzen bleibe und ihre für mich völlig sinnlosen Aktivitäten beobachte. Sie füllt Müllbeutel, packt Wäsche in einen Sack, kehrt, wischt, reißt Fenster auf, aus denen ich augenblicklich hinausfallen möchte. Nach einer Stunde sieht die Wohnung aus wie eine Wohnung, die Kleider des Mannes auf dem Bett habe ich verteidigt, die dürfen nicht abhandenkommen, auf gar keinen Fall.

»Das ist mir nichts Unvertrautes, dass eine Erwachsene auf dem Bett sitzt und ich aufräume. Fast denke ich, dass es allen Kindern so geht. Die Erwachsenen sitzen still, und die Kinder versuchen alles, um das Leben in Schwung zu bringen. Darüber werden wir müde und alt und sitzen dann irgendwann genauso auf dem Bett wie unsere Eltern.« Zum ersten Mal seit Wochen wird mein Interesse von meiner Ratlosigkeit abgelenkt. Ich schaue das Mädchen an, das am Boden hockt und die Fotos studiert, die ich im Zimmer aufgestellt habe. So seltsam beherrscht und zu früh erwachsen wird man nur, wenn einen die Einsamkeit dazu zwingt. So viel habe ich verstanden. Anders als diejenigen, die erwachsen spielen, in Stereotypen reden, sich kleiden und verhalten, die infantil geblieben sind hinter all ihren Maskeraden, gibt es auch Menschen wie dieses Mädchen. Es scheint, als ob sie im Schatten gewachsen seien, die Last der Welt auf ihren Schultern, und das Einzige, was sie davon abhält, zusammenzubrechen und zu weinen, bis sie daran ersticken, ist ihre Disziplin, die ihnen sagt, bewege dich, mach weiter, mach weiter, vielleicht kannst du irgendwann glücklich sein, wenn du dich nur genug anstrengst.

Das Mädchen studiert immer noch die Fotos, auf denen der Mann zu sehen ist, ihr Feingefühl verbietet ihr jede Frage, der Körper ist angespannt, vermutlich meint sie, dem Geheimnis meiner Trauer auf der Spur zu sein, und wenn traurige Menschen sich für etwas interessieren, dann für andere, die sie für noch unglücklicher halten.

Sie steht auf und sieht sich meine Bücher an, die seit Wochen unberührt in einer Ecke liegen. »Sie mögen wohl auch keine einfachen Geschichten«, fragt mich Kim und hält das Buch eines rauschgiftabhängigen englischen Autors hoch. Es erstaunt mich, dass sie ihn offenbar kennt, denn bei allem Respekt scheint mir die Lektüre für ein Kind doch recht anspruchsvoll. Gerade will ich eine Erwachsenenbemerkung machen, da fällt mir rechtzeitig ein, dass ich als Kind auch Bücher gelesen habe, die nicht für Kinder gedacht sind, und vor allem, dass ich mich nicht als Kind begriffen habe, daran erinnere ich mich plötzlich.

»Ich hasse diese Geschichten und die Charaktere, die bis ins Kleinste ausgeschmückt werden, die Familiensagas und Tapetenbeschreibungen. Wenn ich Realität will, dann muss ich doch nicht lesen«, sagt Kim. Und ich kann ihr nur zustimmen. »Gehen wir jetzt zu meiner Lieblingsstelle?« fragt sie, vermutlich weil sie nicht weiß, wie sie ansonsten die Fotos aus der Hand bekommen soll, und ich löse mich vom Bett, dem einzig sicheren Platz auf dieser Welt.

Damals.
Vor vier Jahren.

Wir fuhren zurück, nach unserem Ausflug ans Ende des Sees, die Fenster offen, und feuchte Luft stand im Wagen. Was ich empfand, als ich den Mann von der Seite ansah, war nicht jene atemlose Geisteskrankheit, die wir normalerweise unter: Ich habe mich verliebt verstehen. Mein Gefühl war nicht flirrend, nicht aufgeregt, nicht lecken wollte es oder hecheln. Ich war satt. Zum ersten Mal seit Beginn meiner eigenen Geschichtsschreibung fehlte mir nichts. Der Mann merkte von den elementaren Erschütterungen meines bisherigen Lebens nichts, davon, dass ich offenbar die Verliebtheit übersprungen hatte, um gleich mit dem ganz Großen weiterzumachen. Er fuhr Auto, sah geradeaus und erzählte mir die Geschichte seines Hauses. Natürlich musste es eine Geschichte geben, einen Grund geben, dass er hier wohnte, in dieser Gegend, in die er so wenig passte wie ein tiefgefrorener Schinken in eine filigrane Handtasche. Das Haus hatte einer alten Dame gehört. Ich löste mich von der inneren Betrachtung meiner großen Liebe und hörte aufmerksamer zu, denn Geschichten über alte Damen mochte ich sehr gerne.

»Ich lernte die Dame durch unerhebliche Umstände kennen«, begann der Mann. »Sie wohnte in dem Haus, das jetzt mir gehört. Als ich sie das erste Mal besuchte, vermutlich um irgendetwas zu bringen, abzuholen oder zu reparieren, es gibt ja sonst wenig Gründe, eine ältere Dame zu besuchen, saß sie am Fenster in der Wohnstube und sah auf den See. Sie hatte sich seit Tagen nicht bewegt und wirkte entsprechend. Ihre Haut schien aus gelblichem Pergament, und ihre Augen waren trüb, als trüge sie undurchsichtige Linsen. Sie saß da, weil ihr Mann vor einigen Tagen abgeholt worden war, von den Bestattern, und sie nicht wusste, wohin, und vor allem, wie sie sich noch bewegen sollte. Sie war gelähmt seit vielen Jahren, und ihr Mann hatte sie immer getragen. Vom Garten ins Haus, vom Haus ins Bett. Sie hatte Angst gehabt, was mit ihm geschehen würde, wenn sie stürbe, denn sie war schwach und fühlte sich nicht wohl. Jeden Tag freute sie sich zwar über ihr Erwachen, doch mit ihm kamen die Schmerzen und die trüben Augen und das schlechte Gehör. Eines Morgens war sie aufgewacht, und er hatte neben ihr gelegen wie all die fünfzig Jahre zuvor. Aber er war tot gewesen. Sie hatte sich nicht gerührt, bis nach drei Tagen der Postbote nach ihr sah. Ich kannte die Dame, sie war eine Bekannte meiner Eltern gewesen, und durch Zufall hatte ich sie, wie am Anfang erwähnt, kurz nach dem Tod ihres Mannes besucht. Und war bei ihr geblieben, weil ich das Gefühl hatte, dass unbedingt jemand bei ihr bleiben sollte. Ich hatte sie in den Garten getragen und wieder ins Haus und zu Bett, ein paar Tage lang, doch das wäre nicht das Richtige, sagte sie. ›Es ist sehr freundlich, dass Sie mich herumtragen, aber ohne Ihnen zu nahe treten zu wollen, es spielt doch eine größere Rolle, als ich dachte, wer einen trägt.‹ Die Dame weinte, ohne dass Tränen aus ihren Augen kamen, es war vermutlich nichts mehr in ihr, was die Kraft hatte, Tränen zu erzeugen, und sie bat mich, bei ihr zu bleiben, bis sie sterben würde. Das versprach ich ihr. Ich saß eine Woche an ihrem Bett, dann war es so weit. Selbst wenn einen nichts mehr am Leben hält, ist es doch kein Spaziergang, die Welt zu verlassen. Weder aß noch trank die alte Dame, sie lag in ihrem Bett, das ich frisch bezogen hatte. Sie schaute mit halbgeschlossenen Augen in die Sonne über dem See und sagte: ›Komisch, selbst der See ist nicht mehr schön, ohne ihn.‹ Und dann wurde ihr Atem immer leiser, und schließlich hörte ich ihn nicht mehr. Sie hat mir das Haus geschenkt, ich wusste nichts davon, die Nachricht bekam ich, als ich wieder daheim war. Die Gegend sagte mir nicht viel, und ich war auch nie ein übertriebener Anhänger vortrefflicher Aussichten. Aber ich dachte, es wäre angenehm, an einem Ort zu wohnen, wo zwei Menschen gelebt hatten, die so nett miteinander gewesen waren. Seitdem bin ich hier, und es vergeht kein Tag, ohne dass ich an die Dame denke. Vielleicht hat sie das gewollt, dass noch jemand an sie denkt.«

In der Nacht wachte ich immer wieder auf und überprüfte, ob der Mann noch atmete. Draußen war ein starker Wind aufgekommen, der die Palmen unruhig werden ließ, wie Hände klatschten sie gegen die Scheiben, und ich meinte für Sekunden das Gesicht eines Herrn zu sehen, der mir in verwaschener Art bekannt vorkam.

Heute.
Nachmittag.

Wir haben die Wohnung verlassen. Auf der Gasse nickt Kim mir zu, auf eine ernsthafte Art, die sie vielleicht aus Fernsehkrimis kennt, so ein Folgen Sie mir ohne großes Theater Nicken.

Ich sehe die Traurigkeit des Mädchens in ihren Bewegungen. Obwohl sie vor mir die Treppen betont fröhlich hinaufspringt, scheint das Hüpfen so falsch wie mitunter der erwachsene Ausdruck ihrer Sprache.

Der Hügel über dem Hafen. In dieser Gegend wohnen viele Amerikaner und Engländer, Männer mit wenig Geschmack, aber peinlich darauf bedacht, dass sie nicht wie Bankangestellte wirken, und energische kleine Frauen mit praktischen Frisuren und weißen Hemden. Ihre blankgeputzten Kinder gehen in internationale Schulen, die Häuser schauen aufs Meer, mit der in Hongkong üblichen gezähmten Dschungelgrünkultur im Garten. Die Weißen bewegen sich betont lässig und selbstverständlich. »Sicher, wir sind Kolonialherren, die nichts mehr zu sagen haben, aber wir sind doch auch ein bisschen eure Freunde geworden, ist es nicht so?« scheinen ihre federnden Bewegungen zu sagen. Sind sie nicht. Die Chinesen mögen die weißen Teufel nicht, die ihnen zwar zum Wohlstand verholfen haben, aber wer will schon gerne Geschenke, für die er bezahlen muss.

Rührende weiße Rasse, die sich wacker durch die Welt schlägt. Stämmige deutsche Ärztinnen in Obdachlosencamps, teetrinkende Engländer im Staub Afrikas, da bauen sie Brunnen, wollen Ordnung, gerade Straßen, Demokratie und Ampeln, und man dankt es ihnen, indem man ihnen den Kopf abschlägt, sowie sich eine Gelegenheit dazu findet.

Wir kommen an den letzten Häusern vorbei, bevor der Weg durch unbewohntes Gebiet führen wird.

Häuser haben mich schon immer traurig gemacht, entweder sind sie hilflose Versuche des Menschen, es sich nett zu machen, da wird Klinker angebracht und innen Fichtenholz, und da sitzen sie dann und frieren. Oder die Häuser sind so elegant, dass der Mensch in ihnen wie etwas Störendes wirkt. Schöne Häuser scheinen immer etwas zu erwarten und sind nicht in der Lage mitzuteilen, um was es sich handelt. Vielleicht gibt es ein paar gutgestaltete Babys, die sich in der Villa Tugendhat noch einigermaßen ausnehmen, aber sowie sie wachsen, beginnen Fleischwülste an Stellen zu gedeihen, die der Optik abträglich sind.

Der Weg führt über den Kamm hinunter zum Ufer, bis zu einer kleinen Lichtung, die aussieht wie aus einem Walt-Disney-Film, mit einem roten Haus, das wirkt wie eine Riesenschuhschachtel.

»Das ist es«, sagt Kim. »Hier komme ich immer her, wenn ich traurig bin, um mir vorzustellen, ich sei erwachsen und bräuchte keinen mehr.« Das Haus steht offensichtlich schon lange leer, aber es verfehlt seine Wirkung nicht. Es sieht aus wie der Bruder des Hauses, in dem ich mit dem Mann gelebt hatte. Irgendwann.

Damals.
Vor dreieinhalb Jahren.

Es war mir, wieder allein in meiner Stadt, nicht wohl gewesen. Benommen war ich in einem verschlissenen Morgenmantel durch meine Zimmerfluchten gewankt und hatte Blut gehustet, in kleinen Fäden war es auf den Leopardenkragen getropft und hatte sich von da in einem Rinnsal über die weißen Lilien ergossen, die ich in den verkrampften, immer kalten Händen trug.

In jedem Zimmer verharrte ich und wartete, dass sich ein bekanntes Gefühl einstellen mochte. Doch da kam nichts, außer dass mir die überwältigende Sinnlosigkeit des Alleinseins das Atmen schwermachte. Die vertanen Jahre, die ich irgendwo gestanden und geseufzt hatte, lagen vor mir auf dem Boden wie tote Käfer. Warum bilden sich Menschen seit einigen Jahrzehnten ein, alleine leben zu können? Da hatten sie im Zuge aller Neuerfindungen der endsechziger Jahre gerade noch die Familienverbände abgeschafft. Kommunenversuche oder Alleinleben, keins davon taugte wirklich. Der Mensch ist entweder geistig gestört und hockt alleine in einem Raum zusammen mit Vogelspinnen und einer Eisenbahn, oder er braucht eine Bezugsperson, zum Anfassen. Liebesbeziehungen sind nicht dazu da, mit unserem Seelenpartner über Kultur zu reden, sondern einzig, um berührt zu werden, und das möglichst mit wenig Unterbrechungen.

Bevor ich den Mann getroffen hatte, mit dem ich in einer Art verkehrte, wie es junge Tiere tun, hatte ich auch geglaubt, dass ein Partner mir hauptsächlich intellektuelles Vergnügen bereiten müsse. Eine abstrakte Idee, die im völligen Widerspruch zu den halbherzigen Versuchen stand, die ich in der Vergangenheit hinsichtlich einer Paarbildung unternommen hatte. Ich hatte in Außenwahrnehmungen, Größen und Berufsangaben und Haarfarben gedacht und vergessen, dass ich noch nicht einmal einem biologischen Raster folgen musste, denn für eine Spätgeburt war es zu spät.

Nach einer kurzen Zeit des absurden Alleinseins, in meiner kalten, blutbespuckten Wohnung, war mir klar, dass ich nicht zurückkonnte. Nicht zurück in das, was mir vertraut war. Ich hätte noch ein paar Wochen alleine durch mein altes Leben streichen können oder mich in ein neues begeben.

Dass der Mann eindeutig am besseren Ort wohnte, stand außer Frage, und auch, dass wir zusammen sein wollten, nicht an Wochenenden und am Telefon, sondern wenn man Angst hatte, in der Nacht, und wenn man hungrig war, vierundzwanzig Stunden, weil die Zeit verschwand, in Ritzen zwischen den Dielen, und nicht mehr viel davon da war.

Da gab es keine Angst in mir, keine Fragen, ob er oder ich einen Schritt zurück machen könnten, und ohne einen weiterführenden Gedanken hatte ich meine Wohnung untervermietet, war Zug gefahren, hatte meine Kosmetikprodukte in sein Bad gestellt, mein Nachthemd in sein Bett gelegt und beabsichtigte mit Nachdruck, mein Leben wie gewohnt fortzusetzen.

Ich wollte mich nicht auf einen neuen Menschen einstellen, mich nicht an ihn gewöhnen, an den neuen Ort, enttäuscht werden, verlassen, zurückmüssen in meine Stadt, die ich dann nicht wiedererkennen würde, nach Rollstuhlrampen suchend.

Ich wollte etwas anderes als das, was ich kannte, doch das sollte ohne Veränderungen eintreten, denn ich hing an meinen Gewohnheiten, sie waren die einzigen Freunde, die immer bei mir geblieben waren. Meine Vorliebe für bekannte Strukturen resultierte vermutlich einzig aus meinem Östrogenspiegel und nicht aus einer Kauzigkeit, die ich mir zuweilen zuschrieb.

Nie hatte ich Entdecker oder ein weltweit operierender Handlungsreisender sein wollen. Was ich von anderen Orten gesehen hatte, reichte mir für den Rest meines Lebens. Ausflüge in fremde Regionen endeten für mich immer damit, dass ich in Cafés saß und Eingeborene bei Verrichtungen beobachtete.

Da außer ein paar hochexotischen Bergvölkern die Menschen überall von den gleichen Beweggründen angetrieben werden, gibt es auch kaum mehr Unterschiede in Bekleidung und Gewohnheiten zu beobachten, und ich konnte mir anstrengende Fernreisen ersparen.

Und nun saß ich, die ich es stets vermieden hatte, allzu drastische neue Erfahrungen zu machen, in einem fremden Land, einem unbekannten Haus, mit einem Menschen, den ich kürzere Zeit kannte als meinen Briefträger.

Die Situation, in der ich mich damals bei dem Versuch, ein neues Leben zu entwerfen, befand, war mir ausnehmend fremd. Ein älteres Paar, das tat, als bestünde es aus jungen, verliebten Menschen, und sich das Schauspiel nicht ganz glaubte.

In den folgenden ersten Wochen meines neuen Lebens verhielt ich mich auf eine Weise abstoßend, die mich befremdete. Völlig entgegen den Erfahrungen, die ich bis zu jenem Zeitpunkt mit mir gemacht hatte, war ich plötzlich aufbrausend und unbeherrscht, keine Person, auf die ich begeistert zugelaufen wäre, um sie kennenzulernen.

So warf ich die Nachttischlampe nach dem Mann, wenn er morgens zu munter war und mit mir reden wollte, ich schrie ihn an, wenn er im Stehen aß, ich wurde schweigsam und mein Mund spitz und böse, wenn er Musik auflegte, die ich verachtete. All diese Albernheiten, die wir uns zu Gesetzen gemacht haben, unsere fixen Seh- und Hör- und Geschmackspräferenzen, die nur dazu dienen, etwas zu definieren, das undefiniert genauso sinnlos wäre. Wir bauen uns Gehhilfen und versuchen, mit ihnen zu schwimmen. Anhand dubioser Listen versuchen wir per Ausschlussverfahren unser Rudel zu erkennen, in einer Zeit, da es keine natürlich gewachsenen Gruppen mehr gibt.

Also saßen die Menschen zusammen mit ihren Vorlieben und lauschten Brasilplatten, übten Sportarten aus oder fanden Spaß mit Gleichgesinnten, die einander als Haustiere hielten. Glücklich wurden sie selten, denn was ihnen ein Wohlgefühl bereitete, war nichts, was man intellektuell erklären konnte. Gerüche oder die Ausstrahlung eines Körpers waren geeignetere Indizien für Verträglichkeit, jedoch unklarer zu benennen. Ich wusste das und konnte meine Impulse meinem Wissen nicht unterordnen. Ich versuchte nicht zu erforschen, welcher Abwehrreflex es war, den ich auslebte. Das Naheliegendste war, dass ich die Belastbarkeit des eventuellen Partners auf die Probe stellen wollte. Oder dass ich versuchte, mich vor der Enttäuschung zu schützen, die so vertraut war. Ich wartete auf die unerträgliche Angewohnheit, die misshandelte Exfrau, das gefesselte Kind im Keller, auf etwas, das es mir unmöglich machen würde, bei dem Mann zu bleiben, und vollzog, was mir an Krieg möglich war. Ich fand mich täglich wütend vor dem Haus sitzen, im Versuch, herauszufinden, was mich so wütend gemacht hatte. An der Beantwortung dieser Frage scheiterte ich, sah in den Himmel, der war immer blau, und die Perfektion der Umgebung brachte mich noch stärker auf. Nachdem ich glaubte, mich ein wenig unter Kontrolle zu haben, ging ich wieder ins Haus und fand den Mann stets in entspannter Stimmung. Er sprach mich nie auf meine Anfälle an, was ich ihm hoch anrechnete, er wollte nicht wissen, woher die Wut kam, und nicht, ob in meiner Kindheit ungebührliche Vorfälle stattgefunden hatten.

Doch auch sein Gleichmut kam mir ungelegen. »Nichts interessiert dich, nichts regt dich auf, du bist wie etwas, das –«, und das fiel mir dann nicht ein, das Bild zum Gefühl, etwas sehr Leeres, stieß ich mit einer schrillen Stimme, die mir unangenehm war, hervor, einfach weil er in seiner Küche stand und mir ein Abendbrot zubereitete.

Langsam wandte der Mann sich mir zu, und für eine Sekunde hoffte ich, er würde mich mit einem Handtuch erschlagen, damit ich Ruhe hätte, vor dem in mir, was ich weder verstehen noch kontrollieren konnte.

»Ich interessiere mich für dich, der Rest kann dir doch egal sein«, sagte er und sah mich ein wenig müde an.

Ich war mir sicher, dass in jenem Moment seine Zuneigung zu mir erlosch, gleich würde er mir freundlich nahelegen, mich zum Bahnhof zu begleiten. In einigen Stunden wäre ich wieder zu Hause. Welches Zuhause, was wollte ich da?

Wahrscheinlich wehrte ich mich einfach gegen eine Änderung in meinem Leben. So wie Theaterabonnenten oder

Leser, die aufbrausende Briefe schrieben, weil irgendetwas Neues passierte und der Mensch verdammt noch mal nur eine begrenzte Masse von Neuem verkraften kann.

An mehr würde ich mich später nicht mehr erinnern können, nur dass mein neues Leben wütend begann und der Mann freundlich blieb. Er war gut zu mir, in jedem Moment.

Heute.
Nachmittag.

Das Haus. Dieses verdammte rote Haus mit den alten Bleiglasfenstern. Ich fühle die Kälte des Steinfußbodens, ich habe den Geruch des Tessins in mir, der sich mit dem von Kaffee vermischt, mit dem idiotischen Feigenspray angereichert, das ich permanent versprüht habe, weil es sich so erwachsen anfühlt, Raumparfüm zu verwenden. Und dahin sehe ich mich zurückkehren. Die Tür öffnen, die über den Boden schrammt, weil sie verzogen ist, und es riecht wohl nach Nässe und Kälte, nach altem Kaffee und altem Leben. Das Haus ohne den Mann, alleine in einem Bett liegen, alleine unsere Wege gehen, das wird vielleicht das Schlimmste. Alleine gehen, und die Leere spüren neben mir.

Irgendwann hatte der Mann mich gebeten, wenn ich ihn verließe, nicht unsere Wege zu gehen, mit einem neuen Menschen.

Ich werde nie mehr unsere Wege gehen, nie mehr, ich verspreche es dir, hatte ich gesagt und merke erst jetzt, was er mit seiner Bitte gemeint hatte.

Ich verliere die Fassung, auf eine Art, wie ich sie in den vergangenen Wochen hatte vermeiden können. Die Anwesenheit eines Menschen, selbst wenn es nur ein halber ist, der einen eventuell trösten kann, verführt mich zu unbändigem Selbstmitleid. Vermutlich ist das, was Menschen stark macht, nur die Abwesenheit von Mitleid anderer. Es ist keiner da zum Trösten, so einfach ist es, man strafft das, was übrig ist, zu einer gehfähigen Form und läuft weiter, dem genetischen Code folgend.

Es scheint, dass auch mein Fleisch aufweicht, es hängt seltsam an mir, wie Spiegeleier, über Stöcken trocknend, die Stöcke in dem Zeitloch, in das ich gerade gefallen bin.

Das Mädchen, so bemerke ich nach einer ganzen Weile, sitzt unangenehm berührt neben mir. Vielleicht meine ich auch nur, dass sie unangenehm berührt ist, denn sie beginnt mich zu berühren, wie man einen unbekannten Pelzmantel berührt. Nach ein paar Minuten sagt sie: »Das sind doch alles nur Bilder, wegen denen wir traurig sind.« Über den Wahrheitsgehalt dieses Satzes muss ich doch ein wenig nachdenken, doch vermutlich hat das Mädchen recht.

Mein Lieblingsplatz war unter dem Hemd des Mannes, nichts sehen, nichts denken müssen, meine Füße auf seinen, er läuft und ich laufe mit. Die Abwesenheit seiner Wärme erzeugt keine Kälte, sondern Starre, durch die das Mädchen zu dringen versucht, damit etwas passiert, sie vielleicht irgendwann elegant aufstehen und sich verabschieden kann.

»Als ich heute nach Hause kam, saß mein Großvater am Fenster«, erzählt Kim und tut genau das Richtige, denn ich vergesse mich und höre ihr zu, und sie klingt, als säße ich unter der Wasseroberfläche. »Also, als ich den Raum betrat«, fährt sie fort, »merkte ich der Haltung meines Großvaters an, dass er die ganze Nacht dort gesessen haben musste, um auf mich zu warten. Er stand auf und ging aus dem Raum. Er fragte mich nichts, er umarmte mich nicht mit solchen: Gott! Kind! Was-habe-ich-mir-für-Sorgen-gemacht-Sprüchen. Er kochte mir keinen Tee. Nichts. Er verließ den Raum, ohne mich anzusehen. Als ich später zur Schule musste, war er schon dabei, einen dicken Mann zu massieren. Er sagte wieder nichts, zeigte nur auf ein wenig Geld, das er mir bereitgelegt hatte, damit ich mir eine Suppe kaufen konnte, in der Schule. Das Gute an der Situation ist, dass ich meinen Großvater nicht enttäuschen kann, weil er es bereits ist. Es ist seine Haltung dem Leben gegenüber. Vielleicht ist er so geworden, vielleicht so geboren, da kenne ich mich noch nicht genug aus.«

»Was machst du jetzt?« Meine Stimme kommt von weit her, gehört nicht mir, und natürlich interessiert mich die Antwort des Mädchens nur bedingt, und das merkt sie. Sie sieht mich sehr klar an, und es ist uns beiden bewusst, dass wir eine Pseudokommunikation führen, so wie Erwachsene auf Stehpartys. Das Mädchen scheint schon sehr gut in der Kunst, sich zu verstellen und sich nicht über Gebühr ernst zu nehmen.

»Ich werde warten«, sagt sie. »Meine Tage vergehen mit Wachsen, Lernen, Essen, Schlafen. Vielleicht ist es ganz gut für meine Zukunft, wenn ich nicht durch emotionale Kinderdinge vom Lernen abgehalten werde. Ich kann dann eine gut ausgebildete Person werden, die später mal einem Labor vorsteht, in dem wir etwas entwickeln, was Menschen zu freundlicheren Wesen macht.«

Uns gegenüber sitzt ein großer grauer Vogel in einem bemoosten, abgestorbenen Baum. Er sieht uns nachdenklich an und öffnet seinen Mund zu einem großen Gähnen. »So, jetzt gehen wir schwimmen, das ist gut für den Körper«, entscheidet Kim und steht mit einer großen Entschlossenheit auf. Vermutlich ist es ihr unangenehm, mit ihrem Lieblingsplatz negative Gefühle bei mir ausgelöst zu haben. Und mir ist peinlich, dass ich mich gehenließ. Doch das mache ich jetzt bereits seit Wochen.

Damals.
Vor dreieinhalb Jahren.

Eine Freundin, die vielleicht die vernünftigste Person war, die mit mir verkehren wollte, hatte mir gesagt, dass die Herausforderung im Zusammenleben mit einem Menschen, den man liebte, darin bestand, durchzuhalten. Die ersten ein, zwei Jahre seien eine Zumutung, mit all den Missverständnissen, dem unmöglichen Verhalten, der falschen Lautstärke und der Angst. Die interessante, weil entspannte Zeit begänne erst nach der Zeit der Verwirrung, sofern man die übersteht. Nachdem meine Aggressionen so plötzlich verschwunden waren, wie sie begonnen hatten, folgte eine Phase von Fremdheit, die mich verwirrte. Der Ort, das Haus, das Wetter, die Insekten, der See waren fern davon, ein Heimatgefühl in mir herzustellen, und auch der Mann war mir völlig unvertraut, ich wusste nichts von seinem Leben, von den Frauen, die vor mir in seinem Bett gelegen, an seiner Seite aufgewacht und auf seinem Körper eingeschlafen waren. Wellen von Eifersucht ließen mich stumm werden und hilflos. Meist löste sich die Verkrampfung, wenn ich für eine Weile im Internet Filme ansah, in denen Frauen im Moor versanken, eine interessante Fetischspezialisierung, oder spazieren ging.

Wie oft hatte ich mir gedacht, eines Morgens würde mir der schnelle Verlauf meines Lebens einen solchen Schreck einjagen, dass ich, ohne mich umzudrehen, meine Wohnung und mein Leben verlassen würde. Leider reichte meine Phantasie nie dazu aus, mir vorzustellen, was an einem anderen

Ort besser werden sollte. Ich hatte zu viele Städte bereist, um zu wissen, dass die meisten Plätze auf der Welt, mit Ausnahme einiger überteuerter Touristenorte, ziemlich unattraktiv waren. Und keiner von ihnen wartete auf eine mittelalte Dame mit der Fähigkeit, Gebrauchsanweisungen zu schreiben. Mein Talent, Strandbars zu eröffnen, schätzte ich als gering ein, und in einem kleinen Dorf irgendwo im Mittelmeerraum als die verrückte Ausländerin zu gelten, dazu fehlte mir die Abgestumpftheit.

Vermutlich fand die einzige Chance, mein Leben in eine andere Bahn zu lenken, jetzt statt, in diesem Augenblick. Ein Mangel an Optionen, der mich unter Druck setzte.

Die Inseln, die sich gegenüber dem Haus im See aufhielten, besuchte ich sehr oft in jener Zeit. Man setzte über mit einem kleinen Boot, das von einem Skelett gesteuert wurde, das einen reizenden Designermantel trug. Auf der Insel gab es einen alten Palast, einen botanischen Garten und viele Touristen, die im Stundentakt auf die Insel gegossen wurden, eine Runde durch den Park taumelten, um dann schnell wieder ins Boot zu kriechen und zurückzufahren, in Sicherheit, nach Ascona, wo es nicht so viel Schönheit gibt, die sie hätte beschämen können, in ihren rosa Hemden, mit ihren goldenen schweren Uhren und den Digitalkameras, mit denen sie jede Blume fotografierten und jeden Bambus und nur nicht sich selber. Besser war das.

Sie flüchten aus der grünen Hölle der Insel in ihre Hotels mit Swimmingpool. All diese Pools in Appartementhäusern, Hotels, Pensionen, in denen alte Menschen um ihr Leben schwimmen, da steckte eine Verschwörung dahinter, eine weltweit organisierte, deren Geheimnis mir nie klar wurde.

Nachdem die Touristen verschwunden waren, herrschte wieder Ruhe. Keine Ahnung, woher meine Vorliebe für diese spezielle Art Ruhe kommt. Mich stören Presslufthämmer und Sprenglaute nicht, Motorengeräusche oder Knochensägen heiße ich mit einem Lächeln in meinem Ohr willkommen. Allein Geschwätz macht mich verrückt. Menschen, die gut und langanhaltend verständlich reden können, lassen mir Schauer des Grauens über den Rücken laufen. Ich hatte immer das Gefühl, dass, wer zu gut spricht, etwas verbirgt, das mit Tiermasken und Damenstrümpfen zu tun hat.

Filme, in denen vornehmlich geredet wird, politisch scharfe Podiumsdiskussionen oder Bücher, die detailliert und wortreich Geschichten erzählen, machen, dass ich mich verstört in Kammern verbergen will.

Auf der Insel herrschte im Stundentakt eine eigenartige Ruhe. Motorbootgeräusche drangen von weit her in eine Glocke aus Zikadengesurr und leisem Bambusrauschen, ab und an hörte man Geschirr aus dem Restaurant in der alten Villa klappern.

Der große Saal des Restaurants war fast immer leer, weil die Touristen es vorzogen, auf der Terrasse zu sitzen, sie hatten Seesicht gebucht. Der Raum öffnete sich in einen Patio, der mit weißem Segeltuch vor dem Sonneneinfall geschützt war. Mittagshitze lähmte alle Insekten, es war nun völlig still, schlechter Tee stand vor mir, und es war so heiß, dass ich schläfrig wurde.

Es gelang mir auf der Insel immer, ruhiger zu werden und mir vorzunehmen, dass ich von nun an einfach und entspannt wäre, ein unerschrockener Mensch, der mit kräftigen Schritten in ein neues Leben aufbricht.

Manchmal, wenn ich bei meinem Tee saß, kam der Zwerg an meinen Tisch, was versponnener klingen mochte, als es letztlich war. Der Zwerg hieß politisch korrekt »Kleinwüchsiger« und war ein Mann von sechzig Jahren, was völlig egal war, weil Zwergwüchsige für Normalwüchsige einander immer gleichen. Der Zwerg arbeitete als Hausmeister in der Villa, und ich hatte ihn nur durch den Umstand entdeckt, dass ich von Neugier getrieben ein Gebäude betrat, dessen Betreten nachdrücklich verboten war. Normalerweise arbeitete der Zwerg nur nachts, denn er hasste die Blicke der Menschen. Als ich eingetreten war, hatte er in der Ecke eines Gartenpavillons auf einer alten Rattanliege gelegen und Rudi Schuricke gehört. Normalerweise hätte ich mich zurückgezogen, aber ich war so überrascht von dem Bild, das sich mir bot – ein sehr, sehr kleiner Mensch in bunter Unterhose auf einem Rattan-Deckchair, in der anderen Ecke des Raumes ein befremdlich wirkendes Konstrukt aus Metallteilen, das ein wenig an Tinguely erinnerte –, dass ich geblieben war.

Ich hatte schweigend im Raum gestanden und gewartet, bis der Zwerg zu reden begann, was er auch tat. Sie reden immer, die Leute, wenn man lange genug wartet.

»Sie betrachten mein Boot, richtig?« fragte er und wies auf den merkwürdigen Schrotthaufen. Um ihm die Freude nicht zu verderben, nickte ich. Als hätte er nur darauf gewartet, hielt mir der Mann einen wirr anmutenden Vortrag über den Weltuntergang und die Pflicht eines jeden denkenden Menschen, Vorsorge zu treffen und eine Art Nautilus zu bauen, in der man durch den Tsunami würde tauchen können, der drauf und dran war, die Welt leerzufegen.

Das ist, zusammengefasst, der Inhalt des viertelstündigen

Vortrags. Und der Beginn unserer Bekanntschaft. Ich sollte den Zwerg noch öfter treffen, als mir lieb war. Doch das wusste ich damals nicht, als ich erfreut über die seltsame neue Bekanntschaft wieder nach Hause fuhr, um noch oft zurückzukommen. Auf die Insel. Und zu dem seltsamen Ufoboot.

Heute.
Nachmittag.

Mit einer wirren Ausrede verabschiede ich das Mädchen und fliehe in meine Wohnung.

Ich kann doch nicht so tun, als sei ich ein starker Mensch, der nach drei Monaten der Verwirrung zurück in sein Leben findet. Irgendein stummes Es muss ja-Lied im Kopf und Trauer ist Trauer und Schnaps ist Schnaps. Ich kann nicht zu den Lebenden, sie machen mir Angst. Ich ahne, was kommen würde: Das kleine Mädchen würde mir mit ihrer Weisheit den Weg zurück ins Leben zeigen, wir würden irgendwann zusammen lachen, meine Haare würde ich wie ein junges Fohlen in den Wind werfen und in ein neues Leben traben, in dem ich eine einfache, aber erfüllte Dame unbestimmten Alters wäre, die Tonzeug töpfert, karitativ tätig ist und sehr viele Freunde aus der Volkstanzgruppe hat. Ich will diese letzten dreißig Jahre nicht. Nicht so, nicht allein. Nicht ohne berührt zu werden, nicht ohne einen Mann mit Bauch, auf dem ich mich einrollen kann. Ich werde nicht mit Kim schwimmen gehen, nicht zurück in den Irrsinn, der heißen würde: Alles kann dir genommen werden, dauernd. Wenn du dich wohl fühlst, wenn du vergisst, dass Leben Demütigung heißt, gerade dann kommt es und schlägt zu, der Tod, das Schicksal, Gott, das Böse; mit unglaublicher Gleichgültigkeit überrollt es deinen Mann mit der Tram, lässt es dein Kind an einem kleinen miesen Bakterium verrecken. Nichts ist für dich, nichts für dich so, wie du es dir vorgestellt hattest. Und das werden wir dir zeigen.

Die Wohnung ist zu hell, zu sauber, die Fenster aufgerissen, zu viel Luft und Geräusche. Nachdem ich alles wieder verdunkelt habe, weiß ich nicht weiter. Mein Tagesablauf ist durcheinandergekommen. Doch ich habe die wundervolle Heilkraft des Baldrians entdeckt. Füllt man ein halbes Glas mit Tinktur und verdünnt es mit Wasser, dann versinkt man innerhalb von Sekunden in eine Betäubung, die sich gewaschen hat, und ein paar Minuten später in einen traumlosen, todesähnlichen Schlaf. Ich trinke meinen Baldrian. Ich vergesse Kim. Ich sehe den Mann, wie er mich anlächelt, baue mir ein Nest in seinen Bauch, und niemand kann mich da mehr erreichen.

Damals.
Vor weniger als dreieinhalb Jahren.

Meine Ausflüge zur Brissagoinsel waren rar geworden, da die Momente, in denen ich hilflos zusehen musste, wie ich meinen Verstand verlor, und das Bedürfnis zur Flucht irgendwann ausgeblieben waren.

Ab und zu besuchte ich die Insel, ausschließlich um den Zwerg zu sehen. Nicht weil ich ihn besonders mochte oder mich wohl mit ihm fühlte, sondern einzig, weil ich nicht den Anschein erwecken wollte, ich miede ihn. Was der Wahrheit entsprochen hätte. Es war mir im Umgang mit dem kleinen Mann, der auf Zwanzig-Zentimeter-Beinen durch die absurde Perfektion der Brissagogärten wackelte, nie gelungen, über seine Körperlichkeit hinwegzusehen.

Das letzte Mal, als ich ihn auf der Insel traf, war ein bleifarbener Tag. Wir saßen im Pavillon vor dem Ufo-Nemo-Rosthaufen, und ohne die Verzweiflung, die meine früheren Besuche bei ihm begleitet hatte, blieb nur eine große Fremdheit zwischen uns. In der saßen wir schweigend, lange, nachdem ich ihn gefragt hatte, wie er auf die Insel gekommen war, irgendwann.

»Ich war nie in den Genuss gekommen, meine leiblichen Eltern kennenzulernen«, begann er nach einer Viertelstunde, in deren Dauer ich glaubte, ich wäre dem Mann mit meiner Frage zu nahe getreten.

»Ich wuchs bei einem Ehepaar auf, das mich zurückgeben wollte, als meine Behinderung offensichtlich wurde. Aber da hatten sie mich bereits adoptiert. Sie zogen in ein abgelegenes Haus, weil sie sich schämten, mit mir in Verbindung gebracht zu werden. Der Mann war Angehöriger der Luftstreitwaffe, seine Gattin eine zur Hysterie neigende Fremdsprachenkorrespondentin, beide im Ruhestand. Die Frau trug fast ausschließlich Twinsets, die ich in Folge so zu verachten lernte, dass ich noch heute Schweißausbrüche bekomme, wenn ich sie sehe, die Kleidung normalgewachsener, selbstgerechter Frauen aus dem weißen Mittelstand. Seit ich fünf war, lebte ich in einem Zimmer, durch dessen Bleiglasfenster ich nur hin und wieder verschwommen die Füße meiner Eltern oder die des Postboten sah. Ich vermisste nicht viel, denn ich kannte ja nichts als mein Zimmer und das pünktliche Auftauchen meiner Mutter mit den Mahlzeiten. Jeden Abend besuchte mein Vater mich für genau eine Viertelstunde, um mir Unterricht im seiner Meinung nach Notwendigsten zu geben. Ich war nicht unglücklich, nur war ständig ein Grauen mit mir, eines, das man hat, wenn man plötzlich eine Leiche sieht oder Zeuge einer Gewalttat wird, was mir später auch widerfuhr, darum weiß ich das Gefühl heute zu benennen. Mit fünfzehn schlug ich meinen Adoptivvater nieder, als er mein Zimmer betrat, und flüchtete. Die Adoleszenz hatte mich wohl zu diesem Gewaltakt getrieben. Dass ich ungewöhnlich aussah, erfuhr ich erst in der Welt außerhalb meines Zimmers, denn erstaunlicherweise hatte ich immer geglaubt, dass meine Eltern die körperlich Unnormalen seien und dass sie mich weggesperrt hatten, damit ich ihrer nicht allzu oft ansichtig wurde.«

Der Zwerg sprach in einem seltsamen Ton, es lag wohl daran, dass er seine Sprache aus alten Büchern gelernt hatte.

In einer Runde mit Herren, die über Hochkultur diskutierten, wäre er der Renner. »Ich finde nichts abstoßender, als andere Menschen mit den Beschädigungen zu langweilen, die man in seiner unwichtigen Vergangenheit erfahren hat. Ich habe lange Zeit versucht, nicht aufzufallen. Habe mir soziales Verhalten antrainiert, doch es hat nichts geholfen. Aber zurück zu meiner Kindheit. Nachdem ich lange genug gelaufen war, sodass ich sicher sein konnte, in gutem Abstand zu meinen Eltern zu sein, meldete ich mich bei der Polizei. Die Beamten machten Witze über mich, die ich nicht verstand, ich verstand ja kaum, was Polizei war, ich hatte nur davon gelesen, doch sie schafften mich nicht nach Hause, sondern zu einer Fürsorgeeinrichtung. Die Zeit bis zur Volljährigkeit verbrachte ich in meiner Erinnerung als Paket verschnürt und an Decken hängend, in Papierkörbe und Müllkübel gestopft (der Zwerg war wirklich außerordentlich klein). Ich wusste mit achtzehn, dass ich zu schwach war, um für die eventuell vor mir liegenden fünfzig Jahre als Witz durch die Welt zu laufen, und dass ich keine Person war, an der das schlechte Benehmen anderer abprallen würde, ich könnte nicht in Clubs andere Kleinwüchsige treffen, eine Freundin finden, ein Haus bauen mit sehr kleinen Möbeln, ein normalwüchsiges Kind bekommen, das mit fünf größer wäre als wir und das sich schämen würde, wenn wir es in die Schule brächten. Ich hatte mir späterhin die absurdeste Insel gesucht, die ich auf der Landkarte finden konnte, und gehofft, ein Auskommen zu finden, das mich dort leben ließ. Das Schicksal war freundlich, oder meine Suche intuitiv richtig. Seitdem bin ich hier. Die Angestellten sind seit Jahrzehnten dieselben, sie haben sich an mich gewöhnt. Ich habe gelernt, die Menschen zu hassen. Zehn Prozent der Erdbevölkerung sind so wie ich. Das ist die größte Minderheit, die es gibt. Und wo sind sie? Die behinderten Politiker? Talkmaster? Mode-Designer? Werden sie in den Keller der Erde gesperrt, totgeschwiegen, totgeschlagen, wenn keine Konsequenzen zu befürchten sind? Ich hasse alle Normalen, das muss so sein, ich kann mich nicht dagegen wehren. Und ich werde sie für meine Sache arbeiten lassen.«

Mit diesem unverständlichen Satz endete der Zwerg, weil seine Stimme sich überschlug, in höchster Erregung, er fing sich jedoch augenblicklich und sprach leise noch einmal weiter. »Sehr selten mal sieht mich ein Fremder, wie Sie jetzt, den Rest der Zeit arbeite ich, laufe, nachdem die Touristen weg sind, über die Insel, die mir im Winter allein gehört. Ich habe es nicht schlecht getroffen. Ich werde keinen Menschen mehr finden, der mir zeigen wird, wie es ist, umarmt zu werden, und zwar nicht aus Mitleid, falls Sie jetzt so eine Regung verspüren sollten, sondern weil er mich gern hat. Das ist bedauerlich. Vermutlich auch, dass ich völlig allein sterben werde und dass es so schnell herumgeht, das Leben, dass der Tag des Sterbens so absurd rasch näher kommt und ich allein sein werde, das ist bedauerlich. Aber ich werde Millionen mit mir nehmen.«

Und ich sah das Schrottteil an und entdeckte einen Stapel seltsamer Pläne am Boden. Mir wurde sehr kalt, und ich verabschiedete mich rasch. Das war mein letzter Besuch auf der Insel, aber nicht das letzte Mal, dass ich den Zwerg sah, der wie kaum ein anderer auf dieser Welt das Prinzip Hass verkörperte.

Heute.
Fast Abend.

Ich unterlasse es, auf die Straße zu gehen, denn dort könnte ich dem Mädchen begegnen und müsste mich schämen, entschuldigen, reden. Ich kenne das aus einem früheren Leben, da ich meinte, alles wäre mir möglich, und mich in freundlichen Gesprächen mit Kioskbetreibern und Nachbarn verlor, nicht bedenkend, dass ich bis auf kurze Ausnahmen, kleinen Gehirnfunktionsstörungen gleich, nicht reden wollte oder konnte, und in Folge große Umwege in Kauf nahm, weil ich befürchtete, es würde Geselligkeit von mir erwartet. Immer diese kolossale Selbstüberschätzung.

Es gibt keinen, der etwas von mir erwarten würde, außer einem kleinen Mädchen, das vermutlich nur höflich sein will.

Das ist also von meinem Leben geblieben. Kein Erfolg, kein Geld und noch nicht mal jemand, der mir auf die Nerven gehen könnte. Ich habe vor einigen Wochen mit denen telefoniert, die ich als Freunde bezeichne, einfach weil es gewollt salopp klingt, immer von Bekannten zu reden. Sie hörten meinem Gestammel zu, den wirren Gedanken, dem Weinen, und eine große Hilflosigkeit war allen eigen. Sie gaben Ratschläge. Wie ich weiterleben sollte, sagte mir keiner.

Kommen wollte keiner.

Bei den folgenden Anrufen war ihre Geduld bereits erschöpft, ihre Ratlosigkeit machte die Freunde aggressiv, und so erwarteten sie angespannt Disziplin und dass ich wieder in mein Leben ginge, von dem ich doch gar nicht wusste, wo es sich befand.

Hier nicht, im schwachen Licht einer Sonne, die verkehrt am Himmel hängt, und die Menschen strömen von der Fähre in die Läden, die Fische werden in den Restaurants auf den Grill geworfen, überall riecht es nach Essen, die Insel riecht immer nach Essen, nach chinesischen Gewürzen, die vielleicht Glutamat heißen, und ich frage mich, wer das eigentlich isst. Vielleicht könnte er ein Freund sein. Vermutlich steht jedem Menschen nur ein Freund im Leben zu. Egal, ob verwandt oder frei gewählt. Und wenn es diesen einen Freund nicht gibt, ist es nicht verwunderlich, dass alle zum Therapeuten gehen, mit Psychopharmaka ruhiggestellt, ihre Einsamkeit nur im Rausch ertragend. Und ich auf dem Bett, in dem Zimmer, das ich irgendwann einmal reizend fand, und das jetzt zu meinem Feind geworden ist, zu meinem Gefängnis, aus dem ich mich nicht hinauswage, weil ein kleines Mädchen auf mich lauern könnte, um nett zu mir zu sein.

Irgendwann, als es draußen noch dunkler ist, wie schnell das geht am anderen Ende der Welt als dem gewohnten, ertrage ich den Hunger nicht mehr. Er ist mir peinlich wie das Schlafen, wie all die dumpfen Bedürfnisse meines Leibes, der mich nicht interessiert. Ich verlasse das Haus und laufe direkt in Kim, die auf der Gasse hockt. Es ist ihr unangenehm, mich zu sehen, und doch wirkt sie seltsam erleichtert. Ich schäme mich fast ein wenig, einem Kind, das es ohnehin nicht sehr leicht zu haben scheint, solche Mühe zu machen.

»Ich weiß, Sie wollen mich nicht sehen, und eigentlich niemanden. Ich kenne das. Aber ich glaube nicht, dass allein zu sein wirklich so gut für Sie ist, im Moment. Darum habe ich auf Sie gewartet«, sagt das Mädchen hastig, als erwarte sie eine Grobheit von mir, deren Wirkung sie mit Worten zu verringern sucht.

»Ja, du hast recht«, sage ich darum betont freundlich. »Ich will keinen sehen, aber ich will auch nicht auf meinem Bett sitzen und darauf warten, dass vielleicht ein Meteorit einschlägt und mich tötet.«

»Meteoriten kommen hier sehr oft vor«, sagt Kim, »es ist legitim, darauf zu warten, manchmal sterben die Leute während des Wartens. Vielleicht wollen Sie vorher etwas essen?« Ich nicke. Das Vergnügen am Essen sitzt dem Chinesen in den Genen.

»Kommen Sie, wir gehen zu Rob, der sich Rob nennt, weil es so modern klingt und er gerne ein moderner Mensch sein will. Ein wenig albern, aber kochen kann er.« Das Mädchen redet all mein Unwohlsein weg, ich folge ihr durch die überfüllte Hauptgasse, bewundere, wie elegant sie sich zwischen den Menschen bewegt, und fühle mich hinter ihr plump und träge. In einer Seitengasse geht Kim in ein Haus, das mir bei meinen täglichen Wanderungen bereits aufgefallen ist. Im Fenster lässt eine mumifizierte Katze nicht darauf schließen, dass sich im Inneren ein Restaurant befindet. Das Innere selbst lässt das auch nicht vermuten, denn der Raum ist dunkel, feucht und vermutlich die chinesische Entsprechung einer deutschen Alkoholikerwohnung. Mir ist im ersten Moment nicht klar, was der Mann eigentlich sammelt. Alles ist metallen und anscheinend mit einer Rußschicht überzogen. In einer dunklen Ecke des dunklen Raums steht ein Herd mit offener Flamme, dahinter Rob. Ein chinesischer Mann unklaren Alters, auch mit Ruß überzogen. Kim erklärt: »Rob sammelt Metallteile. Er will ein Fluggerät bauen und mit seinem Freund wegfliegen, wenn der Tsunami die Insel erreicht. Vielleicht will er auch damit tauchen. Ich hab vergessen, was genau es war. Sie müssen keine Angst haben. Rob hat etwas merkwürdige Ansichten und Hobbys, aber er ist ein guter Mensch. Und er kocht, wie ich bereits erwähnte, hervorragend.« Ich starre das Schwimm-Flug-Gerät an, das sich ausnimmt wie eine seltsame Kopie des Nemo-Ufos, das ich einst bei dem Zwerg sah.

Rob ist unterdessen aus seiner Ecke gekommen. Ein befremdlich aussehender Mann. Lange, dünne weiße Haare sind zu einem Zopf gebunden, die Zähne schief und gelb, es könnte auch eine Frau sein, die sich als hässlicher Mann verkleidet hat. Rob nickt mir zu und spricht zu Kim. Er führt uns auf das Dach, das, frei von Eisenteilen, in seiner betonten Leere beinahe freundlich wirkt. Kim sagt: »Rob geht uns jetzt etwas kochen. Nachher lernen wir seinen Freund kennen. Ein Europäer, glaube ich.« Wir schauen das Meer an, das wie ein einschlafender Elefant unter uns liegt.

»Wird dein Großvater dich nicht vermissen?« frage ich Kim. Über diese schwierige Frage denkt sie lange nach.

»Ich glaube nicht. Er wird merken, dass ich nicht da bin, aber er kennt mich als ein sehr selbständiges Kind.«

Nach einer Weile Elefantenbeobachten fragt Kim: »Sie wundern sich nicht über Rob?«

»Ich wundere mich über nichts«, sage ich.

»Rob ist ein wenig eigen geworden, er hatte viel Pech. Als ich klein war, hatte er ein hervorragend laufendes Restaurant. Es war das teuerste auf der Insel, und wir gingen an Festtagen bei ihm essen. Irgendwann war sein Restaurant verschwunden, und niemand sprach mehr über Rob. Jedenfalls nicht vor mir. Das merkt man recht genau, als junger Mensch, wenn Erwachsene Geheimnisse haben. Heute weiß ich, dass Rob seine Familie verlassen hat, zu irgendeiner Sekte in die Schweiz ging und dann nach längerer Zeit mit seinem Freund zurückkam und diesen Apparat zu bauen begann.« Der Wahnsinn findet einen vertrauten Anklang in meiner Erinnerung, ohne dass sich mir ein klares Ganzes offenbaren würde.

Rob kommt nach einer Weile und bringt Schüsseln und Teller mit Gemüse, Fisch und was der Chinese sonst noch gerne an Undefinierbarem verzehrt. Er ist in der Tat ein brillanter Koch, nur hat er augenscheinlich ein psychisches Problem. Kim und ich essen schweigend, schauen dabei in den Himmel, und ich denke auf einmal, was wäre, wenn der europäische Freund von Rob der Mann wäre? Vielleicht hat er sein Gedächtnis verloren und irrt auf der Insel herum, Rob hat ihn gefunden, und nun werden sie heiraten? Nein, falsch, jetzt wird er gleich aufs Dach kommen, mit einer Schüssel in der Hand. Ich stelle mir das Bild so plastisch vor, dass ich mich kaum mehr bewegen kann vor Anstrengung. Gleich werden die Treppen knarren; egal, dass sie aus Stein sind, sie werden knarren, die Luder, und die Metalltür zum Dach wird aufgestoßen werden. Und genau das passiert, die Tür wird aufgestoßen, im schwachen Licht der Laterne vor dem Haus steht – irgendein Mann. Nicht meiner. Und ich falle schon wieder aus dem Fenster. Neunzehn Stockwerke.

Damals.
Vor drei Jahren.

Wenn ich aufwachte, fasste ich immer als Erstes nach jener Seite des Bettes, auf welcher der Mann schlief. Falls er da schlief. Denn zwanghaft musste ich mich jeden Tag seiner Anwesenheit versichern, es galt zu überprüfen, ob er atmete und ich nicht nur geträumt hatte.

Das erste Jahr war vergessen und die Unsicherheiten, unter denen ich gelitten hatte. Ich musste keine Angst vor dem Mann haben, und diese Entspannung war mir bei den wenigsten Menschen beschert. Ich war nicht aus dem Fleisch, aus dem Helden gemacht werden, und hatte vertrauterweise die Sorge, Erwartungen nicht zu erfüllen, andere zu erschrecken, unangenehm zu riechen, zu laut zu sein oder zu leise.

Mir ist nicht klar, nach welchen Anforderungen Menschen die Qualität ihrer Beziehungen überprüfen oder ob sie es überhaupt tun, ich konnte mit dem Mann funktionieren, ohne dass mir etwas peinlich war, konnte den Tag im Pyjama verbringen, im Bett mit Büchern, aus dem Fenster starrend, ohne dass unangenehme Momente entstanden wären.

Ich lief gerne mit ihm, meine Hand in seiner, ich schlief gerne neben ihm ein, und ich war glücklich, wenn es ihm gutging. Ich fühlte mich wie ein Teil eines etwas rundlichen Kinderpaares, das sich gegenseitig die Schuhe versteckte, Knoten in die Hemden machte oder mit toten Tieren auf der Schulter erschreckte. Mein Wohlbefinden war elementar. Es äußerte sich in lockeren Muskeln und geschmeidigem Fell.

Vielleicht gehen alle Paare so miteinander um. Ich hatte keine Ahnung. Ich konnte nur sehen, was sie mir zeigen, die Paare, an Feuerland-Kirschholztischen, mit Kleidung, die ihnen eine befremdliche Haltung aufzwingt, Vivaldi hörend und einander die Butterschale reichend. Kein Außenstehender kann wissen, was Paare verbindet, auf welche kindlichen Reflexe und Bedürfnisse, auf welche Neurosen sie reagieren, was steht es anderen zu, das zu beurteilen, wir wissen doch nicht mal selber, was wir da anstellen mit unserem Leben.

Es war ein neuer Morgen, der Jahrestag meines Einzugs in sein Haus, in dem ich, wie es Frauen meist gerne tun, alles geändert und eingerichtet hatte, sodass von seiner ursprünglichen Ausstrahlung kaum mehr etwas übrig war. Diese tief genetisch verwurzelte Sucht, es sich nett zu machen, kleine Vasen mit Blumen zu füllen, Beistelltische neben Betten zu rücken und Teppiche, auf denen gestickte Panzer rollen, vor die Toilette zu legen. Ich lebte den Drang zur Gestaltung des Heimes zum ersten Mal aus, da hatte sich einiges angestaut in den letzten dreißig Jahren. Freundlich, ruhig hatte der Mann mich zu Flohmärkten begleitet, in Designerläden und zu Teppichhändlern. Ohne verächtlich zu blicken, hatte er sein Auto mit Gerümpel vollgeladen, hatte die Ware in sein Haus geschleppt, wo ich glücklich umstellte, neu ordnete, putzte und Gardinen befestigte. Innerlich trug ich eine kleine weiße Schürze und ein Kopftuch, und immer schien Dalida zu singen. Meine Liebe wuchs durch die Großzügigkeit des Mannes, mit der er mich tun ließ, was ich wollte. Ich hielt es für die höchste Stufe der Entwicklung, zu der ein Mensch befähigt war, wenn er Großmut besaß und einen anderen nicht von seinem Lebensentwurf überzeugen musste. Diese Flexibilität des Geistes war selten. Nach der anfänglichen Überraschung, täglich einen Menschen neben sich zu sehen, der schlief und aß und atmete, war die Euphorie nun zu etwas geworden, was man empfinden mochte, wenn man jemandem beim Spielen zusah: eine leise lächelnde Freude, die den Mund immer halb geöffnet hielt.

Es machte mich sogar glücklich, mit dem Mann einkaufen zu gehen oder zu Behörden, zu Ärzten, es war wohl, was man gemeinhin unter: Das Leben ist zu zweit angenehmer verstand. Wenn wir abends im Garten vor dem Haus saßen und diesen Blick auf den See hatten, der ansonsten nur Millionären zustand, wenn wir lasen oder schlecht über Bekannte redeten, was wir mit großer Freude taten, und die Zeit wie ein warmer kleiner Niederschlag verging, dann wünschte ich mir zum ersten Mal in meinem Leben, unsterblich zu sein.

Heute.
Abend.

Wir sitzen auf dem Dachgarten von Robs Haus, wobei der Begriff Garten für die Betonebene, die sich in keinerlei Zierat ergeht, reichlich hochtrabend scheint.

Wir haben nichts miteinander zu tun, außer den Fisch zu essen, den der Chinese zubereitet hat. Es ist eine unüberbrückbare Fremdheit zwischen uns, die schon wieder interessant sein könnte, interessierte sich nur einer dafür; einer dieser Momente, von denen man sich nicht vorstellen kann, dass sie jemals vergehen.

Wie ein schwerer, alter Hund liegt unsere Geschichte neben uns am Boden.

Der Himmel ist absurd purpurn und zu weit entfernt, um uns wahrzunehmen.

Rob, der Chinese, und Ben, sein englischer Freund, halten sich ab und an bei den Händen, was etwas merkwürdig wirkt, da es nicht in die Bildschemata passt, in denen wir uns überwiegend aufhalten. Der Chinese ist vermutlich um die fünfzig, und seine Mimik verrät selbst dem unbegabtesten Gesichterleser, dass da etwas nicht in Ordnung ist. Rob scheint nicht ganz zu Hause. Sein Blick zuckt ohne jeden von außen erkennbaren Grund in alle Richtungen, und das Gesicht wirkt ausgehöhlt und gelb.

Ben, sein Freund, ist einer dieser englischen Männer, die man sich hervorragend in Bermudas vorstellen kann. Sein Adamsapfel springt aufgeregt an seinem Hals auf und ab, sein volles weißes Haar hat er mit einem Seitenscheitel gezähmt. Spricht er, dann in diesem rollenden Englisch, bei dem ich, fern davon, eine Intellektuelle zu sein, nie weiß, ob es sich um einen Oxford- oder Cockney-Akzent handelt. Wie beiläufig entsteht doch etwas, was einer Unterhaltung ähnelt, der aber alles Heitere völlig abgeht. Die beiden Männer reden, sie scheinen unsere Anwesenheit zu vergessen, was mir recht ist; meine Anwesenheit vergäße auch ich gerne. Mit kleinen Fragen lenken Kim und ich ihren Redefluss in die Richtung, die uns interessiert. Die Männer sehen aus wie zwei schlechte Schauspieler, die Schwule spielen. Vermutlich haben sie keine Ahnung, wie man sich angemessen homosexuell verhält.

Es scheint mir, als haben sich die beiden einfach gerne und wissen nun nicht, wie ein Mann damit umgeht, aus Versehen einen Menschen des gleichen Geschlechts zu mögen. Unbeholfen tasten sie immer wieder nacheinander, zucken dann wie ertappt zurück, und man möchte ihnen sagen: »Jungs, es ist alles gut.«

Dieses Theater, das um Sexualität gemacht wird, zu unerheblich, um sich davon beeinflussen zu lassen. Selbst die seltsamste Fetischanwandlung wollen wir heute begreifen und akzeptieren, wir wollen tolerant sein und offen und ersticken an unserem Hass gegen alles, was uns nicht ähnelt, und brüllen umso lauter das Lied der Gleichberechtigung.

Alles muss definiert sein, geregelt, geordnet; geheiratet muss werden, auch gleichgeschlechtlich, auch Familienmitglieder und Tiere, so entfernt von Anarchie und Ungehorsam wie jetzt schienen die Menschen noch nie, gerade weil sie so frei sind. Wenn sie nicht das Pech hatten, im Mittelalter geboren zu werden, also bei Fundamentalisten, also im Patriarchat, versagen sie es sich, suchen nach Geländern zum Festhalten, haben Angst, sich zu verlieren, wenn sie die Regeln nicht befolgen, die sie selber aufgestellt haben. Alle müssen über ihre sexuellen Präferenzen reden, sie müssen sich mitteilen, unbedingt, und akzeptiert werden. Was macht einen denn schwul in diesem Alter, nahe den Sechzigern; geht es um Hormone oder um Berührungen, die man irgendwie staatlich anerkennen lassen muss?

Leise fliegen Sätze durch die Nacht, aus denen ich mir die Geschichte der beiden zusammensetze.

Rob, der Chinese, war von einem Tag auf den anderen aus seinem Leben geflohen. Er hatte seiner Frau und den erwachsenen Kindern fast sein gesamtes Geld auf dem Konto gelassen, einen netten Brief auf den Tisch gelegt und war von der Fähre zum Flughafen gefahren, wo er den nächsten Flug nahm, der sich anbot. Der Flug hatte ihn nach Dublin geführt. Nun, dann eben Dublin, hatte Rob gedacht, der von der Routine, die er sich eingerichtet hatte, so ermüdet war, dass er meinte, er müsse sekündlich ins Koma fallen.

Es war ihm nie gelungen, zu seiner Frau ein freundschaftliches Verhältnis zu entwickeln, und nachdem seine Kinder aus dem Haus waren, herrschte in seiner Wohnung eine unangenehme Stille. Jahrelang. Das gab es wohl wirklich, diese Ehen, die wegen der Kinder hielten, dachte Rob eines Tages, als sein Körper wie eingefroren schien, und er merkte, dass er dringend ein wenig Wärme brauchte. So war es zum Tag seines Aufbruches gekommen.

Rob war in Dublin gelandet und hatte auf freundliche Nachfrage beim Touristenzentrum eine billige Unterkunft beim YMCA empfohlen bekommen. Dort saß er im Regen Dublins, der absolut nichts Warmes an sich hatte, und dachte über sein Leben nach, wobei »denken« in dem Zusammenhang ungenau war. Er schaute sich sein Bildarchiv an und fand nichts, das man hätte einrahmen wollen. Also verbrannte er alles, die Geschichte, die Erinnerung, fast hätte er sich selber den Flammen übereignet, die er gedanklich entzündet hatte, als er ein Klopfen an der Tür hörte. Es war Ben, der jetzt hier auf dem Dach seines Hauses sitzt und der damals vor Robs Tür stand. Er hatte Geräusche gehört. Das war ja oftmals der Beginn zauberhafter Beziehungen, Geräusche hören an Orten, an denen sie nichts zu suchen haben.

Ben hatte seine Arbeit in London verloren, und seine Mutter, bei der er lebte, war eventuell gestorben.

Der Stoff, aus dem Obdachlosenschicksale gewoben werden. Die beiden Männer saßen nächtelang in Dubliner Pubs und froren, bis sie von einem Trunkenbold wirre Phantasien zu einer Gemeinschaft hörten, dessen Anführer im Tessin saß. Die beiden Männer interessierten sich zwar nicht für Sekten, Religion und Gurus, doch waren beide in einer Phase ihres Lebens, in der sie in einem Meer schwammen, in dem sie zu ertrinken drohten. Was ihnen fehlte, war eine Insel in Sichtweite, und so war es ein Zufall, dass sie am nächsten Tag in einem Reisebüro die Brissagoinseln auf der Broschüre zum Reiseziel Tessin entdeckten. An dieser Stelle ihrer Geschichte versuche ich, mich ausschließlich auf die Geschichte der beiden zu konzentrieren und alle Bilder, die sich einstellen wollen, zu verdrängen. Es gelingt mir.

Rob und Ben fuhren ins Tessin. Im Verlauf der Reise, die, weil sie hatte billig sein müssen, drei Tage und Nächte dauerte, die beide im Sitzen zurücklegen mussten, begannen sie sich zu unterhalten, ohne eine Pause einzulegen.

Diese neue Erfahrung fühlte sich wie Verliebtsein an, war es vielleicht auch, denn so wie man sich in Landschaften oder Häuser verlieben kann, kann man auch dem Gefühl, endlich verstanden zu werden, mit Euphorie begegnen.

Noch ehe sie Ascona erreichten, hatten sie sich fast alle ihre Träume anvertraut, von deren Existenz sie nicht einmal gewusst hatten. Im Tessin hatten sie zusammen in einem billigen Zimmer übernachtet und sich ab und an die Hände gehalten. Sonst war nichts passiert. Sonst war, wenn man die beiden ansah, nie etwas passiert. Über die Sekte war nicht viel zu hören. Vermutlich der übliche Alphamann, der eine vertrottelte Gemeinschaft mit Phantasievorstellungen an der Nase herumführte – Quark. Die beiden waren ein paar Wochen im Tessin geblieben, um sich über ihre weiteren Stationen klar zu werden. Was sie mitgenommen hatten, war die Idee, einen strahlenundurchlässigen Apparat zu bauen, eine Art Arche, denn sie waren von der Überschwemmung großer Teile der Welt überzeugt. An dieser Stelle lohnt doch ein Nachfragen, und ich möchte wissen, was die beiden machen wollen, in diesem Tank auf einem Riesenmeer, über einem ertrunkenen Planeten. »Selbst bestimmen, wann wir gehen«, sagt Ben. Und ich denke: Gute Antwort. Die einzige Freiheit, die uns bleibt. Und ferner denke ich an den Zwerg und seinen Nemo-Schwimmkörper aus Metall, und ich frage mich, ob das noch ein Zufall sein kann, dass er mir hier wieder begegnet.

Rob und Ben halten sich an den Händen und schauen in den Himmel, vermutlich, um ihn nach Regenwolken abzusuchen, Kim ist eingeschlafen, und ich beschließe, sie nach Hause zu bringen. Um mir dort darüber klar zu werden, was für verwirrende Informationen ich gerade erhalten habe.

Damals. Vor zwei Jahren.

Da war ein Sonntag und Regenzeit, im Herbst oder Frühjahr. Ich erinnere mich an jenen Tag, weil er so typisch war, und freundlich in seiner großen Sinnlosigkeit. Kollektiv haben wir uns auf Effektivität geeinigt und bewundern in unserer knapp bemessenen Zeit die entspannten Kinder in den Slums von Rio, die einfachen, herzensguten Inselbewohner auf Guadeloupe, wie sie den Tag verstreichen lassen mit Sitzen in der Sonne und fliegenden Fischen beim Fliegen Zusehen. Doch wir sind aus dem Norden, da ist es kalt und nicht lebenslustig, da wird nicht auf den Tischen getanzt, und wenn man nicht mindestens einmal am Tag eine Atombombe erfindet, zählt es nicht. Und wenn man nicht in einem Interview, so man eine Person von durchschnittlichem Interesse ist, als größten Wunsch angibt: »Ich möchte mehr Zeit haben«, sieht man sich schon bald einer Mauer aus Unverständnis gegenüber. Ich möchte nicht mehr Zeit haben, die vorhandene ist völlig ausreichend, zumal ich mich nicht einmal mit der Erforschung eines raren Impfstoffes beschäftige.

Wir wurden von Niederschlag geweckt, der auf dicke Blätter traf, Depression Tropical, seit einer Woche regnete es, als versuche der Himmel, alle Einrichtungen mit festem Boden aufzulösen wie Magnesiumgranulat. Ich war im Halbschlaf so froh gewesen, dass ich nicht gegen Gott kämpfen musste wie andere, die mit religiösem Wahn aufgewachsen sind und kämpfen gegen eine Fabelfigur, wie konnte das wohl ausgehen. Jene, die kämpften, waren doch immer die mit den schlechten Nerven, mit den Magengeschwüren, der bleichen Haut, den Pickeln, der Homosexualität, die konnten doch nur verlieren. Nicht mehr kämpfen, nie mehr, und mich nicht mehr als Außenseiter fühlen, als Freak, als Kind, das nicht in die Mannschaft gewählt wird, als eines, gegen das die Gruppe sich immer entscheiden wird, immer, wenn man sie nur entscheiden lässt.

Die Unterwelt war mir im Schlaf und Erwachen noch zu lebendig und die Erleichterung groß, wenn ich im Tag ankam. Im Haus war es ein wenig klamm, denn so elegant die Fenster aussahen, für weniger als achtzehn Grad taugten sie nicht, und der alte Steinboden war ohne entsprechende Steinbodenheizung unbegehbar. Das Haus schwamm in einem Meer, es war nichts zu sehen draußen außer Wasser und Grau, kein Oben, kein Unten. Ein Tag, gemacht, um schlechte Laune zu entwickeln, so lagen wir beide wach, unentschlossen, was wir mit den folgenden Stunden machen sollten, ehe wir wieder schlafen konnten und hoffen, dass es dann besser würde, wärmer, ein Ufer in Sichtweite. Es klopfte an der Tür, was ich um diese Zeit nur mit dem Ausbruch eines Nuklearkrieges, über den uns jemand informieren mochte, entschuldigt hätte. Eine Nachbarin drängte sich aufgeregt in unser Haus, sie hatte ein Problem mit irgendetwas und wollte, dass der Mann ihr half. Eine deutsche Frau, stämmig und ungefärbt, mit einer praktischen blonden Frisur und einem roten Gesicht, eine von der halbintelligenten Sorte, die unangenehmste. Selbstgerecht und immer ein wenig beleidigt. Von meiner früheren, naiven, unhinterfragten Solidarität mit Frauen war nicht mehr viel übrig. Gerade die Damen, die viel von ihrer Emanzipiertheit sprechen, sind von wirklicher Freiheit so weit entfernt wie der Regen draußen davon, sich in Sonnenschein aufzulösen. Wenn sie merken, dass es wirklich anstrengend ist, in eine Position zu gelangen, in der man die Welt minimal beeinflussen kann, entscheiden sie sich fast immer gegen die Verantwortung. Gegen die Machtkämpfe und Ungemütlichkeit, gegen die unglamouröse Forschung, die öde politische Arbeit, die unangenehme Aufgabe, Menschen zu entlassen, und werden schwanger oder machen etwas Kreatives, etwas mit Sprache, weil Frauen ja so gut reden können. Und dann sitzen sie in Cafés und quatschen über Rolfing und lesen Frauenzeitschriften, die von Frauen gemacht werden, die lieber dumme Sätze über anorektische Filmstars schreiben als echte Informationen oder Texte, die den Leser anstrengen, ihm eine Idee schenken. Dann kommen sie in die Wechseljahre und heißen Imke oder Claudia und fallen in hormonell bedingte Depressionen, ihr Leid schreiben sie aber den Männern zu, die sie am Fortkommen gehindert hätten. Und wenn sie die Wahl haben, dann nehmen sie immer einen erfolgreichen großen Partner, die Biologie, Sie wissen schon. Ohne nachzudenken, verraten sie all die Ideen, die ein paar wirklich freie Damen gehabt haben, die sich aufgemacht haben, um dafür zu kämpfen, damit sich nun ein neues Heer von faulen Weibern auf ihren halbverstandenen Ideologien ausruhte, von denen sie nur Überschriften zitieren. Ihr kleiner Verstand träumt von wilder Leidenschaft mit einem Cromagnon und der Ehe mit einem Mann, der morgens das Haus verlässt, das sie dann mit blütenweißen Gardinen und guterzogenen Kindern schmücken. Vermutlich bekommen die meisten genau das, was sie sich kraft ihres Geistes verdient haben. Die Zeiten, in denen ich Menschen mochte, waren definitiv vorbei.

Der Mann hatte der stämmigen Frau natürlich geholfen, durchnässt kam er zurück, und wir tranken Kaffee im Bett. Meine Wut auf die Rasse, der ich angehörte, verschwand, denn ich hatte es kaum besser gemacht. Anstatt die Welt zu verändern, hatte ich mich auf die Unmöglichkeit dieser Aufgabe berufen und mich in Gemütlichkeit zurückgezogen, mit meinem kleinen Beruf, den kleinen Freunden, den kleinen Möbeln. Da konnte ich fein ruhig sein, und das war ich dann auch. Ich weiß nicht, wieso es uns beiden gelang, den anderen nie für die eigenen Unfähigkeiten bestrafen zu wollen, oder warum mich nichts an dem Mann wirklich störte, vermutlich hatte ich das Glück, meine eigene Unzulänglichkeit und die jedes anderen wirklich begriffen zu haben. Ich konnte mich in hohem Maße daran erfreuen, dass wir nichts aneinander zu ändern versuchten und auch seltsame Vorlieben des anderen mit Wohlgefallen beobachteten. Gerade wenn er für mich ungewohnten Vorlieben nachging – er aß rauschhaft, sein Ordnungsverständnis war anders entwickelt als das meine, er war unfähig, mit anderen Menschen höflich zu plaudern –, fanden diese chemischen Prozesse statt, die Mütter haben, wenn sie ihre Kinder ansehen. Ich hatte immer Mühe mit dem Begriff Liebe, er war mir zu ungenau und zu oft in Zusammenhängen gebraucht, die mich nicht interessierten. Sie redeten von Liebe, wenn sie Leidenschaft meinten. Der Leidenschaft, die ich für den Mann empfand, wohnte wenig Körperliches inne. Ich hatte, um es genau zu sagen, selten das Gefühl, ich müsse ihm die Kleider von seinem Körper entfernen und gierig meinen Mund auf den seinen pressen. Wenn es eine Leidenschaft gab, dann die, mit der ich ihn beschützen wollte. Mit der ich böse wurde, wenn ich meinte, dass er ungerecht behandelt wurde. Mit der ich Angst hatte, wenn er auf der Straße war, denn die war gefährlich wie das Leben. So schnell ging etwas kaputt an einem Menschen, leidenschaftlich konnte ich weinen, weil ich mir vorstellte, wie es wäre, wenn ihm etwas passieren würde. Ich wachte über seinen Schlaf, wenn er krank war, denn ich wollte bereit sein, Hubschrauber zu rufen, falls sein Atem aussetzte, ich konnte mich leidenschaftlich freuen, wenn ihm wohl war, wenn er strahlte, und ihn beobachten, seinen merkwürdigen Gang, die Bewegungen, die mich oft an einen sehr großen Menschenaffen erinnerten.

Er war der geworden, der mir am nächsten stand, der sich an mich gewöhnt hatte und der wollte, dass es mir gutging. Wir waren uns einig, alle, die gegen uns waren, als Feinde zu betrachten, die wir gemeinsam ignorieren konnten. Wenn man das Liebe nennen mag, dann eben. Bitte. Mir wäre es wohler gewesen, ich hätte ein eigenes Wort erfinden können. Aber dazu war ich zu beschäftigt, mit der Entwicklung eines diffizilen Impfstoffes. Wir hatten uns im Bett eingerichtet, mit Zeitungen, Tee, den Computern, ab und an lasen wir einander etwas vor, aber so selten, dass es den anderen nicht störte auf seiner Welle der Faulheit. Als es noch dunkler wurde draußen, ging der Mann in die Nacht, um vom schlechten einzigen Chinesen in Ascona etwas zum Essen zu holen, und ich starrte unruhig von oben auf das Wasser, bis er wieder zurück war. Immer in Sorge, dass er wegbleiben könnte, und dann kämen Polizisten und würden sagen: »Waren Sie die Lebensgefährtin des Mannes?« Und ich würde nicken. Und so weiter. Doch er kam zurück, und ich glaubte, wenn es selbstverständlich wird, irgendwann, dass er wiederkommt, dann müsste man doch tot sein oder ein mentales Problem aufweisen. An jenem Abend kam er zurück, um mich mit Nahrung zu versorgen, kam zurück, um mit mir wieder zu Bett zu gehen, das immer noch in einem Meer schwamm, das aber nichts Bedrohliches hatte. Nur ein Meer und ein sicheres Boot. Normal.

Heute.
Abend.

Das Haus, in dem sich Kim mit ihrem Großvater eine Wohnung teilt, ist mir bereits vor Wochen aufgefallen. Es ist so nachhaltig von den Luftwurzeln eines Baumes bedeckt, dass es wirkt, als hätte der Baum das Haus gefressen und es würde in seinem Magen noch ein wenig traurig schauen, aus halberleuchteten Augen, bis es völlig verdaut ist.

Kim steht mit den Füßen nach innen gedreht vor der Haustür, und in diesem Moment sieht sie sonderlich unattraktiv aus. Sie ist eines dieser hässlichen Mädchen, deren Körper zu dünn, deren Brille zu groß, deren Haare zu ausdruckslos sind, und natürlich trägt sie eine zumindest innere Zahnspange. Sie gehört zu der Sorte, die in traurigen Filmen am Ende Schönheitskönigin werden, mit dem Alphajungen der Klasse eine Beziehung eingehen oder ein Superheldinnentalent an den Tag legen. Im Leben, das nicht Film ist, wird Kim vielleicht einfach von einem hässlichen Mädchen zu einer hässlichen jungen Frau werden, keinerlei Spuren hinterlassend. Wenn Kim spricht oder sich bewegt, vergisst man ihr Aussehen, weil sie nichts Kindliches an sich hat, das man hätte bemitleiden müssen. In ihrer seltsam humorlosen Art erinnert sie einen eher an die Vorsteherin einer naturkundlichen Bücherei als an ein Mädchen.

»Wollen wir nicht lieber noch ein wenig über Ihre Probleme sprechen«, bietet Kim an, um noch nicht zu ihrem Großvater zu müssen, aber leider habe ich dazu keine Lust und schiebe sie vor mir her, die steile Steintreppe hoch in den zweiten Stock des Hauses.

Als wir die Wohnung betreten, die durch die Baumwurzeln, die von außen durch das Fenster zu dringen scheinen, ein wenig unheimlich und zugleich behütet wirkt, sehe ich Kims Großvater erst nach einigen Sekunden. Er sitzt auf einem unbequem wirkenden Holzstuhl und liest eine Zeitung mit der Anstrengung eines Menschen, der Worten misstraut.

Sein Äußeres deckt sich mit dem Bild, das ich mir, ohne wirklich lange zu grübeln, von ihm gemacht habe, es ist der grimmig wirkende Mann, den ich ein paarmal flüchtig gesehen hatte.

Wäre Kims Großvater ein Tier, dann ein Mastiff, mit einem gedrungenen Körper, der beeindruckend viel Kraft zu haben scheint, Muskelberge und große Hände, typische Mastiffhände, unter altersloser brauner Haut, ein Millimeter kurze weiße Haare und trübe Augen. Der Masseur weist mich mit einem kurzen Nicken an, ihm gegenüber Platz zu nehmen, und es würde mir nicht einfallen, eine derart charmante Einladung auszuschlagen.

Als ich auf dem unbequemen chinesischen Holzstuhl, jener Sorte, von der ich vermutet hatte, sie würde ausschließlich für in Europa stationierte Chinarestaurants hergestellt, Platz nehme, beginnt der Masseur, mich seltsam leer anzustarren. Wäre ich in einer anderen Verfassung, würden mich sein Blick und sein Schweigen nervös machen, doch mein innerlicher Aufenthalt auf einem Parkplatz am Tor zur Hölle lässt mich jede Stumpfheitsolympiade gewinnen. Unser Starren und Schweigen scheint Kim unangenehm zu berühren, sie stellt eine Kanne Tee vor uns und huscht im Anschluss leise in ihr

Zimmer. Ich studiere die Wohnung, die einen sehr unentschlossenen Eindruck macht. Früher wollte sie mal gemütlich werden, doch die alte Schusswunde war wieder aufgebrochen. Oder die Frau hatte die Hälfte der Möbel mitgenommen. Mir fällt ein, dass die Frau des Masseurs gestorben ist, und ich frage mich, ob es vielleicht chinesischer Brauch ist, dass die Hälfte des Besitztums mit der Leiche verbrannt wird. Das Ableben der Masseursgattin erklärt die scheinbare Verwahrlosung des älteren Herrn. Witwer haben selten einen optischen Lebensentwurf, der einen zu kleinen Tänzen animieren würde. Es ist sauber in der Wohnung, auch die Kleidung des Herrn ist in Bestform, aber jedes kleine Accessoire, das Wohnung oder Mann mit Leben hätte erfüllen können, fehlt. Beide tragen Trauer.

Irgendwann scheint Kims Opa genug gestarrt zu haben. Eine Bewegung geht durch seinen Körper, und mit einer Stimme, die ein wenig eingerostet scheint, fragt er: »Vielleicht würde es Sie und die Situation ein wenig auflockern, wenn ich Sie massiere.« Da er vermutlich besser massieren als reden kann, nicke ich. Man muss die kleinen Gesten sprachloser Männer zu würdigen wissen. Er weist auf seinen Massagestuhl, auf dem ich, halb hängend, das Gesicht in eine Öffnung presse. Vielleicht hat Kims Großvater die Güte, mich mit einem Beil in Teile zu zerlegen, und die Fleischbrocken, die mich gebildet hatten, an Fische zu verfüttern, in deren Bäuchen ich durch die Welt schwömme. Vielleicht würde ich Stromschnellen sehen, in Finnland, falls der Fisch ein Lachs ist. Oder ich werde als Thunfisch von gefräßigen Japanern verdrückt. Nichts scheint mir als Alternative unzulänglich. Unter der ersten Berührung erstarre ich. Es ist Wochen her, dass ich berührt wurde, Kim hat mich kurz unbeholfen gestreichelt, und Chinesen haben mich angerempelt, aber ich glaube, das kann man nicht unbedingt zählen. Ich weiß nicht, ob mir das Massiertwerden wirklich wohltut. Ich versuche, während der Stunde nicht zu weinen, es wäre mir unangenehm, des Klischees wegen. Als der Masseur fertig ist, legt er sich sein Handtuch um die Schulter und geht in der großen Wohnung ans Ende des Flurs. Ich weiß nicht, ob das jetzt die Verabschiedung ist, doch er winkt mich zu sich, öffnet eine Tür und schaltet das Licht an. Ich stehe in einem sympathischen kleinen Zimmer mit einer freundlichen Terrasse, der persönlichste Raum der Wohnung. Der Masseur sagt: »Vielleicht gehen wir zu Ihnen, holen Ihre Sachen und Sie ziehen hier ein, für die Dauer Ihres Aufenthaltes. Es wäre gut für Kim. Und für Sie.«

Danach fällt er wieder in starres Schweigen, das seine vorherigen Worte unwirklich macht. Draußen setzt schwerer Regen ein, dessen Geräusche unser Schweigen lauter werden lassen. Ich sehe mich in der alten Wohnung auf dem Bett sitzen und setze mich probehalber auf das neue. Eindeutig das bessere Gefühl. Aber wie kann ich die letzte Verbindung trennen, und wie sollte mich der Mann finden, käme er zurück?

Als würde der Masseur, mit dem mich weniger verbindet als mit mir, was ein Höchstmaß an Nichtverbindung bedeutet, neben seinem eigentlichen Beruf auch Gedanken lesen können, sagt er: »Wir lassen einen Zettel mit Ihrer neuen Adresse an der Tür. Ich kenne den Vermieter der Wohnung und trage Sorge, dass er nicht entfernt wird.« Das Englisch des alten Mannes ist nicht schlecht. Weit entfernt von der fließenden Beherrschung der Sprache, die seine Enkelin auszeichnet, verfügt er jedoch über ein reiches Vokabular, das er offenbar bisher nie aktiv eingesetzt hat. Ich nicke, und wiederum schweigend verlassen wir die Wohnung. Draußen hat der Regen so plötzlich aufgehört, wie er aufgetaucht war. Wir gehen durch die feucht dampfende Nacht, die ausschließlich aus Schlingpflanzen zu bestehen scheint und aus Aureolen, die die Laternen in der Feuchtigkeit bilden, den kurzen Weg zu meiner Wohnung. Der Masseur deutet an, dass er vor der Tür warten wird. Und ich gehe zum letzten Mal die steilen Treppen hinauf, um mich zu verabschieden.

Damals.
Vor anderthalb Jahren.

Es war mein dritter Sommer im Tessin.

Das Haus schmiegte sich an die Jahreszeit, der Fuß glücklich auf dem kalten Steinboden, das Innere angenehm temperiert durch die dicken Mauern, die Fenster geöffnet und die Insekten in geradezu übermütiger Laune. Nachdem der Mann das Haus verlassen und ich nichts zu tun hatte an jenem Tag, war ich in den Ort gefahren, um mich ein wenig überlegen zu fühlen bei der Beobachtung unförmiger Touristen. Zugegeben, ein billiges Vergnügen, das aber nie seinen Zweck verfehlte. Wer sieht sich nicht gerne mit seinem Lebensentwurf im Recht.

Es gab immer wieder Momente, in denen ich erstaunt war von meinem Mut. Mit einer Tüte voller Lebensmittel, die ich in geschmeidigstem Italienisch gekauft hatte, in einer Touristenhochburg sitzend, wissend, gleich würde ich in mein Haus zurückgehen, in dem man von all dem Elend nichts sah, nichts hörte, außer der freudigen Erregung trächtiger Mücken!

Wüsste man es doch nur von Anfang an, wie rührend albern jeder Plan im Leben ist, dachte ich, das Auge ein wenig matt. Dann hätte man all die Stunden, die man verbringt mit der Erstellung von Listen, auf denen man Vor- und Nachteile einer Entscheidung aufzeichnet, und mit dem Sinnieren darüber, was sein würde und wie es aussehen sollte, das Leben, später, und all die unglaublich wichtigen Entscheidungen zum Grillen von Innereien verwenden können.

Das kann sich doch keiner vorstellen, wie er sich in zehn Jahren fühlen wird, oder auch nur in fünf, und was sind das für Menschen, die mit zwanzig zu wissen glauben, wo sie ihren Lebensabend oder auch nur den Urlaub in einem Jahr verbringen möchten.

Irgendwann hatte ich verstanden, dass meine Wünsche, meine Haut, meine Ideen, mein Befinden sich mit jedem neuen Jahrzehnt komplett ändern würden. Bevor der Verfall sichtbar einsetzte, mit Ende dreißig, wenn man sich gegen alles wehrt, was einen an die eigene Vergänglichkeit erinnern könnte, wenn man sich betont jugendlich kleidet und mit älteren nur verkehrt, um sich jünger zu fühlen, war es mir fast als Grund für einen Selbstmord erschienen, über vierzig zu sein.

Kurze Zeit später war nichts von dem eingetreten, was ich befürchtet hatte. Mich interessierten die ausbleibenden Blicke zwanzigjähriger Knaben nicht mehr, und ich war noch nahe genug an dieser Altersgruppe, um mich zu erinnern, wie einmalig man sich da fühlt. Wie man die Welt für sich erfindet und sich verkleidet; alte Säcke wie mich, wenn überhaupt, mit der Idee mustert, völlig unverstanden zu sein. Und ich zuckte nur die Schultern und dachte, das ist jetzt die dritte Generation kleiner Punker mit verblödeten Ratten auf der Schulter, die mir in meinem Leben begegnet.

Erstaunlich, wie falsch ich mit all meinen Vorstellungen gelegen hatte. Dass man die tiefe Ruhe, nicht mehr als Sexualobjekt zur Verfügung stehen zu müssen, irgendwann genießt, war mir nicht klar gewesen. Ich war weit entfernt davon, mich gehenzulassen, zu verwahrlosen und zu verfetten. Ich hielt mich schlank, färbte mein Haar, so wie ich auch meine Zähne warten ließ, doch ich war an der Wirkung nicht mehr interessiert, was von Vorteil war, denn meine Erscheinung löste keinerlei sexuelle Impulse bei Männern mehr aus. Das war mir sehr recht, wobei diese große Gelassenheit vermutlich einzig darauf basierte, dass ich einen Menschen gefunden hatte, der mich nicht allein sein ließ. Auch dieser Zustand war völlig entfernt davon, wie ich mir das Leben mit einem Geliebten vorgestellt hatte: Unbedingt in zwei Häusern, die sich nebeneinander aufhielten, weil ich modern war und dachte, man brauche doch seine Freiräume und müsse sich gegenseitig besuchen, das würde den Respekt voreinander stärken. Dass man Respekt nicht durch getrennte Wohnungen erzeugen kann, war mir damals noch nicht klar. In meinem theoretischen Entwurf hatte ich Mann und Frau beim anderen ankommen sehen, immer war einer der beiden regennass und trug ein weißes Leinenhemd, und dann tropften die Haare, die immer schwarz waren, und die beiden standen im Regen und rissen sich die weißen Hemden vom Körper, fielen in den Schlamm, wälzten sich darin herum, bissen sich und verkehrten miteinander, bis der Morgen die Nacht ablöste. Schnitt. Im nächsten Bild saß das Paar dann ohne Übergang in zwei Schaukelstühlen vor einem Kaminfeuer, trank Rotwein und las sich aus Erstausgaben vor, wobei ich weder Wein trank noch genau zu sagen wusste, was eigentlich der Schmackes an einer Erstausgabe war.

Da konnte man nur verlieren, suchte man sich in den Wahrnehmungen anderer zu spiegeln. Mein momentaner Bezug zur Außenwelt war sehr überschaubar, bestand aus nur einem Menschen, und das Geheimnis war nicht neu. Die Familie als kleinster Nenner aller Sehnsüchte und Reflexionen.

Man konnte lieb zu seiner Bezugsperson sein, und wenn es kein völliger Idiot war, würde er einem die Anteilnahme, die man ihm entgegenbrachte, danken und einen nicht verlassen kurz vor dem Tod.

Ich konnte mir nicht vorstellen, dem Mann Schaden zuzufügen oder ihm auch nur ein Bein zu brechen. Ich hatte ihn bedingungslos gerne, und ihm irgendeine Bosheit anzutun lag völlig außerhalb meiner Vorstellung. Ich war mir sicher, dass ich ihn für nichts an irdischen Gütern verlassen würde, und selbst nicht um die Zusicherung ewigen Lebens. Ich hätte einen solchen Verrat nicht unbeschadet überstanden und konnte nur hoffen, dass es dem Mann genauso ging.

Am Nebentisch hatte ein Herr Platz genommen, der mir in den Bruchteilen von Sekunden, in denen ich ihn wahrnahm, Angst machte. Es schien der zu sein, mit dem ich irgendwann einmal im Zug gesessen hatte, der unsichtbare Mann, den ich vermeintlich einmal in unserem Garten hatte stehen sehen und der die Verkörperung von alldem zu sein schien, was die Welt zu einem unangenehmen Ort machte. Immer zu kurz gekommen, immer das Gefühl, dass ihm doch mehr zustünde, immer alle anderen hassend.

Aber vermutlich handelte es sich nicht um denselben Mann, von der Sorte gab es ja Millionen.

Und überdies war mir heiß.

Der Sommer bedeutet, dass die Touristen kommen. Die Täler sind überfüllt mit wandernden Bibelgruppen und Obertonsängern, die für den Rest des Jahres unbewohnten Villen füllen sich mit Paaren aus Wuppertal und Göttingen, die in großen Mercedes-Allrad-Wagen durch die Gegend fahren und Schlager hören dabei. Die Paare tragen Polohemden und Mokassins, manchmal gibt es Kinder, die tragen dasselbe. Jedes Hotelbett belegt, jede Ferienwohnung ein Jahr im Voraus gebucht. Die Menschen machen gerne Urlaub unter ihresgleichen, und hier verkehren fast ausnahmslos deutsche und deutschschweizer Paare über fünfzig. Sie führen Jack-Russel-Terrier bei sich, die ja auch nichts dafür können. Die Tessintouristen sind keine schlechten Kerle, nur so unerträglich lauwarm. Sie lesen alle die gleichen Nachrichten, von nicht einmal lauwarmen Menschen zusammengelogen, sie hören Swing oder netten Jazz mit Saxophonen, der perfekte Klang des Nichts, sie sind satt und haben in den Orten, wo sie wohnen, vermutlich kleine Eigentumswohnungen, die sie abbezahlen und die sie verteidigen, mit Observierung des Nachbarn, des Eindringlings, des Feindes, gegen die Bedrohung der kleinen Zufriedenheit, die sich verdammt noch mal nicht einstellen wollte. Da ist immer so ein Nagen, weil sie sich doch gegenseitig das Leben so unzumutbar machen.

Die unselige Idee zu verreisen entstand damals. An jenem heißen Nachmittag.

Heute.
Nacht.

»Also dann, Zimmer!« sage ich, das Zimmer sagt nichts dazu. Ich packe unsere Sachen und stelle mich in alle Ecken, ich krieche sogar unter das Bett, um Abschied zu nehmen. Es ist vermutlich die richtige Idee, die Wohnung zu verlassen, in der jedes Küchengerät wirkt, als befände es sich noch in seiner Hand.

Ich würde nicht so weit gehen anzunehmen, dass ein allgemeingültiger Fluch über der Wohnung liegt, aber da ist eine Kälte in ihr, die man auch in Häusern vorfinden kann, in denen Gewalttaten stattfanden.

Die neue Adresse hatte ich in einen Umschlag gesteckt, »MANN« darauf geschrieben und ihn neben der Tür befestigt.

In Büchern, die ich mochte, früher, würde jetzt ein sprechendes Tier erscheinen. Ein Fuchs. Und er würde mir sagen, dass ich einige Mutproben zu bestehen hätte. FKK-Zelten oder »Nigger, Nigger« singend durch die Bronx laufen. Und wenn ich das gemacht hätte, würde ich zu Hause aufwachen, auf den See schauen, und alles wäre ein Traum gewesen, die Sorte, bei der man, noch während man schläft, zu weinen beginnt vor Erleichterung, weil man weiß, dass alles gut wird, nach dem Erwachen.

Keine Füchse hier.

Die Treppen, dreiundzwanzig, zum letzten Mal, mit zwei schweren Taschen. Ja, quält mich, reißt mir die Hände auf, sind ja nur Hände, die kann man abhacken im Anschluss, an die Füchse verfüttern, die Servietten trügen beim Essen.

Unten nimmt mir der Masseur die Taschen ab und geht mir voran durch die Gasse, die mich in den Schlaf gemurmelt hat mit chinesischen Stimmen und Kindern, die vermutlich nach innen kreischen. Als ahnten sie ihre Pflicht, sich schnell als gute Bürger eines kapitalistischen Landes zu beweisen, in dem die Eltern viel arbeiten, um reich zu werden, und die Kinder zu lernen beginnen, mit fünf, damit sie später noch reicher werden, da ist kein Raum zum Kreischen, Lärmmachen, Blödtun, sie sind guterzogene kleine Erwachsene, mit unsichtbaren Anzügen laufen sie neben den Eltern her und spielen ausschließlich Spiele, die der Geschäftstüchtigkeit dienen. Erstaunliche kleine Arschlöcher.

Nach wenigen Minuten, die wir schweigend durch die Nacht gelaufen sind, in ihrer Schwüle die heißeste, die ich hier erlebt habe, kommen wir zur Wohnung des Masseurs, die wie ein Boot in den Bäumen schaukelt. Aber vielleicht bin ich ja nur ein wenig überreizt. Die Taschen stelle ich in mein neues Zimmer, beide werden nicht ausgepackt, dafür werde ich sorgen, der Masseur zieht sich zurück, wofür ich ihm Respekt schulde. Ein gutes Gespür für Gastfreundschaft scheint er zu haben und nicht zu erwarten, dass ich ihn jetzt mit Geschichten aus der alten Heimat unterhalte.

Draußen ist es sehr Nacht und in dieser Ecke der Insel auch still. Man hört Tiere, die ihre Beine wetzen, ab und an mal Schritte, die immer und unbedingt schlurfen.

Wieder sitze ich auf einem Bett und erwäge Handlungen. Ich könnte in die Küche schleichen, von der ich nicht weiß, wo sie sich befindet, mir dort einen Tee zubereiten, wobei ich einige Teller zerbräche und im Anschluss den Wäschetrockner einschaltete, und meinen Arm, den ließe ich in der rotierenden Trommel zu Gehacktem verarbeiten. Ich könnte den Tee dann trinken. Aber dieses Getrinke kann man auch hervorragend seinlassen. Ersatzhandlung ehemaliger Raucher. Dieser ganze unglaubliche Schwachsinn, der in den letzten Jahren gepredigt wurde. Von der Wasserindustrie ein genialer Werbeschachzug, den Menschen einzureden, dass sie vier Liter Wasser täglich zu saufen hätten, wie Kamele vor einer Wüstendurchquerung, von der Ölindustrie die wunderbare Legende um das unsterblich machende Olivenöl, von unser aller Regierung die Aufgabe, den Müll zu trennen, damit wir beschäftigt sind und nicht auf die Idee kommen, zu fragen, was das Klima auf der Welt wirklich ruiniert.

Ich könnte mich ferner auf die Terrasse legen, in den Himmel schauen und träumen. All diese Unternehmungen, die nur in der Vorstellung nach Jasmin riechen. Und dann steht man da, frierend, ängstlich auf Tierlaute horchend, bei der Nachtwanderung oder beim nächtlichen Nacktschwimmen in der Andaman-See. Vielleicht ist das Leben in der Vorstellung einfach angenehmer, hat diesen Grad an Feinheit, die ihm bei Licht vollkommen abgeht. Da sitzen die Menschen und versuchen, sich mit Poesie und Viertonmusik eine Aura des Unkörperlichen zu geben, in Sphären zu schweben, aus denen sie durch nässende Hautekzeme wieder hinausgeschleudert werden, in die Schlammgrube ihres übelriechenden Lebens.

Ich unterlasse jeden Versuch, in eine andere Stimmung zu kommen, kein Tee, keine Veranda, wo ich doch nur läge und spürte, wie unvollkommen ich alleine bin, wie gelangweilt, angeödet und angeekelt.

Damals.
Vor anderthalb Jahren.

Vielleicht habe ich mich als Baby ähnlich gefühlt. Behütet, warm, angstlos. Wenn ich nicht schlafen konnte, genügte es, meinen Kopf auf den Bauch des Mannes zu legen, mein Herz wurde ruhiger. Man sagt, dass Babys sich am Puls der Mutter beruhigen. Da ich mich nicht besonders gut an meine ersten drei Lebensjahre erinnern konnte, ging ich davon aus, dass die beste Zeit meines Lebens in diesem Moment stattfände. Wenn man sich mit einem anderen Menschen wohlfühlt, wiegt sich der Geist mitunter in trügerischer Sicherheit, wird nachlässig, und auf einmal steht man in Tokio. Urlaub wovon? hatten wir uns noch leise gefragt, zu Hause, da unser Leben kein endloses Fest war, jedoch durchaus einem Mittagsschlaf in der Hängematte glich. Der Mann ging jeden Tag seinem holzverarbeitenden Beruf nach für ein paar Stunden. Ich beschrieb die Raffinessen von Toastern, doch die weitaus meiste Zeit verbrachten wir am See, in Fischrestaurants, in Hängematten, Liegestühlen, an Flussläufen und im Bett.

Und dennoch hatten wir einen Urlaub gebucht, in einer übertrieben feuchten Nacht, mit Basho-Haikus und Bildern im Internet, Teehäusern in Kyoto, und schon hatte ich Tasten gedrückt und Kreditkartennummern eingegeben.

Wir waren beide noch nie in Japan gewesen und wollten auch nicht wirklich hin, wie wir im Flugzeug feststellten, aber leider erst nachdem es bereits angerollt war. Als wir erstaunlicherweise gelandet waren und am Leben, saßen wir, wie erwähnt, in einem Taxi in Tokio, rollten über die von Bildern bekannten, auf fünf Etagen übereinandergebauten Schnellstraßen in ein befremdliches Hotel. Es glich von außen einem dieser abspritzbaren französischen Billigkettenteile, die meist zwischen zwei Autobahnauffahrten liegen, und wann immer ich an einem solchen Kasten vorbeigefahren war, früher, sah ich mich riesige Wodkaflaschen in ein Zimmer tragen, auf dem Doppelstockbett sitzen, erst oben, dann unten, erbrechen, in der Flüssigkeit liegen und verenden.

Dieses Hotel war eine andere Geschichte. In einem teuren Viertel gelegen, obwohl es Tokio vermutlich an billigen Vierteln mangelte, war es livriert und von erschlagender Formvollendung.

Das Zimmer erinnerte mich an eine Schiffskabine; ohne dass ich mich jemals in einer aufgehalten hätte, witterte ich die unbedingte geistige Nähe des Zimmers zu einer Unterkunft, die irgendwo schwamm. Alles war beige und hellbraun, aus Plastik, in erstaunlich anthroposophischer, eckenloser Manier. Es gab kaum Platz, vermutlich hatte das Zimmer nicht mehr als acht Meter im Quadrat, die waren aber hochfiligran ausgenutzt und bestachen durch eine wunderbare Sicht über die Stadt, die ohne erkennbare Kontur fünfundzwanzig Stockwerke unter uns lag. Das Bett glich einer großen Kajüte, in die Wand eingefasst, das Fenster direkt davor, sodass man mit dem Gesicht am Glas schlief, die Dusche reinigte sich selbst, und vermutlich tat das Zimmer dasselbe, bei Nacht. Es rollte sich zusammen und klopfte sich aus.

Urlaub meint für die meisten, mich eingeschlossen, an unvertrauten Orten möglichst schnell vertraute Gefühle wiederherzustellen.

In den kommenden zwei Wochen verließen wir das Zimmer täglich und schlugen zaghaft größer werdende Zirkel um das Hotel. Wir liefen um den Block, holten uns Suppe, mit der wir auf Bordsteinkanten saßen, weil man in Tokio nicht viel herumsitzt und es an entsprechenden Unterlagen gebricht. Nach zwei bis drei Stunden Außenaufenthalt waren wir erschöpft, wegen der Menschen, der Geschwindigkeit, der Luft, der Fremdheit, die ermüdete, und gingen wieder in unser Bordzimmer. Wir saßen im Bett, lasen, schauten aus dem Fenster, schauten verstörendes japanisches Fernsehen. Unsere erste gemeinsame Reise war in jeder Hinsicht gelungen. Dem Mann wohnte, wie auch mir, absolut keine Neugier inne. Er wollte nichts besichtigen, studierte keine Metropläne, schlug sich nicht mit Reiseführern herum und mit anstrengenden Tagesausflügen. Ich mochte fremde Orte gerne, solange ich mit ihnen keine großen Verbrüderungsszenen vornehmen musste. Wenn es mir gelang, ein sympathisches Café zu finden, ein Hotelzimmer mit feinem Ausblick und eine Steckdose für meinen Tauchsieder, um mir Tee zuzubereiten, und ein gutes Restaurant im engen Umfeld des Hotelzimmers, war ich völlig zufrieden. Jemanden neben mir zu wissen, der meine stillen Vorlieben teilte oder nicht auf eigenen bestand, schien mir an ein Wunder zu grenzen.

Während wir unsere Runde um das Hotel drehten und jeden Abend dasselbe Restaurant aufsuchten, dachte ich an frühere, in hohem Maße gescheiterte Versuche, mit anderen Personen zu verreisen. Die Verspannungen, die aus nicht eingelösten Erwartungen entstanden, das schweigende Sitzen in holzverschalten Frühstücksräumen, die Sonne, die immer zu hell war, das Kauern in Ausflugsbussen, um schwitzend Tagestouren zu völlig uninteressanten Steinhäufchen zu unternehmen, um die mitreisende Personen gegebenenfalls herumsprangen und heisere Schreie ausstießen: »Sieh nur, ein Steinhäufchen, wie schön es ist!« Ich erinnerte mich körperlich an die große Verspannung und die unerträgliche Müdigkeit auf griechischen Inseln und an die Panik, aus diversen Gründen für immer dort bleiben zu müssen. Ich hatte diese Sucht, möglichst viel zu sehen, nie verstehen können. Es war offensichtlich, dass man in seinem Leben nur eine sehr begrenzte Anzahl Eindrücke würde sammeln können, und die Frage durfte erlaubt sein, was mit den Eindrücken nach unserem Ableben geschah. Und sollte man noch am Leben sein, so verstand ich nicht, welches Wohlgefühl es den Menschen bereitet, in ausschweifende Erzählungen Fakten über die von ihnen besichtigten Orte einzubauen. Sie erinnerten sich an Straßennamen, an Speisekarten in französischen Bistros und an Wandmalereien in georgischen Höhlen. Die Frage nach dem Sinn solcher Gedächtnisübungen durfte gestattet sein, doch vermutlich war das Sammeln von Erinnerungen genauso albern wie fast alles, was Menschen mit ihrer Zeit anstellten.

Japan bot alle Voraussetzungen, sich unwohl zu fühlen. Ohne jedes Schulterzucken des Bedauerns hat die Ökonomie den Kampf gegen den Menschen aufgenommen, und wie es aussah, stand der Sieg kurz bevor. Zwischen riesigen Anhäufungen von Beton fuhren Autos im Schritttempo, Einzelpersonen darin, die größte Teile ihrer voraussichtlichen Lebenszeit an Unternehmen verkauft hatten, die irgendwem am Ende einer langen Hierarchiekette gehörten, der daran verdient, dass die Welt immer furchtbarer wird, rein formal gesehen. Irgendwann hätte Schluss sein sollen, mit dem Bauen, mit dem Höher, dem Beton, den Autobahnen, den kleinen eingezäunten Flecken, der armseligen Bank und dem kranken Baum darin, den Parks, die die Abwesenheit von Natur symbolisieren und nur zum Selbstmord einladen. Aber aufgehört wird nicht und erst recht nicht, wenn es am schönsten ist, von der Optik her wäre das beim Menschen spätestens mit Ende zwanzig, und wehe, da wären keine Hochhäuser in der Nähe, von denen man sich hinabwerfen könnte.

Der japanische Arbeitnehmer fährt am Morgen im Schritttempo seiner Firma entgegen. Die Klimaanlage im Auto macht frösteln, das Hemd zu eng, und Angst. Die schießt Adrenalin in die Umlaufbahn, das Herz zu schnell. Nie kann er sicher sein, dass sein Arbeitsplatz noch vorhanden ist, dass da nicht einer sitzt, der aussieht wie er selber und erstaunt aufblickt und fragt: »Sie wünschen?« Und dann: »Bitte verlassen Sie mein Büro!« Und dann kommt der Sicherheitsdienst und hilft dem Herrn auf die Straße. Dieser Taumel, nachdem er die Firma verlassen hat, auf der Straße, wo alle ein Ziel haben, auf das sie sich schnell zubewegen, und er wird ihnen im Weg stehen. Und nachdem er acht Stunden auf der Straße gestanden hätte, unfähig, sich sein weiteres Leben zu denken, wäre er in Autos gestiegen und zurück nach Hause gefahren, eine Stunde im Schritttempo, die Wohnung, die die Hälfte des monatlichen Einkommens gekostet hätte, in einem Block mit hundert gleichen Wohnungen, in die nun überall Männer zurückkehren, und er würde die Tür öffnen, da wäre ein Mann bei der Gattin, der aussähe wie er selbst, und es gäbe Spaghetti.

Wohin soll einer gehen ohne Religion, die die Stunden regelt, ohne den klaren Arbeitsauftrag, die uniformierte Kleidung, die sauber umrissenen Anforderungen des Konsums?

Und es hilft doch nichts. Die dreihundertfünfzig Tage Arbeit, die funkelnden Toyotas, die dreißig Quadratmeter große Wohnung für eine Million, die Kleidung für die Gattin, die Maßhemden, die Visitenkarten, die rahmengenähten Schuhe, der Rest war auf dem Friedhof hinter dem Hotel zu besichtigen, auch da kein Platz, auf den Gräbern Holzlatten mit dem Totennamen oder was auch immer, die konnten uns ja viel erzählen, die Japaner, die man nicht verstehen wollte, weil sie nur eine Volksgruppe mehr sind, der der Kapitalismus komplett das Hirn weggeblasen hat. Es gab nirgendwo etwas Interessantes zu verstehen, denn der Antrieb war überall derselbe: Mehr.

Allen wohnte die gleiche Gier und Beschränktheit inne, sie quälten andere, weil sie es konnten. Sie zeigten Nachbarn an wegen des Hundes, der an ihr Auto uriniert hatte, sie bespitzelten sich, stritten sich, misshandelten sich, als ob es kein Morgen gäbe, als ob wir unendliche Zeit hätten für all den Blödsinn, mit dem wir uns unsere Leben verderben. Jeder wollte recht haben, jeder wollte Geld, um sich Raum zu kaufen, in dem er nicht von anderen Menschen belästigt wurde. Ausschließlich darum geht es. In Ländern, in denen es noch keine Pille gibt, aber deshalb Familien, die wunderbaren Familienclans der Dritten Welt, hassen sie sich doch zu Tode in ihren rußgeschwärzten Hütten. Die einzige Gerechtigkeit, die es anzustreben gilt, ist, dass alle ungebremst und gleichwertig ihre Bosheit ausleben dürfen. Hat man es nicht zum Anwesen mit Stacheldraht und Scharfschützen gebracht, weil man ein erbärmlicher Versager ist, bleibt einem einzig, sich mit einer Person seiner Wahl in einen geschlossenen Raum zurückzuziehen. Ein Hoch auf den Doppelselbstmord.

Wir zogen unseren Kreis ums Hotel, begannen jeden Tag mit derselben Straße, es gelang mir inzwischen, die Bewohner der kleinen Häuser auseinanderzuhalten, von denen jedes zehn Millionen Dollar gekostet hatte, dafür gab es fünfzig Meter im Quadrat und einen ein Meter großen Vorgarten.

Ich hielt den Mann immer an der Hand oder er mich an meiner. Es war mehr als eine Gewohnheit. Es war Angst. Ich griff nach seiner Hand, wenn wir nicht nebeneinander gehen konnten, sondern hintereinander. Und ich dachte, vielleicht verschwände er einfach hinter mir, in einem Loch oder in einem Ufo, und darum musste ich ihn festhalten. Vermutlich hielten sich alle Paare aus diesem Grund, ich hatte es früher nie verstanden, dieses Sich-Angefasse, diese Hektik, wenn sich die Hände verlieren. Inzwischen war mir alles klargeworden. Man wollte nicht mehr alleine sein in dieser ekelerregenden Welt. Die Angst fixierte Paare an den Händen.

Heute.
Morgen.

Rob und Ben liegen auf dem Sand, die Beine halb im Wasser, sich an den Händen haltend. Neben ihnen steht das seltsame Arche-Ufo, das Ben gebaut hat, eine Fahne weht unangemessen fröhlich an seinem Bug, wenngleich ich nicht genau weiß, was der Bug ist.

Die Männer sind nackt bis auf weiße Lendenschürze, ihre Augen geöffnet, und was die beiden ausgemacht hatte, nicht mehr vorhanden.

Einige Chinesen stehen schweigend und ratlos um das Paar, keiner schaut genau hin, sie betrachten etwas am Horizont. Wie alle haben auch die Inselbewohner eine große Freude an schlechten Neuigkeiten, soweit diese nicht sie selber betreffen, und ein altes Schwulenpaar tot am Strand ist eine hervorragend schlechte Neuigkeit, doch jeder hier kannte die beiden, was sie zu einem erweiterten Teil der Familie machte, da legt keiner Wert auf detaillierte Informationen, zu nahe sind einem die Leichen und die Idee, man selber könnte da liegen, halbnackt, begafft vom Nachbarn. Von weit her ist eine von den kleinen dünnen Sirenen zu hören, wie sie auf den motorisierten Bollerwagen befestigt sind, die auf den Inselstraßen verkehren. Wie auf Verabredung wenden sich alle erleichtert dem eintreffenden Rettungsfahrzeug zu, wobei Rettung hier fehl am Platz scheint. Die Sanitäter prüfen ohne jede Eile und Hoffnung den nicht mehr vorhandenen Puls, laden das Paar auf, und die Inselbewohner entfernen sich schweigend, nicht einmal Mutmaßungen mögen sie äußern, selbst für den abgebrühtesten Chinesen ist das Bild der beiden Männer, die einander haltend am Strand liegen, so beeindruckend, dass ihm nichts dazu einfällt. Die beiden scheinen sich vergiftet zu haben, denn es gibt keine Anzeichen von äußerer Gewalt, kein Blut, keine offenen Pulsadern, keine Schusswunden. Vielleicht hat das Ufo-Archeboot nicht funktioniert, und sie waren ihrer Enttäuschung erlegen. Menschen den Sinn zu nehmen, den sie ihrem Leben mit Mühe gegeben haben, kann durchaus tödlich enden.

Wahrscheinlicher ist jedoch, dass sie, als sie von Sicherheit sprachen, bei Tisch, einen Ort meinten, an dem sie keiner mehr trennen kann.

Neben dem Boot, das wie ein Modell wirkt, das Kinder für eine Schulaufführung von Kapitän Nemo gebastelt haben, dauert es eine Zeit, bis ich merke, dass mein vorherrschendes Gefühl beim Betrachten der Leichen Neid ist. Ich sehe auf die Umrisse der beiden Männer im Sand, die gleich weggespült werden, und bin weit entfernt davon, mir ein Paradies vorzustellen, ein Jenseits, den Garten Eden, das nächste Leben, all den Mist, den wir uns ausdenken, weil wir die Erbärmlichkeit unseres Lebens nicht akzeptieren können, und doch waren sie wenigstens zusammen bis zum Schluss. Sie müssen nicht alleine alt werden, nicht verfallen, nicht unter Blasenschwäche leiden, sie sind gestorben, Hand in Hand, mit einem Traum. Bis ich wieder träumen kann, werden ein paar Jahre vergehen, und ich habe keine Ahnung, wie ich die herumbringen soll.

Meine alten Rituale funktionieren nicht mehr. Das verkrümmte Laufen, das Starren auf Betonplatten und Häuserwände funktionieren nicht mehr, ich kann mich nicht mehr konzentrieren, beginne mich zu beobachten, und was ich sehe, heißt: Trauernde Frau schaut den Boden an. Mein Unglück wird zur Darstellung, und ich weiß nicht, was an seine Stelle treten soll. Da ich nicht jeden Tag tote Schwule finde, brauche ich eine kurze Pause, ehe ich meinen komplett sinnlosen Wandertag auf der Insel fortzusetzen imstande bin.

In der Wohnung meines Gastgebers scheint es immer dunkel zu sein, angenehm entfallen die Tageszeiten und jeder Anspruch, sich zu ihnen verhalten zu müssen.

Die Wohnung des Masseurs ist schon lange tot und schwebt in Formaldehyd durch den Weltraum, während er selber in einem Sessel sitzt, mit einem Handtuch um den Hals, das trägt man so in seiner Zunft. Er schaut aus dem Fenster mit einer erstaunlichen Konzentration. In den letzten Wochen habe ich jedes Gefühl für Peinlichkeiten verloren. Habe ich es früher befremdlich gefunden, zu sehen, wie jeder so mit seiner Einsamkeit beschäftigt ist, dass er nichts anderes mehr wahrnehmen kann als sich selbst, in einem Eisloch versinkend, spüre ich jetzt nur die Müdigkeit meiner Füße und versuche zu verstehen, was der Masseur so angestrengt betrachtet, denn draußen sehe ich nur mehr zwei große, von Schlingpflanzen überzogene Bäume, deren Namen mir unbekannt sind.

»Da unten, zwischen den Bäumen, liegt meine Frau, wussten Sie das?« fragt der Masseur, und ich weiß das natürlich nicht.

»Wenigstens haben Sie eine Ahnung davon, wo sich Ihre Frau aufhält«, antworte ich, ohne dass ich seine Bemerkung wirklich als Frage verstanden hätte, denn wie es scheint, redet der alte Mann nur zu sich, und ich bin zufällig anwesend.

»Ich mache jeden Tag, den sie nicht da ist, einen Schnitt in mein Bein«, fährt er fort und zieht sein Hosenbein hoch. Wie die Striche an der Wand einer Gefängniszelle sieht es aus, vernarbte Schnitte auf gelblicher Haut. Diese Information lässt mich ein wenig ratlos zurück.

Das Bild des gelblichen Beines mit den vernarbten Schnitten wird mich wohl länger begleiten.

»Sie können noch hoffen. Ich kann nur warten, bis meine Zeit hier um ist«, sagt der Masseur und zeigt auf den Platz zwischen den Bäumen. »Was auch immer da ist, ich werde mich dazulegen.«

In diesem Moment wird mir klar, dass ich momentan wirklich nicht ganz bei mir bin, denn die Situation müsste mir befremdlich vorkommen, die Geständnisse, die für den Stand unserer Beziehung unangemessen sind, müssten mich abstoßen. Ich nicke nur und denke: Ist klar, dazulegen.

»Das war immer der Höhepunkt des Tages«, fährt der Masseur in seinem Monolog fort, »abends mit ihr zu Bett zu gehen.« Ich nicke, was der Masseur nicht sehen kann, weil er weiter seine Frau beobachtet. Ich weiß genau, wovon er redet. Ich erinnere mich zu klar an die Nächte. Wenn er gewaschen neben mir lag, keine Ablenkung auf der Welt, nur Tiere draußen, die noch Karten spielten, und ich löste mich auf, kroch in ihn, war nichts mehr außer Atem und Geborgensein. Dass ich weine, merke ich erst, als die Tränen in meinen Mund laufen. Der Schmerz fühlt sich an wie ein Herzinfarkt, wobei ich gestehen muss, dass ich noch nicht so viele erlebt habe. Sag doch was, Masseur, hol mich zurück.

»Das ist der schlimmste Moment jetzt, irgendwann zu Bett gehen zu müssen. Zu wissen, es ist leer, es ist da niemand, es ist wie allein auf einem Boot ohne Ruder auf hoher See. Und ich liege, und es schaukelt und ich kann nicht schlafen, weil ich Angst habe, zu erwachen, und wieder liegt ein Tag vor mir.«

»Haben Sie versucht, sich umzubringen?« frage ich. Der Masseur bewegt leicht seinen Kopf. »Ich habe es versucht. Ich habe ein paar Schnitte versucht und musste einsehen, dass der Instinkt stärker ist als mein Wille. Also halte ich durch. Es kann ja so nicht mehr lange weitergehen.«

Es scheint, dass die Wurzeln des Baumes in die Wohnung gedrungen sind und allen Sauerstoff verbraucht haben, wie vakuumverpackt fühle ich mich, alles, was lebendig war, ausgesaugt.

Es ist erstaunlich, wie wenig Behaglichkeit sich Menschen geben können, selbst wenn sie es sehr wollen. Ich würde gerne mit dem Masseur unter einer der Wurzeln liegen, die inzwischen bis zum Badezimmer reichen, ich würde ihn kraulen und er mich, wir würden mit leiser Stimme reden und lachen, doch es ist uns nicht gegeben, Fremde festzuhalten. Wir können uns nicht trösten, und ich sehe mich in ihm und ahne, dass da lange einsame Jahre vor mir liegen. Ich bin wie er bereits in einem Alter, in dem der Mensch hart geworden ist, weil die Welt ihren Zauber verloren hat. Ich werde mir ein eigenes Fenster suchen müssen, vor das ich einen Sessel schieben kann, und eine Decke darauflegen, um zu warten.

Damals.
Vor einem Jahr.

Je näher mir meine Erinnerungen kommen, umso schmuckloser werden sie. Die Dekoration entfällt. All die Orte und Straßen, Details wie Bekleidung und Tageszeiten lösen sich auf, und was bleibt sind Skizzen, aus Gefühlen gemacht, immer dichter werden sie zu etwas, was sich mir um den Hals legt.

Das Gefühl war Hass.

Wie ein Tintenfisch saß die merkwürdige Bekannte im Raum, egal welcher, es war immer der, in dem sie am meisten störte. Der Mann schlich sich morgens aus dem Haus und zwang sich abends zurückzukommen, um mich nicht allein zu lassen mit der Irren.

Die merkwürdige Bekannte war seit drei Tagen zu Besuch, die wie Monate erschienen. Der Mann verließ das Haus am Morgen sehr zügig, ließ mich zurück mit der Bekannten, es lag mir fern, ihm die Flucht übelzunehmen. Er war ein Mann, dafür mochte ich ihn, doch es hieß, sich mit Gegebenheiten arrangieren zu lernen. Wann immer er unangenehmen Situationen entfliehen könnte, er würde es tun. Er würde nie etwas organisieren, an Einkäufe denken oder im übertriebenen Maße an Ordnung interessiert sein. Er würde nie ungefragt zugeben, dass ihm unwohl war oder er Angst hatte. Es gab Aufgaben, die ich stillschweigend übernahm, und ihre gleichgewichtige Verteilung schien mir lächerlich. Ich wollte keinen Mann, der Einkaufslisten schrieb und mit mir über

Gefühle sprach. Ich wollte, dass er die Einkäufe trug und Spinnen verjagte. Nur allzu verständlich verschwand er also, ich hätte es ihm gleichgetan, wenn ein alter Knochen aus seiner Vergangenheit angespült worden wäre. Vor mir lagen traurige Tage mit der Bekannten, die sich morgens für eine Stunde ins Badezimmer verabschiedete, um danach genauso unattraktiv wie zuvor wieder zu erscheinen. Nachdem wir gefühlte Ewigkeiten am Tisch gesessen und ihren uninteressanten Geschichten gelauscht hatten, versuchte ich, mich zum Arbeiten zurückzuziehen. Doch ich fand keinen Frieden. Ich wusste den Tintenfisch wenige Meter von mir, und das genügte, dass ich mich äußerst unwohl fühlte. Ich konnte schwer akzeptieren, wenn Menschen sich so gehenließen, dass sie zu einer ästhetischen Zumutung wurden. Die Bekannte benutzte kein Deo, Haare wuchsen an aberwitzigen Stellen ihres Leibes, der merkwürdig undefiniert war. Ohne Rücksicht darauf zu nehmen, dass ich zu arbeiten hatte, stand ihr grober Umriss in der Tür, und sie redete weiter und weiter; konnte ich ihr etwas in den Mund stopfen, etwas aus organischem Material, das für immer Ruhe brächte? Gerade sprach sie davon, sich anzunehmen. Meine Augen begannen wie im Wahn in ihren Höhlen zu rollen. Dass gerade die, die am weitesten von jedem inneren Gleichgewicht entfernt waren, am meisten davon quatschten, war nichts Neues. Die Bekannte war eine große Suchende. Mit verbissenem Mund ins Guruland. Und über jede banale Erkenntnis so froh, dass sie sie verteidigen musste wie ein Baby, damit sie ihr nicht verloren ging. Früher hätten mich solche Beobachtungen vielleicht noch amüsiert, ich hätte das Heer von gebatikten Deckenträgern, von Osho und Reiki, von Krishna, reformierten Christen und Scientologen als das verstanden, was sie sind – arme suchende Deppen, die sich ihre Unfähigkeit, selber auf eine befriedigende Lösung im Leben zu kommen, nicht eingestehen können, und immer Angst, solche Angst, dass jemand ihnen den Sinn, der nur geborgt ist, nehmen könnte, und so aggressiv darum.

Heute langweilte es mich nur, weil sie waren wie alle. Jeder verteidigte seine kleine Welt und wurde böse, böse auf alles, was sie in Frage zu stellen versuchte, und sei es auch nur durch Ignoranz.

Der Tintenfisch schob seine Ärmchen unter der Tür hindurch, in diesem Fall befand sich ein hässlicher Kopf daran.

Der Krake wollte spielen. Irgendwas unternehmen, irgendwohin gehen, irgendwo rumsitzen. Ich dachte mit großer Sehnsucht an den Mann, der nie etwas wollte, keine Ankündigungen, und dann muss eine Unternehmung gemacht werden! und bewertet im Anschluss! Ich vermisste ihn, und jede Stunde, die ich mit der Irren verbrachte, war eine, die mir am Ende fehlen würde. So machten wir uns auf den Weg in die Stadt, beide mit unterdrückten Aggressionen, sie, weil ihr Leben unbefriedigend und ich da war, und somit schuld, und ich, weil sie mich an meine Jugend erinnerte. Als ich viele Bekannte hatte wie sie, neben denen ich schweigend lief, mit dem großen Bedürfnis, Bekannte zu haben, und redete, ohne etwas zu sagen, und schwieg, in unangenehmer Stille, und mich minderwertig fühlte, nicht genügend. Als wir in der Stadt ankamen und uns in ein Café setzten, war es viel zu gelb und viel zu heiß. Diese unangenehme Helligkeit, die eigentlich nur entsteht, wenn man mit den falschen Personen zusammen ist. Die Bekannte fing an, mir Fragen zu stellen, die

die Antworten schon enthielten. »Ihr redet aber nicht so viel miteinander?«, »Ihr habt jetzt nicht viel gemeinsam?«, »Das Haus ist ja eigentlich zu klein für zwei Personen?«, »Vertraust du ihm denn, wenn er den ganzen Tag weg ist?« Fragen auf einem Niveau, das mich weder interessierte noch irgendwie dazu gemacht war, dass ich antworten mochte.

Die Bekannte, dieses alte schmutzige Hemd, das sich in einer Zwischenwand meines Koffers verfangen zu haben scheint, das ich nun mit mir transportieren muss, und alle Versuche, es wegzuwerfen, waren gescheitert. Sie akzeptierte keine Ausreden, verstand keine eleganten Hinweise, stellte sich bei Grobheiten taub, und so kam es immer dazu, seit fast zwanzig Jahren, dass sie ihren unangenehmen Körper durch Türen schob, hinter denen ich mich sicher glaubte. Wenn ich, was ich zu vermeiden suchte, mir vorstellte, dass die merkwürdige Bekannte mich bis zum Ende meines Lebens besuchen würde, vor der Tür stünde, nach allen Absagen, die ich ihr erteilte, dann wurde mir müde zumute und verzagt.

Ein großes Stück Torte verschwand gerade in ihrem Mund, und für Sekunden hoffte ich, es würde ihre Atemwege blockieren. Ich hatte Angst davor, mit ihr zurück in mein Haus zu gehen. Alles an ihr machte mich bange. Ihre Empfindlichkeit, ihre Humorlosigkeit, die Art, in der ich ihre Eifersucht auf mich und mein Leben zu deutlich spürte, meine Feigheit, die mich davon abhielt, zu versuchen, sie für immer aus meinem Leben zu werfen.

Die merkwürdige Bekannte ging zur Toilette, die ich in diesem Moment aufrecht bedauerte. Als sie nach Minuten noch nicht zurück war, suchte ich sie mit meinem Blick und sah sie mit einem Mann vor der Toilettentür stehen und reden. Diesmal war ich mir sicher – es handelte sich um den unsichtbaren Herrn aus dem Zug. Er war doch hier. Ich möchte nicht behaupten, dass er mir gefolgt war. Doch seine Anwesenheit berührte mich unangenehm. Irgendetwas war falsch. Und bedrohlich, in einer Art, die ich nicht erklären konnte. Nachdem die merkwürdige Bekannte zum Tisch zurückgekehrt war, fragte ich sie nach dem Herrn, woraufhin sie mich leer ansah und sich ihrer Torte zuwandte.

Wie lange war sie jetzt schon bei uns? Eine Woche, die sich wie ein Jahr anfühlte, oder umgekehrt? Wie sie ständig in Türfüllungen stand und strafend schaute, und dem Mann tat sie leid, und dann unternahmen wir Ausfahrten, bei denen ihr übel wurde, sie das Essen nicht vertrug oder sich gekränkt fühlte von irgendetwas, und dann fuhren wir in schlechtem Schweigen zurück, und sie ging in ihr Zimmer, das eigentlich mein Zimmer war und das ich desinfizieren musste nach ihrer Abreise. Ich sehnte mich so danach. Nach der Desinfektion. Und in einem Anfall von Wahn sagte ich ihr: »Ich weiß nicht, warum du mich besuchen kommst. Dir gefällt es hier nicht, und mir gefällt es nicht, dich hier zu sehen. Wir haben uns nichts zu sagen, wir mögen uns nicht einmal. Warum kommst du, ist das Masochismus? Geh doch einfach wieder nach Hause und such dir neue Freunde.« Danach schwieg ich, verstört von meiner eigenen Verzweiflung, die mich zu diesen Sätzen getrieben hatte, wie ich sie sonst nie gesagt hatte. Die merkwürdige Bekannte sprang auf und bewegte sich mit einer Behendigkeit, die ihr nicht zuzutrauen war, in Richtung meines Hauses. Ich lief ihr hinterher, wollte beschwichtgen, beschönigen, meine Worte zurücknehmen, und schaffte doch nur, hinter ihr zu laufen, zu beobachten, wie sie den Berg hochkroch gleich etwas, das man am liebsten erschlagen würde, wie sie in mein Zimmer polterte und danach erstaunliche Ruhe einkehrte. Ich saß in der Küche und wartete. Dass sie mit ihrem Koffer herauskam, dass irgendetwas geschah, doch nur der Abend kam, und mit ihm der Mann, der auch merkwürdig steif war und ängstlich suchend um sich blickte. Ich wollte mich unter ihm verstecken.

Ich kroch unter sein Hemd, der Ort, an dem mir nichts passieren kann. Konnte es aber doch, denn die Tür öffnete sich, und die Irre stand im Raum. Sie hielt ihre Hand in der Hand. Die Irre hatte sie sich abgeschlagen. Das Blut werde ich nie mehr aus dem alten Holzboden bekommen. Noch nach Jahren wird es mit forensischer Technik sichtbar gemacht werden können.

Heute.
Mittag.

Vielleicht bin ich gestorben, wieder aufgewacht und muss bis in die Unendlichkeit den trostlosesten Moment meines Lebens wiederholen: zum Strand laufen, in ewigem Mittag, die Betonplatten betrachtend. Die schwüle Feuchtigkeit der Ebene, durch die der Weg ein paar hundert Meter weit führt, eine Landschaft, die ich immer mit Agent Orange und Vietnam verbinde, Malaria und Vietcong, ich kenne jeden öden Strauch, jedes verdammte Insekt, das über die Betonplatten schlendert. Gleich werde ich umfallen und nie wieder aufstehen vor Langeweile.

»Sie haben Ihr Leben angehalten und warten, ob es lohnt, zu einem Zeitpunkt, der ihnen günstiger erscheint, die Batterien wieder einzulegen.« Der Masseur spricht so leise, dass ich mich frage, ob er nur gedacht hat. Ich sage nichts, denn es scheint mir übertrieben sensibel, auf Gedanken zu antworten. Schweigend gehen wir den Weg zum Strand, an dem heute Morgen noch zwei Leichen lagen, um in ungefähr zwanzig Meter Entfernung von ihren Abdrücken, die sich vielleicht noch im Sand befinden, Suppe zu essen. Wir werden das Meer ansehen und die Sonne, die über dem Kohlekraftwerk steht, und die Wellen werden silbern sein, und dann gehen wir schlafen, und abends essen wir wieder, um noch mehr zu schlafen, und irgendwo in einer Halle auf der Insel liegen zwei Männer, tot, und ich frage mich, ob sie ihnen die Hände ineinander gelassen haben oder ob sie sie getrennt haben, und ob sie da jetzt liegen und frieren und sich nach einander sehnen und nicht wissen, wie sie zueinanderkommen können. Wer weiß schon, wie es einer Leiche geht.

»Wir nehmen uns zu wichtig«, sagt der Masseur und schaut auf die Sonne, die über dem Kraftwerk steht, und auf die silbernen Wellen, das Ufo der beiden Männer wurde entfernt, ob es wohl auf einem Schrottplatz ruht, das Symbol eines lächerlichen Traums. Wie soll man sich nicht wichtig nehmen, die einzige Person, die man vierundzwanzig Stunden am Tag um sich hat. Andere wird man doch nie kennen, kann sich im besten Fall mit Sympathie an sie gewöhnen und eine Ahnung ihrer Vorlieben bekommen.

Wir sitzen unterdessen in dem Suppenlokal, in dem ich alle zwei Tage verkehre. Es wird von Mutter und Tochter betrieben, die sich verbittert in ihr Schicksal gefügt zu haben scheinen, das heißt, dass neben der Hütte, in der sie ihre Küche betreiben, der ständig betrunkene Gatte und Vater sitzt und seine Schuhe beschimpft, die in der Tat nicht besonders dazu geeignet sind, liebevoll auf den Arm genommen zu werden. Die Mutter hat graue, verwaschene Haare und diesen breiten Schritt, der mich immer denken lässt, dass sich Windeln in den Hosen der Trägerin befinden. Ihr Mund ist grotesk nach unten gezogen; Hugo, die lachende Maske, kommt mir in den Sinn. Man müsste die Frau auf den Kopf stellen, um eine positive Wendung in ihrem Gesicht herbeizuführen. Die Tochter ist die seltsam alterslose Version ihrer Mutter, die Mundwinkel in der Mitte stehengeblieben, sie weiß um ihre Zukunft: Irgendwann die beiden Idioten von Eltern zu Tode pflegen, sie füttern, ihre Körper reinigen, die Suppenküche weiterführen, vielleicht einmal einen Säufer heiraten, der anstelle ihres Vaters dessen Schuhe beschimpfen kann, alt werden und vielleicht ein Kind haben, das sie hassen würde. Man sieht doch ausschließlich Leben, die man um keinen Preis führen möchte.

»Warum leiden Sie, warum fragen Sie sich in jeder Sekunde, was Sie als Nächstes tun sollen? Ganz einfach, weil Sie sich zu wichtig nehmen. Wenn es Ihnen egal wäre, dann würde sich die Frage nach einem Sinn nicht stellen. Sie würden essen und schlafen, würden in Ihre Heimat zurückgehen und die nächsten kurzen dreißig Jahre, die Ihnen vielleicht noch bleiben, ohne großes Aufheben absolvieren.« Der Masseur lässt nicht ab von seiner These der Selbstüberschätzung. Ich kenne das Gefühl, da man erwacht und vermeint, eine überwältigende Erkenntnis habe einen aufgesucht über Nacht. Ich erinnere mich, wie unendlich erhaben man sich fühlt mit Ideen wie: »Ich muss gelassener werden, denn mein Hass der Welt gegenüber ist der Welt egal«, oder: »Ich werde immer mit mir zusammensein, besser, ich versöhne mich mit mir.« Man vermeint, das Leben ändere sich, und möchte, dass alle an dieser Freude teilhaben. Ausgelassen wie ein Fohlen tollt man durch die Gegend, um allen seine Erkenntnis mitzuteilen, um sie zu erlösen, zu erleuchten, diese kurze Verwirrung ist mir in meiner Erinnerung sehr nah, und ich begegne dem Masseur darum mit aller Güte, die aufzubringen ich momentan in der Lage bin.

Der schaut weiter auf die Sonne. »Ich habe es so satt, der Masseur zu sein. Immer männlich und schweigsam, stark und unnahbar. Ich laufe mit diesen schwarzen Gewändern herum und schaue so, als ob ständig große Gedanken in mir wären. Ich grüße die Menschen huldvoll und verziehe mich gemessenen Schrittes. Ich habe es so satt, mich zu spielen. Ich möchte manchmal hinfallen, liegen bleiben und allen, die es wissen wollen, sagen: ›Da ist nichts in meinem Kopf, absolut nichts.‹ Ich langweile mich zu Tode, und ich massiere nicht, weil ich das Chi zum Fließen bringen will, sondern weil es mir Geld bringt.«

Ich bin mir nicht sicher, ob er die vorangegangenen Sätze gesagt hat oder ob sie nur in meinem Kopf stattgefunden haben. Wir gehen zurück in die Wohnung, und ich bin doch erstaunt über den Grad an Ausgelassenheit, den der Masseur an den Tag legt. Vom schweigenden Greis zu einem fast schon verstörend geselligen Kameraden, der laut denkt, scheint mir eine rasante Entwicklung. Ich bin gespannt, was seine überbordend gute Laune noch an Ideen zum Vorschein bringen wird.

Damals.
Vor einem halben Jahr.

Es würde bald wieder Winter sein. Draußen roch es sanft nach Kälte, der Boden war feucht, und über dem See hingen Laken aus grauem Tuch. Es würde bald wieder Winter sein, und zum ersten Mal, seit ich bei dem Mann wohnte, nahm ich den Wechsel der Jahreszeiten wahr und dachte mit Ekel an die bevorstehenden Feiertage. Weihnachten im Tessin bedeutet: Leere Häuser, geschlossene Läden und mit Brettern vernagelte Restaurants. Ein paar Alte würden im Nebel über die Piazza kriechen, der eine oder andere würde ausgleiten und ohne großes Aufheben in den See fallen. Drei Wochen würde das Leben sein, als hätte man sein Zelt auf einem Friedhof aufgeschlagen.

Der Mann lag noch im Bett, in keinem klaren Zustand, es war heiß unter der Decke und zugleich klamm. Ich korrigierte mein Bild, es war kein Friedhof, im Winter gleicht das Tessin einer geschändeten Familiengruft. Noch nicht einmal die Leichen haben sie zurückgelassen, nur feuchtes Gemäuer und der Geruch nach altem Laub und abbröckelnden Wänden. Die Kälte kroch durch die schlecht isolierten Mauern; verließ man später das Bett, saß man direkt vor dem elektrischen Heizkörper, der einem Füße und Gesicht verbrannte, während der Rücken einfror, sodass man um die Gesundheit seiner Wirbelsäule fürchten musste, wenn man sich erhob.

Mit zwei Paar Socken und Kaffee stand ich vor dem Haus und schaute den grauen See an und die Inseln, die einfach nur

Haufen waren, verschwommene, die man nicht näher untersuchen wollte. Es war mir unverständlich, wie irgendjemand nicht wenigstens einmal am Tag sein Ende betrauern konnte. Die kalte klare Luft, die nach Laub roch und Feuer, nach See und Moder, und denken: Das wirst du nicht mehr riechen können, bald. Nicht wieder ins Bett kriechen, den Mann umarmen, mich in ihn pressen, tragen lassen, nicht mehr frieren, keine Angst haben und nicht denken, was werden würde, wenn er nicht mehr da ist und ich allein in diesem Haus darauf wartete, dass es Frühling wird, und wüsste, es würde keiner kommen, um mich zu besuchen, selbst die Irre, die sich in einem Anfall von übersteigertem Mittelpunktinteresse die Hand abgehackt hat und nun in einer Nervenklinik wohnt, würde nicht mehr kommen.

Dann ging der Mann, und ich versuchte das Haus warm zu bekommen, ich molk die Kühe, was ohne Kühe natürlich kompletter Unsinn war. Ich versuchte zu arbeiten, und es gelang mir unzureichend, weil ich nach Reisezielen suchte. Fluchtorte, an denen es garantiert kein Weihnachten gab. Keinen Friedhof, keine roten Cola-Laster und keine Weihnachtsmänner, die an Hauswänden herumkletterten, und bitte keine Rentiere mit knubbligen Nasen. Es war ein Tag, der mich vom Morgen an irritiert hatte durch sein nicht vorhandenes Licht, ich überlegte mir, dass es eine hohe Kunst wäre, Bärendarsteller ohne Kostüm zu sein, ich zog mir noch ein paar Socken an, denn die alten Steinböden hatten die Kälte gepachtet.

Kalt war mir, und doch war ich in einer so ruhigen Art zufrieden mit meinem Leben, dass ich mir, außer vielleicht einer besseren Heizung, nichts wünschte.

Ich fand die kleine Insel mittags gegen zwei. Sie sah perfekt aus, im Meer vor Hongkong schwimmend, eine Mischung aus Kalifornien und etwas unbestimmt Asiatischem. Angenehme Temperaturen, wenig Touristen. Ich buchte Flüge, fand ein Appartement und hoffte, dass der Mann zufrieden mit meiner Entscheidung sein mochte, doch er war ein kluger Mann und mit fast all meinen Entscheidungen zufrieden, vermutlich, um seine Ruhe zu haben.

Ich wickelte mich wieder in eine Decke und richtete den Heizstrahler auf mich. Als ich am nächsten Morgen erwachte, war ich nicht schlecht erstaunt, dass nur mehr einige verkohlte Knochen von mir übrig waren.

Nach einigen Stunden kam der Mann von seiner Arbeit, er roch nach feuchtem Holz.

Es ist nicht egal, was Menschen tun, denn sie haben es sich ausgesucht, und wer freiwillig Kommunikationsdesign studiert oder in Hedgefonds macht, wer Kunsthandwerker ist oder mit Überzeugung Meditationslehrer, war nicht dazu angetan, von mir mit Wohlgefallen betrachtet zu werden.

Auf der rutschigen Straße des Respekts auszugleiten war ein Leichtes. Ich hatte nie etwas gegen Männer einzuwenden gehabt, die lieber Marihuana rauchen und Kisten in Supermärkten stapeln, doch wenn sie offenkundig unsinnigen Beschäftigungen nachgingen und darauf stolz waren, hieß es für mich, den Hut zu nehmen. Der Mann bearbeitete Holzbretter und Bäume, und dazu gab es nichts zu sagen. Es war von ähnlich langweiliger Freundlichkeit wie mein Erstellen von Gebrauchsanweisungen.

»Lass uns verwegen sein«, sagte der Mann, der auf meine Füße sah, auf die zwei Paar Socken, »wir fahren nach Mailand.« Verwegenheit war eine Charaktereigenschaft, die uns normalerweise sehr fern lag, der Wahrheit ins Auge sehen, würde man es nennen, das friedliche Schlendern durch vertraute Gebiete. Zu sehr nach seniler Bettflucht schienen mir die hektischen Unternehmungen älterer Paare, die kurz vor der Pensionierung das hektische Mountainbiken entdecken, zu Salsa-Kursen gehen und Abenteuerurlaube auf dem Amazonas verbringen. Verzweifelte Versuche, das Adrenalin der Jugend durch die alten Adern zu jagen. Keine Träne des Bedauerns, wenn Personen unseres Alters, die nicht begriffen haben, dass Geschwindigkeit das Leben nicht verlängert, auf unbekannten Flüssen kentern und von Piranhas verzehrt werden.

Nun war eine Fahrt in das eine Stunde von unserem Wohnort entfernte Mailand nicht mit einer Wüstensafari zu vergleichen, und den Tag zu irgendeinem Höhepunkt zu treiben kein dummes Unterfangen.

Wir saßen durchfroren im Auto, die Heizung auf achtzig Grad gedreht, die Fenster beschlagen, draußen vernebelte Umgebung. Ein Regen ging nieder, der die Bezeichnung nicht verdiente. Das behinderte Regenkind, es stand wie Nass im Himmel, keine Tropfen, ein feiner Film aus Feuchtigkeit, in den ich starrte und mich erinnerte. Es war ein ähnlicher Tag gewesen, als wir vor zwei Jahren in dem Heimatort des Mannes gewesen waren. Ich wollte sehen, was er meinte, wenn er von seiner unerheblichen Kindheit sprach.

Ein Dorf im Osten, das erbärmlich im Regen gelegen war. Die Frauen waren verschwunden, und nur ein paar alte Männer saßen in der einzigen Kneipe und warteten auf ihr Ende. Der Vater des Mannes war gestorben, vermutlich an einer durch Alkohol verunstalteten Leber. Er hatte, soweit der Mann sich erinnerte, von einer Invalidenrente gelebt, seine Frau, des Mannes Mutter, war in den Westen geflohen und hatte den Säufermann und das fünfjährige Kind zurückgelassen. Der Mann sagte: »Ich hatte keine so schlechte Kindheit.« Er kniff die Augen ein wenig zusammen, und ich wusste, sehr viel schlechter kann eine Kindheit nur sein, wenn man sie nicht überlebt. Er wurde geschlagen, spielte im Hof des heruntergekommenen Hauses, das er mir zeigte und das mich ganz trostlos werden ließ. Die alte Schule, der Dorfkonsum, die völlige Abwesenheit jeder Kultur, ein Ort, der wie in einer mit Algen bewachsenen Flasche durch die Meere schwimmt und von niemandem gefunden werden will. Es machte mich ihn verstehen, ohne dass ich es intellektuell hätte begründen können. Seine Verlorenheit und Schweigsamkeit und dass er oft wirkte, als ob er seit der Zeit als Kind optisch kaum eine große Veränderung erfahren hätte. Vom Regen in meiner Erinnerung fand ich zurück in das Auto, das unterdes warm geworden war, und wir fuhren an Como vorbei, an dem See, an dem sich die Villen befanden, die mir zugestanden hätten und in denen nun Filmstars wohnten, die Feudalherren unserer Zeit, in stadtgroßen Liegenschaften.

Como hatten wir hinter uns, kein Tag, um die Seestraße entlangzufahren, die tragischen Vororte von Mailand boten sich da eher an, diese ockerfarbenen Hochhäuser mit Blick auf die Autobahn, wo war eigentlich das Italien geblieben, das in unserem kollektiven Unterbewussten lebte, ausschließlich da gab es die goldenen Lichter, die lachenden Menschen mit erschütternden Dekolletees an Tischen, die Spaghetti verschlangen, während im Hintergrund die Toskana untergeht.

Ich empfand zum zweiten Mal an jenem Tag eine tiefe Dankbarkeit, denn ich durfte schweigen. Sah mich nicht unter Druck gesetzt, all diese armen Gedanken, die ich hatte, mitteilen zu müssen, hören zu müssen, wie sie meinen Mund verließen und erbärmlich klangen im Faraday'schen Käfig.

Wir schwiegen, ich schaute aus dem Fenster, und gibt es Angenehmeres, als in Ruhe spazieren gefahren zu werden? Vermutlich basiert die große Entspanntheit, die ich mit dem Mann erlebte, nur darauf, dass ich nicht den Drang verspürte, ihm gefallen zu müssen. Vielleicht, weil ich mir seiner Zuneigung sicher war, vielleicht, weil ich es aufgegeben hatte, irgendjemandem gefallen zu wollen, nicht, weil ich so gelassen geworden wäre, sondern weil ich eingesehen hatte, dass kaum jemand Gefallen an einer alternden Person findet, es sei denn, sie ist eine brillante Geisteswissenschaftlerin.

Wir fuhren durch Mailands Vororte, und ich betrachtete die verstörenden Häuser, die, ohne dass eine straffe Hand die Bauleitung kontrolliert hätte, nach der Jahrhundertwende entstanden waren.

Italien war attraktiver gewesen, als ich es noch nicht so genau gekannt hatte. Ein paar trunken schöne Paläste, Zypressen und Pinien am Meer, ein paar atemberaubende Seen und Villen, und der Rest hüllt sich in Abscheulichkeit. Wie ausgestorben wirkende Dörfer, todlangweilige Kleinstädte, hässliche Ebenen, und über allem der besoffene Blick von Goethe, der die Wilden entdeckt.

Das Glück kam im Hotel, das in jeder Hinsicht verschwommenen alten Bildern gerecht wurde. Ein wenig angestoßen, mit Kronleuchtern, einer seltsamerweise funktionierenden Heizung, einem reizenden Etagenkellner, einem großen Bett und einem Fernsehapparat. Bei halbgeschlossenen Läden und angezündeten Kerzen lagen wir auf dem Bett, tranken Tee und sahen alberne italienische TV-Shows. Seit der Anfangszeit, der unsicheren, überbordenden, war meine Zuneigung wie ein freundlicher Fluss, der ab und zu über die Ufer trat, und dann musste ich den Mann umarmen, ihn halten und war benommen vor Freude, in jenen Momenten, und einen Menschen gefunden zu haben, den ich fast mehr mochte als mein Leben, schien mir wie das Wunder, für das sich die Zeit davor gelohnt hatte.

Mein Leben allein war, wie mittags über einen sehr großen, leeren und heißen Platz zu laufen.

Es hatte angenehme Momente gehabt, in denen ich vergaß, dass es mich gab. Doch meist hatte ich mich gesehen, bei allen Verrichtungen, und immer hatte es gezogen, und alles hatte Überwindung gebraucht. Mich zu überzeugen, ich solle das Haus verlassen, kostete viel Anstrengung.

Ich schloss die Augen und dachte mir den Mann weg, dachte, was würde ich anderes tun alleine als hier liegen, der Fernseher liefe, der Etagenkellner hätte Tee gebracht, und ich würde hinausgehen, um mir etwas zum Essen zu suchen. Ich würde es alleine tun, und es würde kalt sein, ich würde mich einsam fühlen und würde in erleuchtete Fenster starren, hinter denen ich Familien vermuten würde, die eben nicht alleine wären. Es wäre furchtbar, ich kannte es. Ich wollte nie mehr alleine sein. Und wieder umarmte ich den Mann, und wieder weinte ich, als ahnte ich einen Verlust, als hätte ich an jenem Abend in Mailand gewusst, was uns ein halbes Jahr später erwartete.

Später saßen wir in einem dunklen, warmen chinesischen

Restaurant, die Italiener waren nicht sonderlich experimentierfreudig, was fremde kulinarische Einflüsse anbelangt, ich fühlte mich in einem Maße wohl, dass ich dachte, das ist ein Moment, der mich noch Jahre später wird wärmen können. Mit dem Mann zu sitzen, der mich anscheinend wirklich gern hat, bald auf eine kleine Insel zu fliegen, zurückzukommen, und dann wird der Frühling begonnen haben. Das Leben erschien mir damals als Dauerliegen in einer Badewanne. Wir gingen durch das leere Mailand zurück ins Hotel, der Regen war kaum mehr zu spüren, irgendwo eine Glocke.

Heute.
Nachmittag.

Seit zwei Stunden liege ich auf dem Bett und sehe in einen Schlingpflanzenbaum, der langsam immer näher rückt, gleich wird er sich über mein Gebein hermachen, wird mich umschlingen und einverleiben. Man kennt diese unangenehme Eigenschaft der Hongkonger Bäume.

Am Boden kauert Kim und macht Hausaufgaben. Ihr Atem beruhigt mich.

Er klingt nicht chinesisch.

In meinem Alter hat man auf unvertrauten Kontinenten dauerhaft nichts mehr zu suchen. Sehe ich von dem Umstand ab, dass mein Lebenswille auf einer Skala von null bis hundert gegen null geht, ist auch meine Neugier derart abgenutzt, dass ich an fremden Orten nur mehr nach Bekanntem Ausschau halte. Davon gibt es hier, außer chinesischen Restaurants, kaum etwas, und im Moment vermisse ich alte Gewohnheiten schmerzhaft.

Zu Hause ist Winter, und ich sehne mich nach Kälte, Rauhreif und Glockenlärm. Früher gab es für mich nichts Elenderes als den Angriff der Christen am Wochenende, der bemitleidenswerte Versuch der Bevormundung einer machtlos gewordenen Sekte, deren Mitglieder stundenlang verzweifelt an Glocken hingen und lärmten, bis alle Ungläubigen aus den Betten gefallen waren und Gott um Ruhe anflehten. Jetzt vermisse ich die Glocken, ich könnte durch den Schnee zu einer Kirche stapfen, und ein Happy Christ würde mich, weil er seinen Nächsten liebt, in die Arme schließen. Er würde nach Weihrauch riechen, der Christ und seine Haushälterin hätten Rührkuchen gebacken, den könnten wir in der Amtsstube des Christen essen, in einem Stück äßen wir das verdammte Ding, ohne abzusetzen, ich würde weinen, vielleicht sieben Stunden lang, und er würde das ertragen, weil es seine gottverdammte Pflicht wäre. Danach würde er mir Bibelsprüche vorlesen, und vielleicht fiele es mir dann leichter, mich in Luft aufzulösen. Ohne großes Theater. Teil des Himmels werden und keine Absichten mehr.

Das Kind, das in seine Rechenaufgabe versunken am Boden kauert, glüht und wackelt, hat alles vergessen, was sich außerhalb seiner selbst befindet. Ich kenne das Gefühl und hatte geglaubt, dass es erst enden wollte, wenn ich neben dem Mann in einem Grab läge, mit Blumensträußen in den Knochenhändchen.

Lies mir etwas vor, bitte ich Kim, um die Händchen aus dem Kopf zu bekommen, und ohne mich zu beachten, liest sie aus ihrem Mathematikbuch. Ihre leise Stimme beruhigt mich, fast will ich einschlafen, da bemerke ich den Masseur, der verlegen in der Tür steht. »Wollen wir vielleicht zusammen einen Ausflug machen?« fragt er so leise, dass mir nicht ganz klar ist, ob ich es mir wieder nur eingebildet habe. Kim und ihr Großvater sehen mich an, es war wohl doch ein Vorschlag, und ich erwäge, mich augenblicklich totzustellen. Ausflüge waren mir schon immer ebenso unangenehm, wie mich mit fremden Menschen nackt in einer Sauna zu tummeln.

Kim flüstert: »Ich glaube, er ist im Wahn.« Und ich ahne, dass sie sich nichts mehr wünscht als Normalität. Eine Familie, auch wenn es nur eine geborgte ist, einen Ausflug. Ich merke, dass sie zum ersten Mal so alt wirkt, wie sie ist, als sie aufspringt und zur Tür wedelt, sich fast überschlägt, vor Eifer schwitzt und nur mehr will, dass es immer so bleibt. Mit mir und dem Großvater und Ausflügen an sonnigen Tagen.

Wer bin ich, in meiner öden Trauer, ihr Freude zu verwehren?

Auf dem Weg zur Fähre nehme ich den Masseur zum ersten Mal in den vergangenen Tagen als Person wahr und nicht als schweigsamen Anhang eines frühreifen Mädchens, das mich auch nichts angeht. Der Masseur trägt Kleidung, die ich noch nie an ihm gesehen habe. Eine Art leichter Sommeranzug, der ihn wie einen asiatischen Forscher wirken lässt. Er ist so alt wie wir alle, in verschwommenen Jahren, massig, ohne dick zu sein, der Schädel doppelt so groß wie meiner und seine Augen merkwürdig rund für einen Mann chinesischer Herkunft.

Wir sitzen schweigend auf der Fähre. Auch wenn wir einen Ausflug machen, heißt es nicht, dass wir plötzlich das ausgelassene Ballspielen beginnen.

Auf dem Bild eines Magnum-Fotografen sähen wir sicher großartig aus, wie wir in verschiedene Richtungen schauen, bedacht darauf, nichts zu sagen, das uns klarmachen könnte, wie wenig uns verbindet. Ein alter Chinese mit von Trauer aufgefressenem Mund, ein altkluges Mädchen und eine Touristin, die vielleicht nicht auf dem Foto abgebildet wäre, weil sie wie ein Geist war, der verschwinden würde, bei näherer Betrachtung. Man könnte unser Bild zum Beleg jedes Unrechts auf der Welt gebrauchen, uns als Flüchtlinge in mannigfache Krisengebiete setzen, wir würden unsere Aufgabe, das universelle Leiden zu repräsentieren, hervorragend erfüllen.

Wir treten unseren Vergnügungsausflug an wie Geschäftsleute auf dem Weg zu einer feindlichen Übernahme. Ich hätte, statt jetzt auf dem Boot die Hochhäuser Hongkongs anzustarren, in der Wohnung mir kaum vertrauter Leute hocken und aus dem Fenster sehen können.

Und doch sind die zwanzig Minuten Überfahrt noch der angenehme Teil des Ausflugs. Wie wenig heiter wir sind, wie wir Obacht geben, uns nicht zu berühren, als wir die Fähre verlassen. Ich habe mich noch nie gerne in Gruppen bewegt, meine Beine werden dann immer sehr müde, mein Kopf von Rauschen erfüllt, und ich möchte sofort einschlafen. Unternehmungen, die zum Ziel haben, dass mehr als zwei Menschen sich bewegen, um etwas zu erleben, machen mir große Angst.

Kim geht ernsthaft neben mir und der Masseur uns voran, als hätte er eine Mission zu erfüllen. Er schiebt seinen massigen Körper durch den Feierabendverkehr und scheint entschlossen, Spaß zu haben. Kim und ich versuchen, ihn nicht zu verlieren, inmitten Tausender Leiber, ich sehe, wie das Kind schwitzt und sein Lächeln zu gefrieren scheint, es wird der denkwürdige Tag für sie, an dem ihr Großvater zu leben beginnt. Doch weder habe ich etwas mit ihrer Familiengeschichte zu tun, noch spüre ich die emotionale Langeweile, aus der heraus man mitfühlend wird, das Weinen beginnt, wenn man Großväter sieht, die aus dem Krieg heimkehren, und die Tochter, mit der er seit sechzig Jahren kein Wort gewechselt hat, ist amputiert und bäckt ein Brot mit den Füßen.

Mir gehen andere und ihre verdammten Schicksale momentan nicht sehr nahe.

Wir sind unterdessen von mir unbemerkt zur Rolltreppe

gelangt, die kilometerlang am Hang liegende Banker-Appartement-Hochhäuser mit im Tal herumstehenden Banken verbindet.

Es ist warm, und der Geruch nach Meer, Garküche und Reichtum, der für Hongkong typisch ist, verändert etwas in mir. Sätze zu sagen oder zu denken wie: Der Geruch nach Meer, Garküche und Reichtum, der für Hongkong typisch ist, hätte uns zum Lachen gebracht, als es ein Uns gab. Die Erinnerung kommt so plötzlich, dass ich Halt suchen muss. Nichts zum Halten.

Auf jedem Meter der Straße steht ein Bild aus der Vergangenheit, wie ein Pappaufsteller.

Ich sehe den Mann und mich in einem Café sitzen, schlecht über die Menschen reden, die auf der Rolltreppe an uns vorüberfahren, sehe uns mittags in Suppenküchen, abends Touristen schauend in Sushi-Restaurants, der Markt, über den wir gelaufen waren, um Aas unsere Aufwartung zu machen, ich sehe mich neben ihm laufen, meine Arme nicht lang genug, ihn zu umfassen. Ich erinnere mich daran, dass ich immer glücklich war, neben ihm.

Ich versuche die Bilder zu verdrängen, durch das zu ersetzen, was ist, doch es ist so wenig beeindruckend zu sehen, wie drei Menschen in Fremdheit einen Hügel besteigen.

Beim Contest glamouröser Situationen würde die unsere den letzten Platz belegen, hinter dem Schäferhund, der gelähmt ist und seine Hinterläufe in einem Wägelchen nach sich zieht.

Ich würde im Moment ein Bein hergeben oder beide, um noch einmal den Mann anfassen zu können, noch einmal zu spüren, wie es ist, nicht allein zu sein auf dieser unerfreulichen Welt, in der die Menschen nur darauf warten, über die toten Körper der Artgenossen zu steigen, ich habe den Planeten selten als so feindlichen Ort empfunden wie jetzt, da ich nicht mehr in der Lage bin, Kontakt zu irgendjemandem aufzunehmen.

Mit all jenen, die mir gerade körperlich so nahe sind, die mich berühren, deren Atem ich in meine Lungen fülle, verbindet mich weniger als mit der Erinnerung an den Mann. Der Masseur sucht ein Restaurant, in dem er mit seiner Frau gewesen war – als sie noch lebte, versteht sich, wer geht schon mit der Leiche seiner Frau zu Tisch.

Ich bezweifle, dass ich die Kraft habe, mit den beiden entspannt zu sitzen, ihr Schweigen zu ertragen und die Schwierigkeiten zu beobachten, die sie miteinander haben. Der Ausflug entwickelt sich zu einem kompletten Desaster. Es ist sehr selten so, dass lustlos begonnene Unternehmungen sich zu einem Feuerwerk guter Laune entwickeln.

Wir finden das Restaurant, irgendeine indische Geschichte, ein stickiger kleiner Raum mit schiefem Boden, und die Vorstellung, dass der Masseur vielleicht seit Jahren davon geträumt hat, noch einmal in seinem Leben in diesem Dreckhaufen von Restaurant zu sitzen, nur weil die Hormone, als seine Frau sich neben ihm befunden hatte, ihn belogen und ihm das Gefühl gegeben hatten, sich in einem Loireschloss aufzuhalten, ist zu viel. Zum letzten Mal habe ich mit siebzehn Alkohol getrunken, mit achtzehn habe ich es eingestellt, weil mir der Zustand nicht behagte, dieses schwere Dämmern, dieses Sich beim Reden Zuhören und Blödwerden. Aber Millionen Russen vertrauen ihr Elend dem Alkohol an, können sie wirklich irren?

Ich höre mich Wein bestellen. Ich sehe bedauernd Kim an, ich habe nicht die Kraft, ihr einen schönen Abend zu schenken. Der Wein kommt, und vielleicht wird der Abend jetzt doch noch eine außerordentliche Überraschung.

Damals.
Im Winter. Vor vier Monaten.
Noch mal, langsam.

In den kommenden drei Monaten würde kaum eine Lichtveränderung während der Tageszeiten stattfinden.

Nebel lag auf der Stadt, die noch nicht einmal eine Stadt war, und der Mensch hielt Winterschlaf. Die es sich leisten konnten, verließen ihre Häuser nicht, sie schlurften in Pyjamas herum, Speisereste im Haar, leere Pizzaschachteln unter dem Bett, und Spinnen mit neurotischen Gesichtern spannen ihre Netze zwischen den Läufen der Personen.

Die anderen, die Verlierer, die Hausverlasser, die man auf öffentlichem Gelände sah, waren kaum dazu geeignet, einen mit kleinen, fröhlichen Sprüngen das Leben feiern zu lassen.

Ich war auf der Straße, sah Wintergesichter in schwarzen Kapuzen versunken und fühlte mich für einen Moment, als sei ich wieder eine von ihnen, die doch so warteten, dass etwas eintritt, durch das sie sich endlich wieder lebendig fühlten.

Ich erinnerte mich an jenem Morgen so stark an das Gefühl, bei absurdem Wetter alleine zu sein, dass mir übel wurde, für Sekunden, in denen ich aus der Wirklichkeit gefallen war. Ich wollte eine Zeitung kaufen und überquerte die erstarrte Piazza, die von missmutigen, beschnittenen Platanen gesäumt war, und erschrak, denn ich meinte, in einem der wenigen Cafés, die im Winter geöffnet hatten, fast außerhalb meines Blickfeldes, die merkwürdige Bekannte mit einer

Armprothese und, ihr gegenübersitzend, den unsichtbaren Mann aus dem Zug gesehen zu haben.

Ich trat näher an das Fenster des Cafés und versuchte herauszufinden, ob ich verrückt würde, doch ohne Zweifel handelte es sich um die Bekannte, die ich in einer Anstalt glaubte. Bei dem Mann ihr gegenüber war ich mir nicht sicher, denn er sah aus wie fast alle Männer, die am Morgen in Zügen sitzen, überall auf der Welt, die Sklaven unserer Zeit, die nicht mehr Arbeiter heißen, sondern Angestellte, und die müde und traurig in Büros fahren, um auf ihre Entlassung zu warten, und für deren Wohl noch nicht einmal mehr Studenten kämpfen wollen.

Mein Blick war glasig geworden, die Augen tränten von der feuchten Kälte, und als ich meinen Blick wieder scharf stellte, waren die beiden verschwunden.

Noch heute ist mir nicht klar, ob ich mir die Begebenheit eingebildet habe.

An jenem Tag jedoch war ich mir sicher, dass die beiden sich in meiner Umgebung eingefunden hatten, um mir Ärger zu bereiten.

Daheim überkam mich eine große Traurigkeit.

Wie immer, wenn mir eine Reise bevorstand.

Das Haus in seiner feuchten Kälte erschien mir perfekt. Wie bezaubernd der See unter Dunst lag, wie angenehm es war, sich gemeinsam mit mehreren Decken vor dem Fernseher aufzuhalten, und wie wir im eigenen Garten über nasses Laub schlieren konnten, wenn uns danach verlangte. Seit Tagen bewegte ich mich mit den größten Verspannungen, aus denen sich allmählich eine Depression entwickelte. Ich träumte von Flugzeugen, die trotz aller Bemühungen nicht an Höhe gewannen, von kleinen Hundebabys, die in kochendes Wasser geworfen wurden, um ausgestopfte Hunde daraus zu erzeugen, von Krähen, die auf der Terrasse saßen und mit den Tatzen trommelten, kurz: Es schien kein Moment passender, die Reise abzusagen.

Der Mann begegnete meinen inneren Verkrümmungen hilflos, aber nicht uninteressiert, er versuchte nicht, meine Angst in männlicher Art pragmatisch abzuhandeln. »Weißt du, wie groß die Chance ist, mit dem Flugzeug abzustürzen?« war zum Beispiel etwas, was ich nie von ihm hören musste.

Zwar stand er immer ein wenig ratlos vor mir, wenn ich mich in Phantasien verlor, die ich nicht beeinflussen konnte, und es war ihm sichtlich unwohl, doch meist tat er mir in seiner Überforderung so leid, dass ich mich vergaß und ihn tröstete.

Er half mir, wie fast immer, mich nicht allzu ernst zu nehmen.

Seit Wochen lagen Kleiderhaufen wie Lumpen in den feuchten Räumen, und ich vermochte keine Entscheidung zu fällen über die unglücklichen Hemden, die mich begleiten mussten.

Als Folge meiner maßlosen Selbstüberschätzung sah ich stets, wenn Flugreisen anstanden, den Inhalt meiner Reisetasche auf dem Meer schwimmen.

Wie albern, denn nur wenigen wird der wunderbar schnelle Abgang durch einen Fliegerabsturz beschert.

Ich würde vermutlich wie die meisten Europäer in einer Anstalt verenden, mit kleinen, nicht vorhandenen Gnomen redend und in meiner Ausscheidung schwimmend, die ich als angenehm warm und tröstlich empfände.

Diese Aussicht war ebenso wenig dazu angetan, dass ich mich federleicht fühlte, wie die bevorstehende Erniedrigung auf dem Flughafen, da ich unmündig und schlecht behandelt werden würde, weil es mir nicht gelungen war, mir mit einem Ersteklasseticket die Illusion von Menschenwürde zu kaufen.

Alle Bemühungen, mir einzureden, dass elf Stunden in einem Zug zu verbringen ähnlich gefährlich war, wie sich in einem Flugzeug aufzuhalten, misslangen.

Die trügerische Idee war, dass man mehr Kontrolle über den Zeitpunkt seines Ablebens hatte, wenn ein vertrautes Moment in Fußnähe war.

Ich packte Arbeitsunterlagen ein, Duftkerzen und anderen Frauenkram, als plante ich, nur rasch das Haus zu verlassen, um infolge von Kälte anderswo mein Leben wieder aufzunehmen. Das Unglück blieb.

Falls es nicht zuvor ein Massaker in den Wolken gab, befände ich mich bald auf einer asiatischen Insel. Mir machten Gegenden Angst, die ich nicht gemessenen Schrittes verlassen kann, und eine fremde Region wie Hongkong mochte bereits morgen Schauplatz eines Bürgerkrieges werden. Mein Tod ängstigte mich selten, mir die Konsequenzen meines Ablebens vorzustellen, gebrach es mir an Phantasie, die jedoch reichte, mir auszumalen, wie es wäre, über Jahre an einem Ort zu sein, wo ich nicht sein wollte. Gefangen durch politische Umstände, Unwetterkatastrophen, Amputationen.

Später saß ich, die Häufchen in Taschen verstaut, vor dem Fenster, blickte auf den See, über dem die Lichter in den Häusern angingen, und wartete auf den Mann, damit das Grauen verschwände.

Als er kam, heizte er den Kamin, damit der Luft aller Sauerstoff entzogen würde, wir saßen davor, rösteten unsere Füße und aßen Kartoffelbrei mit Spinat. »Es wird bestimmt wunderbar, dort auf der Insel«, sagte der Mann, und ich sah seine Augen vor angestrengtem Lügen so klein werden wie die eines Igels, »aber wir können auch hierbleiben, es wäre sicher romantisch. Wenn wir noch einen Radiator kaufen, würde es warm werden, also ein wenig, und wir könnten Stollen essen«, sagte er, und nun war es an mir, die wunderbare Reiseidee zu verteidigen, denn wie es aussehen würde, wenn draußen alles geschlossen war und die Tage sich nicht von der Nacht zu unterscheiden wussten, das ahnte ich.

»Es wird großartig, vielleicht erleben wir einen Tsunami, das wäre doch ein Erlebnis, das unsere Beziehung stabilisieren könnte, falls wir es überleben«, sagte ich kraftlos.

Der Mann umarmte mich, bis ich verschwand. Er beherrschte die Kunst, meine Welt zu sein, Flugzeuge zu zerstören, mich aufzunehmen, herumzutragen, ins Bett zu legen, mich mit sich zuzudecken, bis ich alles vergaß, was weh tat, bis ich mich vergaß.

Heute.
Nacht.

Mich gibt es nicht mehr. Wie schön das ist.

Dass ich in den vergangenen Wochen nicht auf die Idee gekommen war, mich gehörig zu betrinken, scheint mir geradezu merkwürdig, denn es ist so naheliegend. Zum ersten Mal seit Wochen kann ich atmen, ohne dass ich dabei Beschwerden im Brustbereich habe, zum ersten Mal wieder lachen, sei es auch nur über meine Scherze, die von erstklassiger Qualität sind. Ich denke, ich unterhalte den Masseur und Kim ausgezeichnet. Sie hängen an meinen Lippen. Ich bin ein Füllhorn amüsanter Anekdoten. Aber es wird Zeit für mich zu gehen, die Nacht ist noch jung und die Kluft zwischen den am Tisch versammelten Generationen zu groß.

Ich bin in mir nicht mehr vorhanden, ein Zustand, den ich nur empfehlen kann. Was soll das jahrelange Meditieren im tibetanischen Hochland, wenn sich der gleiche Effekt mit zwei Flaschen schlechtem Rotwein erzielen lässt? Betrunken sein heißt, nicht an Fragen zu verzweifeln, auf die es keine Antwort gibt. Der freie Fall in die Grube, die Hände, die sich an bröseligen Putz zu krallen versuchen, scheint aufgehalten oder egal. Ich habe das unbedingte Gefühl von Erleuchtung. Ich könnte sofort über Wasser laufen und schreien: »Lerne loszulassen, werde eins mit deinem Schmerz, vergiss dein Ego. Sieh nur mich: Ich habe auch keines mehr, und das macht mich zu einem hervorragenden Wasserläufer!«

Etwas Alkohol ist geglückt, was vierzig Jahre ereignislosen Lebens nicht vermocht haben. Ich sehe mich auf einer Wiese sitzen, mit einer Flasche in der Hand, ein langer Bart weht gütig, und junge Eleven mit weißen Gewändern springen wie kleine Böcke um mich herum. Ich glaube, ich brauche Luft, und entschuldige mich, um den Puderraum aufzusuchen. Der Boden ist schräg in diesen alten Gebäuden, beschwingt schlingere ich zum Ausgang. Ein wenig Nacht wird mir guttun, die Gasse betrachten, wo reiche Hongkonger Katzen herumschlendern, auf hohen Absätzen sich an chinesischen Männern festkrallend, die wie Karikaturen des alten Wortes »Yuppie« wirken. Großgewachsene Australier, die nach hübschen kleinen Hongkongkatzen Ausschau halten, mit klumpenförmigen Turnschuhen und weißen Beinchen, die in Bermudas stecken, stampfen, die anzusehen genügt, um zu wissen, dass sie nie eine schöne Chinesin besitzen werden.

Die Gassen im Rolltreppenviertel bei Nacht wirken, als ob Gäste einer exklusiven Party von einem Raum zum nächsten schlendern. Ich bewege mich filigran zwischen duftenden, wie rosa Puderquasten wirkenden Frauen in perlmuttfarbenen Kleidern, ich folge ihrem guten Geruch durch die Nacht, als Teil der Festgesellschaft. Die lachenden Gruppen in den Bars und auf der Straße sind Freunde von mir, mit denen ich gemeinsam gefangen bin, in diesen drolligen verwelkenden Körpern. Wie viele meiner wiedergefundenen Kameraden würden sich jetzt auflösen, wenn sie könnten? Ob sie das Gefühl haben, der Höhepunkt ihres Lebens findet jetzt statt? Ende zwanzig, reich, arbeitssüchtig, in Hongkong, mit einem Appartement für fünftausend Dollar Monatsmiete, oder glauben sie, es ginge weiter? Nach diesem merkwürdigen

Bewertungssystem, das viele sich angelegt haben, denn weiter heißt einfach: mehr.

Um den stetigen Fluss meiner originellen Gedanken nicht versiegen zu lassen, kaufe ich an einem Kiosk eine Flasche Wein, denn ich merke, dass mein verschwommener Blick ein wenig lichter wird, fast schon beginne ich mich allein zu fühlen, der Zustand ist mir so vertraut, dass er mich langweilt und ich ihn sofort ändern muss. Der Kioskinhaber, einer dieser gepflegten Hongkongchinesen, der vermutlich Chemie studiert hat und Violine spielt, betrachtet mich wohlwollend. Wenn ich Zeit hätte, würde ich mit ihm plaudern, doch draußen wartet das Leben auf mich.

Ich geselle mich zu einer Gruppe junger Broker, die vor einer australischen Bar sitzen. Sie haben, trotz deutlicher Trunkenheit, ihre Krawatten nicht gelockert und geben mir das Gefühl, dass ihnen meine Anwesenheit äußerst willkommen ist. Auf der Straßenseite gegenüber bringt sich ein Elvis in Position. Immer diese Elvise und immer, immer diese weißen Anzüge. Sich als Elvis zu verkleiden ist mir ein noch unverständlicheres Hobby als Fliegenfischen. Meine neuen Brokerfreunde bestellen Getränke, und ich unterhalte sie mit interessanten Geschichten aus meinem Leben. In meinen Ohren summt ein hoher Dauerton, und mein Magen beginnt sich zu verkrampfen. Nachdrücklich beginnt mein Gesicht zu schmerzen, das Lächeln sitzt nicht. Auf dem Weg zur Toilette habe ich das Gefühl, dass meine Hose rutscht; als ich in der Toilette stehe, die Kilometer entfernt liegt, merke ich, dass die Hose mir halb in den Knien hängt. Im Spiegel offenbart sich mir Entsetzliches. Mein Gesicht ist glänzend, gelb und sieht versoffen aus. Ich starre mich ungefähr zehn Minuten an, dann übergebe ich mich ins Waschbecken. Danach sehe ich allerdings nicht besser aus. Noch gelber, noch glänzender, und völlig unverständlich ist mir der Ort meines Aufenthaltes. Kim und der Masseur werden sich Sorgen machen, das letzte Boot bereits verpasst, die Nacht vertan, mich zum Idioten gemacht, lächerlich sein, vor mir selber. Aber wenigstens ein anders Gefühl oder überhaupt eines, ich mache mich frisch, will meinen: Ich reinige mein Gesicht, befestige die Hose und gehe zurück zu meinen neuen Bekannten. Erstaunlich glatte, durchtrainierte Herren schauen mich mit einer Art spöttischer Herablassung an, und ich studiere sie, durch eine Wand von Übelkeit. Absolut glatte Arschgesichter, deren Leben ihnen gnädigerweise nicht eine Sekunde des Innehaltens und inneren Betrachtens gestattet. Vermutlich beherrschen sie alle mindestens fünf Sprachen fließend und haben diesen Typ neuen Wissens, die schnelle, vernetzte Sorte, die nichts mit dem zu tun hat, was wir als intellektuell bezeichnen, was meint: Bücher zu Hause wie Trophäen auszustellen, den Kanon zu beherrschen und Köchelverzeichnisse aufsagen zu können. Es ist durchaus niedlich, die Grundzüge der griechischen Mythologie nacherzählen zu können, doch was hilft es, wenn die jungen smarten Harvard-Abgänger die Finanzwelt und damit alles beherrschen?

Durch die Nacht, die sich am Horizont aufzuhellen beginnt, werde ich unsicher, und die plötzliche Leere, die Trinker befällt, wenn der Alkoholpegel sinkt, stellt sich ein.

Anstelle des Elvis' auf der gegenüberliegenden Straßenseite hat sich eine dicke Frau mit roten Haaren aufgebaut. Sie trägt Kleidung, die in ihren Kreisen vermutlich als weiblich und originell-kreativ gilt. Natürlich darf der Hut nicht fehlen.

Menschen, die Hüte tragen, können nie meine Freunde sein, ebenso wenig wie Erwachsene, die Roller fahren oder Sätze sagen wie: »Spinoza erwähnte bereits …« Wobei ich nichts gegen Spinoza habe und sich die Frage der Freundschaft vermutlich nicht stellen wird, denn in den vergangenen Jahren gab es nicht einen, der nachdrücklich darum gebeten hätte, sich in meiner Nähe sonnen zu dürfen.

Die Frau, ich vermute eine Europäerin oder eine Australierin mit minderwertigen englischen Wurzeln, beginnt Moritaten zu singen. Ganz furchtbar ist das, als ob man Bekannte in der geschlossenen Abteilung beobachtet.

Sie singt: »Ich habe dich soooo geliebt.«

In mir wächst der Wunsch, die Frau zu erschießen. Wenn sie ihn soooo geliebt hat, warum hat sie dann damit aufgehört? Dieser kitschige Liebesbegriff, der sich in den letzten hundert Jahren manifestiert hat und die Hirne des Kollektivs ausgehöhlt, bis nur noch blubbernde Lava vorhanden war.

Ich habe dich soooo geliebt. Ein Widerspruch in sich, das kommt aber nicht an bei dem überfütterten Hamster, der sich an die Mauer presst und Schwülstiges singt. Herr Ober, einen Wodka. Hastig trinke ich, meine neuen Freunde, die durch einen dreifachen Drink wieder zu meinen Freunden werden, erheben sich. Es gibt eine Party irgendwo, da darf ich nicht fehlen.

Damals.
Vor drei Monaten und zwanzig Tagen.

Unwissend wie ich war, hatte ich das Gefühl, beim Landen könne mir nichts mehr passieren; wenn man den Boden so nah hatte, konnte es doch nicht schmerzhaft sein, sich in einem Wolkenkratzer zu verfangen. Wie niedlich sie aus dem Fenster schauten, die Passagiere, auf die Hochhäuser, und die Luft anhielten, beeindruckt von der Leistung der Rasse. Wir haben diese Häuser gebaut, das Flugzeug entwickelt, all die Momente, in denen man sich für Sekunden eins mit der Schönheit des Menschseins fühlt, ja, ich bin Teil einer Spezies, die so wild ist und unbezähmbar. Unsere kleine Reisegruppe, die gemeinsam elf Stunden hospitalisiert war, während der jeder Sex mit der Atemluft eines jeden anderen gehabt hatte und alle Gesäße mit der Toilette, also miteinander Kontakt hatten, in denen wir die Angst geteilt und miteinander gefrühstückt hatten, vergaß einander in dem Moment, da das Flugzeug aufsetzte. Keiner hatte das Gefühl unbestimmten Verlustes.

Der Flughafen in Hongkong war das Eleganteste, was ein Flughafen werden kann. Eine leise Lounge voller reicher, hübscher Menschen, die, mit an Langeweile grenzender Gelassenheit, Mixgetränke zu sich nahmen.

Wir glitten in ein perfektes Menschenverstauungssystem, da waren die Bahn, die Fähre, Wegweiser, Bahnhöfe, Trams, Boote – alles griff geschmeidig ineinander, der Traum eines perfekten Beförderungssystems, das verdeutlichte, wie das Leben nie sein würde, das wiederum eher einem Dorf in Mecklenburg-Vorpommern glich, nachdem der letzte Bus verpasst war.

In dieser Stadt schien der Kapitalismus ausschließlich Begeisterung zu erzeugen. In ihren eleganten, günstigen Transportmitteln ließen sich gutgekleidete Menschen nach Zehnstundenschichten in vierundzwanzig Stunden geöffnete Einkaufsparadiese fahren.

Heiter kauften die Bewohner von Hongkong Waren, trugen sie irgendwohin und warfen damit um sich.

Ein Boot brachte uns zu der Insel, auf der wir vier Wochen verbringen wollten, und das Meer, das mir nie ein Freund gewesen war, denn es schien mir zu groß, zu viel Natur, zu wenig zu schauen, war hier eher ein Pool in einer Hochhaussiedlung, belebt und benutzt von Tausenden Booten, darunter unseres, das am Ufer entlangfuhr, wo man den Bewohnern der Häuser auf den Tisch schauen konnte. Ich lehnte mich an den Mann, froh, dass ich nicht von mir selber in die Verlegenheit gebracht wurde, Sachen sagen zu müssen wie: »Siehst du das Hochhaus?« und er würde dann sagen: »Ja, gewaltig hoch, dieses Hochhaus, und wer das wohl gebaut haben mag.« Und ich würde sagen: »Egal, wer, er war ein Meister seines Fachs.« Dann würden wir wieder schweigen.

Ich hatte das große Bedürfnis, mich zu bedanken, dass ich den Gesprächsteil direkt überspringen durfte, wusste aber nicht, bei wem.

In den vier Jahren, da ich fast täglich mit dem Mann zusammen gewesen war, hatte ich gelernt, seinen Ausdruck zu lesen, was mir verlässlicher schien, als mich nach seinem Befinden zu erkundigen, denn mit Menschen, die über ihre Zustände berichten, hatte ich sehr unerfreuliche Erfahrungen gemacht. Im Moment war der Mann müde und guter Laune, weil wir leicht bekleidet an Bord eines aufgeräumten Bootes sitzen konnten, umgeben von Menschen, die gerade von der Arbeit kamen, mit Netzen voller Lebensmittel, und weil es so schön ist, nicht ausschließlich von offensichtlichen Touristen umgeben zu sein, und weil wir zum ersten Mal seit Wochen wieder Licht sahen, der Tessiner Kellerluft entkommen.

Es gibt Orte, die es einem leichtmachen, nicht zu Hause zu sein, und die Insel war einer von ihnen. Vor Übermüdung kaum mehr anwesend, gingen wir den langen Steg vom Bootsanleger auf die Insel, vorbei an einem kleinen Hafen.

In einem Büro trafen wir einen Hamster von einem Menschen, der uns zu unserer Wohnung brachte.

Direkt am Meer standen ein paar Tische, die zu einem vermutlich und naheliegenderweise chinesischen Restaurant gehörten, und eine sehr steile Treppe führte in den ersten Stock. Zwei hübsche kleine Zimmer, man sah das Meer nicht, doch direkt vor dem Schlafzimmerfenster befand sich die autofreie Hauptstraße, die man aus leisen Musikstücken zu kennen glaubte. Es hätte mich nicht gewundert, wäre ein leiser warmer Regen gegangen, doch einzig die Sonne verschwand im Meer.

Wir verteilten unsere Dosen in der Wohnung und liefen noch einmal die Straße auf und ab, um unsere Spuren zu hinterlassen, falls die Erde über Nacht untergehen sollte. Dann gingen wir in das Bett, das nach einigen Tagen sehr starke Rückenschmerzen erzeugen würde, und hörten den Menschen auf der Gasse beim leisen Reden und Lachen zu, und mildes Licht aus roten Laternen färbte den Raum. Es roch nach Fisch, Meer und Rauch, und es war genau so, wie man es sich als Kind vorgestellt hatte, im Bett liegend um die Welt zu reisen. Dann legte ich meinen Kopf auf den Bauch des Mannes, wie jede Nacht. Der Bauch hob und senkte sich wie ein Meer, und ich wollte nirgends anders sein als da, wo ich war. Am sichersten Ort der Welt.

Heute.
Früher Morgen.

Pegeltrinken ist durchaus eine Leistung, die nach Respekt verlangt. Da denkt man doch, das wäre nichts, sieht man gutgelaunte Penner vor Sacré-Cœur sitzen, die einem mittags mit einem frohen Lied zuprosten.

Als Anfänger in dem Geschäft erwische ich entweder zu viel und muss mich übergeben oder zu wenig und sehe klar. Den Zustand freundlich gelaunter Umnachtung zu halten ein Unterfangen, das nicht zu den einfachsten zählt. Es muss ähnlich sein, die Eigernordwand zu besteigen, adrenalinabhängige Grenzerfahrung. Und dann werden Filme darüber gemacht, wie Männer sich die Beine abfrieren und von schlechtbezahlten Helikopterpiloten aus Gletscherspalten gekratzt werden.

Wo auch immer ich mich gerade aufhalte, ist die Musik in unangenehmer Art schlecht und elektronisch, die Anlage zu laut eingestellt, vermutlich denkt der DJ, er könne mit Lautstärke seine Unkenntnis überspielen. Oder ich habe einfach den Anschluss verloren, es nicht mehr geschafft, nach dem Vierzigsten, nachzukommen mit der immer neuen Musik, der Mode, der Kunst, den Büchern, und habe irgendwann aufgegeben. Vermutlich werde ich bald mit der Flasche vor einer Sehenswürdigkeit sitzen und über die Zeit fluchen, die uns den Adenauer genommen hat, und Thomas Mann ist auch nicht mehr.

In den Ecken klemmen mehr oder weniger betrunkene

oder von anderen Rauschmitteln beeinflusste Menschen, die allesamt besser aussehen, als ich es zu jeder Zeit meines Lebens getan habe.

Welches Elend mich umgibt. Ich hatte vergessen können, was Menschen auf der Suche anstellen, nach einem neuen Leben, das nur durch einen Autounfall oder das Treffen auf einen anderen Menschen, den sie mögen dürfen, hergestellt wird.

Wie schwierig das ist, einen zu finden, der einen von der Einsamkeit erlöst, irgendwelche biologischen Parameter funktionieren oft nicht miteinander, und der Rest ist Traurigkeit. Sinnloses Sich-Paaren und Reden, Aus-Wohnungen-Schleichen oder Obszöntun mit Geräten, um die Peinlichkeit nicht zu hören, all die Verzweiflung, die die Luft verdichtet, wenn Singles anwesend sind, all die blödsinnigen Gespräche um nichts und die Gesten ins Nichts, und es ist doch überall dasselbe, überall auf der Welt, wo es Menschen so gut geht, dass sie einen Partner nur zur Verbesserung der eigenen Lebensqualität wählen können.

Eine chinesische Katze tanzt verzweifelt auf dem Tresen, die anwesenden Broker schauen sie nicht einmal an.

Das Motto meines Lebens: Ich tanze, und keiner sieht hin. Ein erstklassiger Buchtitel für die Geschichte eines spinal gelähmten Mädchens, das sein Schicksal anzunehmen gelernt hat.

Ich habe den Pegel nicht gehalten. Mir ist übel. Ich habe das Gefühl, ich sei seit Tagen in dunklen Barhöhlen, umgeben von Paarungstrieb und Alkoholdunst. Erfrieren sei ein wunderbarer Tod, las ich; allein, es ist die falsche Adresse, hier in den verdammten Tropen.

Ich setze eine geeiste Wodka-Magnumflasche an und falle endlich. Ich sehe nackte Beine von unten und Absatzschuhe und Brokerhosen. Was machen wir nur alle, mit dieser unglaublichen Hilflosigkeit? Was machen wir nur, wenn wir keinen haben, an den wir uns klammern können, um nicht im Sumpf unserer Peinlichkeit unterzugehen?

Die chinesischen Kätzchen schnurren um die gelangweilten Broker herum. Mag sein, dass sie einen reichen Mann wollen, weil sie keine bessere Idee haben oder sich nicht eingestehen können, dass sie einfach irgendwen wollen, der ihnen die Hand hält, wenn sie Angst haben, vor der Schlaflosigkeit, bei Nacht. Unser Versagen, Liebe zu finden, ist das, was bleibt, am Ende.

Liegen ist ein Fortschritt. Ein hoher Pfeifton in den Ohren blendet die Musik aus, die Geräusche werden dumpf, die Menschen verschwimmen freundlich zu einem großen paillettenbesetzten Nichts. Neben mir kauert plötzlich jemand in der Dunkelheit, die Scheinwerfer machen es unmöglich, sein Gesicht zu sehen.

»Sie sehen verzweifelt aus«, sagt er mehrfach so nachdrücklich, dass ich ihm nicht widersprechen möchte.

»Ich brauche was zu trinken«, erwidere ich, und mir dämmert, dass ich in meiner Sprache rede und der Schatten es verstanden hat, denn mir wird eine Flasche gereicht.

»Sehen Sie, Sie leiden, weil Sie sensibel genug sind, zu spüren, was auf uns zukommt.« Ich schaue den Umriss glasig an. Er kommt mir vertraut vor. Aber in der halbdunklen Umgebung und unter Alkohol vermag ich mich nicht zu erinnern, wo mir dieser Umriss schon einmal begegnet sein könnte. »Glücklich zu sein hat mit Unwissenheit und Dummheit zu tun, bei dem, was uns bevorsteht«, sagt der Umriss, und mir scheint, dass er seine Stimme verstellt. »Es wird einen Tsunami geben, gegen den der von 2004 wie ein Spaßvogel scheinen wird.« Der Schatten redet ausführlich von Atombombenexperimenten, und solcherlei Berichte versetzen mich auch ohne Alkohol umgehend in eine schwere Katharsis. Die Illuminaten, die CIA, die Außerirdischen, es ist mir so gleichgültig, was von all den Verschwörungstheorien wahr ist und was nicht, ob ich überwacht werde und manipuliert. Der Klassenkampf ist verloren, war vorbei, lange bevor Menschen an Flughäfen nacktgescannt wurden. Ich mag die Idee, jemand müsse mich abhören und an meinem öden Leben teilhaben.

Nach einer Viertelstunde, es kann auch weniger oder mehr Zeit vergangen sein, kommt der Mann zum Punkt. Er hat Baupläne und genaue Anleitungen, um eine Art Arche zu bauen, mit der man garantiert überleben wird. »Du bist es wert, Teil unserer schwimmenden Gemeinschaft zu sein und die neue Erde zu bevölkern.«

»Das wüsst ich aber«, lalle ich freundlich. Der Umriss steckt mir ein Papier in die Jacke und entfernt sich.

Im Verhältnis zu den anderen Anwesenden, das erkenne ich, ist der Umriss ein Zwerg. Ein Zwerg, der in meiner Sprache zu reden weiß und Baupläne für ein Rettungs-Ufo verteilt. An irgendetwas erinnert mich das. An was nur, denke ich, bevor ich übergangslos auf den Boden kippe.

Damals.
Vor drei Monaten und ein paar Tagen.

Jeden Morgen frühstückten wir in dem Café eines Chinesen, der vermutlich davon träumte, so etwas wie Starbucks zu gründen, mit seinen selbstgebackenen Muffins und wie all diese Teile heißen. Er stellte uns, ohne je gefragt zu haben, zwei Blaubeermuffins und Kaffee auf den Tisch. Wir beobachteten die Menschen, die auf die Fähre eilten, was mir immer ein Rätsel bleiben wird, dieses Sich noch mal Umdrehen, zehn unbequeme Minuten lang tun, als gäbe es die Welt nicht, und dann rennen müssen und Angst haben. Aber vielleicht brauchen viele das Adrenalin, sonst würden sie sich daheim unter den Tisch legen und warten.

Wir hatten die ersten zwei Wochen eindeutig zu viel sehen wollen. Dass so etwas nicht gutgeht, ist einem aus dem Leben hinreichend bekannt.

Wir hatten zehn Inseln besichtigt, die zu einer zusammenflossen, Fahrräder, träge Chinesen, angespülte westliche Menschen mit zu braunen Gesichtern und zu irren Augen, als dass man sie hätte ernst nehmen können. Wir waren durch Hongkong gefahren, gelaufen, hatten Cafés und Restaurants gesehen, Vögel und Blumenmärkte, Rennbahnen und Grün, Menschen und Fußschmerz, Aufregung und Berge und Jacky Chan. Dann stellten wir die Betriebsamkeit ein und begannen unseren Tag im Café. Meist gingen wir danach über die Insel, ein Weg mit Betonplatten, wie die alten Autobahnen, ob der Führer hier gewesen war? Das tropische Zeug versuchte den

Beton zu verschlingen, aber einen Führer verschlingt man nicht zum Frühstück. Am Strand, wo der Betonweg endete, packten wir eine Strandmatte aus und meine silberne Thermostasse, in der ich Tee transportierte, wir legten wichtige Bücher in den Sand. Nach wenigen Zeilen waren wir jedoch abgelenkt durch den Himmel, der so weich auf uns fiel, durch das Meer, das tat, als sei es ein Eichhörnchen, durch die kleinen Paare, die sich so ähnelten und Drachen steigen ließen. Mittags aßen wir Nudelsuppe im immergleichen Restaurant neben dem Strand, und ich war froh, dass der Mann nicht kompliziert war und nicht jeden Tag ein neues Restaurant ausprobieren musste, das ihm dann doch nicht zusagte, leise dankte ich mir, dass ich so weise gewesen war, im rechten Moment eine gute Entscheidung zu treffen. Nicht nach dem zu suchen, was uns französische Filme zeigten, Begierde, nächtelange Diskussionen über Gefühle, um die Leidenschaft wieder zu beleben, Geschlechtsverkehr unter regennassen Laternen, Leiden, viel, viel Leiden und am Ende schweigendes Sitzen in einer französischen Küche, dann steht einer auf und geht, ohne die Tür zu schließen. Diese große verständliche Unmöglichkeit, Liebe als das zu beschreiben, was sie im guten Falle ist und was ausschließlich mit Bären in Höhlen zu tun hat.

Nach der Suppe lagen wir wieder am Strand oder machten träge kleine Spaziergänge.

Manchmal fiel ein seltsamer Regen, nie laut, er legte sich wie Dampf auf Menschen und Häuser, machte die Wege glänzend und die Geräusche von Vögeln, die man nie sah, lauter, weil es hallte in der Feuchtigkeit. Später kauften wir uns unbekannte chinesische Produkte, die vielleicht Seetang waren, und gingen in unserer Wohnung zu Bett. Lasen, lauschten den Geräuschen von draußen und beobachteten die Wohnung gegenüber. Die Gasse war sehr schmal, und wir kannten bald jedes Detail der Wohnung, deren Hauptbestandteile eine dicke Frau und ihr halbdicker Mann waren. Die Frau trug ständig ein schwarzes Strickjäckchen und ging, soweit wir in Erfahrung gebracht hatten, einmal in der Woche zum Friseur, wo sie ihren unattraktiven chinesischen Kurzhaarschnitt in Form hielt.

Sie arbeitete unentwegt und wie es aussah, war der Friseurbesuch, der frei von jedem Glamour schien, der Höhepunkt ihrer Woche. Am Morgen verließ der Mann das Haus zu einer Stunde, da wir noch schliefen, er kam später in Ölzeug heim, was die Vermutung nahelegte, er sei Fischer. Die Frau war schon lange auf, wenn wir erwachten, sie hatte entweder Wäsche auf den Balkon gehängt, kochte etwas oder saß an der Nähmaschine. Jeden Tag gegen fünf kam der Mann heim und machte alles falsch, er lief mit den Gummistiefeln in die Wohnung, setzte sich im Ölzeug an den Tisch, ließ etwas fallen oder tropfte, und dann ging der Ärger los. Jeden Tag ab fünf schalt die Frau mit dem Mann, ungefähr eine Stunde lang. Er ertrug es ohne ein Wort, mit dem Blick eines sehr traurigen kleinen Tiers. Und sie keifte, warf Dinge nach ihm, dass man sie erschießen mochte, so unverständlich waren die Worte, so schrill die Stimme. Dann wurde es meist zu dunkel in der Wohnung, die Stimme wurde leiser, und als Nächstes war zu beobachten, jeden Tag, wie der Mann und die Frau in merkwürdigen langen Hemden Hand in Hand zu Bett gingen. Man sah sie nur für einige Sekunden. Sie machten das Licht an, tapsten zu Bett und löschten das Licht wieder. Das war der

Zeitpunkt, an dem auch wir meist das Licht ausschalteten, ich mich zum Einschlafen nahe an den Mann legte und den kleinen Geräuschen lauschte, die schöner waren als alle, die ich kannte, weil sie einer machte, den man mochte, und weil er doch leben musste, um Geräusche zu machen, die mir ein Zelt bauten, in der Nacht.

Heute.
Morgen.

Ich habe noch nie davon gehört, dass Alkoholiker besonders gerne erwachen.

Sollte mich einer fragen, würde ich behaupten, dass der Morgen nach exzessivem Alkoholgenuss, hinter dem Munterwerden nach Totaloperationen und der ersten Nacht im Zelt nach der kompletten erdbebenbedingten Zerstörung des Wohnhauses, Platz drei der unangenehmsten Erwachenssituationen belegt.

Ich liege in einem der Schlitze zwischen den schönen Fassaden der Hongkonger Hochhäuser, wie Bauchschüsse, diese schwarzen Korridore, der Blick in den Himmel versperrt von schmutzigen Klimaanlagen, Kabeln, am Boden Müllsäcke, seltsamer Untergrund, Dinge, die man nicht untersuchen möchte. Mein Kopf ruht auf einem schwarzen Müllsack, recht behaglich für die Umstände, die mir nicht klar sind, eine Decke auf mir, deren Herkunft mir völlig rätselhaft ist, ein Schuh ist alleine unterwegs, und blaue Flecken an meinen Armen, die da gestern noch nicht waren, aber wenigstens sind die Arme noch vorhanden. Ich taste meine Nierengegend nach frischen Operationsnähten ab, ungewiss jedoch, wo genau sich die Nieren befinden.

Ratlos übergebe ich mich, weil es mir angemessen scheint. Meine Tasche und mein Geld sind noch da. Dafür liebe ich die Hongkonger. Sie packen Müllsäcke unter Touristenköpfe und stehlen nicht einmal Handtaschen. Davon, dass mich jemand vergewaltigt haben könnte, ist auch nicht auszugehen. Außer in Kriegsgebieten werden ältere Damen selten vergewaltigt.

Meine Beine sind noch vorhanden, darum stehe ich auf. Zu meiner ausgeprägten Übelkeit gesellt sich ein summender, dumpfer Kopf und Schmerzen in allen Gliedmaßen. Meine Schlafstätte befindet sich an einer Straße, die mir vertraut ist, von hier kann ich in Minuten bei der Fähre sein. Beim Gedanken an ein Boot übergebe ich mich erneut, was mir sicher unangenehm wäre, sähe ich mich imstande, solcherlei differenzierte Gefühle zu entwickeln.

Trotz der unangenehmen Begleitumstände ist der Zustand nach dem Alkohol unbedingt dem ohne vorzuziehen. Die Aufgabe, meine schuhlosen Füße voreinanderzusetzen und ein anmutiges Gesicht zu machen, ist erfüllend. Selbstredend ist die Bootsfahrt mit einem Kater genau so, wie jeder, der Erfahrung mit Überdosierung von Rauschmitteln gemacht hat, sich die Sache vorstellt. Ich verbringe die gesamte Überfahrt, ungefähr hundert Stunden, auf der Toilette.

An Land bewege ich mich sehr unsicher, den Zustand überstandener Trunkenheit deutlich ausstrahlend. Keiner nimmt Notiz von mir. Die Chinesen haben sich an Ausländer am Rande der Katastrophe gewöhnt. All die ausgebleichten, rotgesichtigen westlichen Menschen, die verzweifelt versuchen, ihr Heimweh zu vergessen. Vergessen gibt es nicht. Ein gepflegtes Pegeltrinken muss erlernt werden. Ich bin zu dicht von Menschen umgeben. Die Alkoholvergiftung meines Körpers macht mich empfindlich, die Haut schmerzt, die Geräusche sind schrill, vielleicht bin ich zu lange hier und beginne die Gesichter zu lesen. Es sind für mich keine einfachen herzensguten Chinesengesichter mehr, ich sehe die Verbitterung um den Mund und die trüben Augen, und es hat doch keiner das bekommen, von dem er glaubte, dass es ihm zustünde, und wie er sich das Leben vorgestellt hatte als junger Mensch, so war es doch nie geworden.

Ich ertrage das Übermaß an Informationen nicht, das durch zu große Klarheit entsteht, durch die Transparenz eines angeschlagenen Organismus. Wende den Blick zum Boden, der sich öffnet, und in seinem Schlund taucht eine riesige Flasche mit Teufelskopf auf. Kurz vor der Masseurwohnung, die zu betreten mir natürlich unangenehm bevorsteht, hole ich mir noch eine mittelgroße Flasche mit Alkohol. Keine Ahnung, um was es sich handeln mag. Vielleicht ist es Rattengift, dann wären die Würfel gefallen. Ich könnte eine Nationalhymne singen, den Arm zum Gruß heben und der Auflösung meiner Organe mit Freude beiwohnen.

Die Wohnung ist angenehm leer. Ich kann in mein Zimmer, da sich auch meine Sachen noch in den Schränken aufhalten und die Koffer nicht vor der Tür. Ich reinige mich, ziehe mir ein freundliches Nachthemd an und freue mich aufrichtig auf die neue Freundin, die mich erwartet. Während der ersten Züge studiere ich die Baupläne der Arche Noah, die mir, wie ich mich vage erinnere, irgendjemand zugesteckt hat, ein unbehagliches Gefühl begleitet den Versuch, mir vorzustellen, was gestern passiert ist.

Die Pläne enthalten, soweit ich sie verstehe, konkrete Anleitungen für den Bau eines strahlensicheren Boots aus Metallteilen. Und für den im Anschluss zu begehenden Suizid durch die Injektion von Kochsalzlösung in eine Vene.

Damals.
Vor drei Monaten.

Draußen herrschte ein schweres Gestürm. Das Meer klatschte über die alten Steinmauern, die Bäume lagen fast am Boden, durch die Gasse wehten losgerissene Kochtöpfe und Wäschestücke. Es stand außer Frage, den Tag im Bett zu verbringen, und ausgelost musste nur werden, wer etwas zu essen holen würde.

Natürlich der Mann, denn er ließ mich nie etwas holen, tragen, verrichten, zu dem ich keine Lust hatte.

Als wir noch lagen und in den Sturm schauten, wurde mir die einfache Formel meines Glückes klar: Ich fühlte mich nicht. Weder empfand ich mich als überraschend originell oder störend, ich hörte meine Stimme nicht, überprüfte meine Scherze nicht, ich war einfach da, in einer wesenlosen Form, die ich vielen wünschte.

Der Mann hatte die Wohnung verlassen, und ich sah ihm nach. Seine roten Haare leuchteten über all den dunklen, nassen Köpfen, es schien, als bewegten sich alle anderen in der doppelten Taktzahl. Ich hatte Mühe, ihn nach wenigen Metern noch zu erkennen, in schweren Böen trieb mir Regen ins Gesicht, der Sturm zerrte an den Fensterflügeln, und ich begann, mich nach fünf Minuten Abwesenheit des Mannes um ihn zu sorgen. Er hätte ins Meer geweht werden können oder von einem Dachziegel erschlagen, die Welt draußen war ein Hort der Gefahren, und einigermaßen sicher fühlte ich mich nur, wenn er neben mir war und ich ihn anfassen konnte.

Nach den vier Jahren, in denen ich mich ausschließlich mit der neuen Form meines Lebens beschäftigt hatte, nach dauerndem Glück und großer Zufriedenheit, öffnete sich die Erde ab und an wieder und zeigte mir, was sich in ihrer Mitte befand. Mein altes Leben, die ermüdenden Muster und Gedanken, die zu nichts führten außer zu tiefer Verzweiflung und dem Wunsch, sich in einen Lurch zu verwandeln. Ich starrte auf die Gasse, keine roten Haare zu sehen, nur Menschen, die vorübertrieben, sich mit Mühe auf den Beinen hielten.

Sieben Minuten nachdem der Mann die Wohnung verlassen hatte, kam es unten zu einer großen Aufregung. Wie aus dem Wasser tauchte aus dem Regen, der senkrecht in den Himmel stand, eine Gruppe dunkel in Ölzeug gekleideter Chinesen auf. Sie trugen einen leblosen Körper durch die Gasse der Passanten, die sich bildete; durch das aufgeregte Tuscheln liefen sie, fast im Gleichschritt, die Gesichter abgewandt, um schließlich an der Tür der Dame, deren Leben wir täglich beobachteten, zu klopfen. Ich sah, wie die Frau im ersten Stock von ihrer Nähmaschine aufsprang, aus dem Zimmer rannte, die Tür öffnete und sich schreiend über den leblosen Körper warf. Es musste sich um ihren Mann handeln, er war nicht zu erkennen, im Ölzeug und mit dem vermutlich von einer Schiffsschraube zerstörten Gesicht. Noch eine Weile standen die Passanten und die Fischer um die Frau, die Leiche, der Regen hielt für ein paar Sekunden still.

Ich ahnte plötzlich, dass sie mit dem Gezeter, das sie an den Abenden zuvor erzeugt hatte, mit dem Geschreie und Geschimpfe versucht hatte, das Schicksal zu betrügen.

Es hatte ihr nicht geholfen.

Natürlich nicht, den Schmerz kann man doch nicht in kleinen Dosen im Voraus konsumieren, ihn abschwächen, nichts macht das Elend erträglicher, das einen befällt, wenn eintritt, wovor man sich immer am meisten gefürchtet hat.

Kurz nach dieser Szene, die Polizei war unterdes eingetroffen, kam der Mann mit dem Essen zurück. Er wunderte sich vielleicht über die Tränen, mit denen ich ihn begrüßte, er wunderte sich und war nass. Er war nur nass geworden. Man konnte ihn abtrocknen.

Heute.
Mittag.

Der Masseur liest die Bauanleitung der Arche Noah und trinkt währenddessen von meinem Alkohol. Wir haben vermutlich beide gut einen im Tee, am Boden befinden sich alte Küchengeräte, denn vor einer halben Stunde, nach dem fünften Glas, kam der Masseur auf die Idee, die Arche nachzubauen. Jetzt liegen Rührlöffel auf dem Boden, und ich verstehe nicht, warum wir erst ein Boot bauen müssen, um uns danach mit Salzlösung umbringen zu dürfen. Aber vielleicht muss man sich die guten Dinge verdienen, so wie ein delikates Essen mit einer anstrengenden Wanderung und einen albernen Urlaub mit einem Jahr deprimierender Bürotätigkeit. Da sitzt der Mensch, wenn er nicht Archen baut, und träumt von Ursprünglichkeit, von einer Farm in Afrika, vom Überwintern auf Mallorca, einem Rentnerdasein im Grünen, das er sich aber erst mit einem widerwillig verbrachten Leben verdienen muss.

Da das Kind erst am Nachmittag aus der Schule kommen würde und der Masseur zu betrunken zum Massieren ist, gehen wir an den Strand, um dort nachzudenken, auf meine Bank, die zweite Flasche unbestimmbaren Alkohols zwischen uns. Das Meer ist grau verhangen. Ob es Haie gibt hier, wir sind ja in China, in den Tropen, irgendwo weit unten, wo Haie leben, und ob es wohl schnell geht, das Gefressenwerden?

»Ich habe sie nie wahrgenommen«, sagt der Masseur, er pausiert kurz, wie um die Atmosphäre zu prüfen, ob sie genug Platz bietet, und ich richte mich auf einen trunkenen Monolog ein, der dann auch beginnt.

»Sicher waren wir irgendwann verliebt gewesen, als wir sehr jung waren, aber ich kann mich daran nicht erinnern, es ist wie mit einer Grippe, man kann sich nicht an die Gefühle des Krankseins erinnern, wenn man genesen ist, wissen Sie, was ich meine?« Ein kurzes, stilles Nicken, mehr Einsatz ist nicht gefragt, und leise fährt er fort. »Wir sind zusammengezogen, nach der Heirat, ich habe meine Massagepraxis aufgemacht, sie hat in der Stadt gearbeitet. Bestimmt waren da aufregende Momente, sicher waren da geschlechtliche Dinge, die großartig waren, ich war ja jung und sie meine erste Frau, sicher gab es das Gefühl, das Leben begänne und wir könnten alles erreichen. Aber ich habe es vergessen. Erinnern kann ich mich an die Geburt unserer Tochter. Ich hätte fast geweint. Ich war in dem Maße aufgewühlt, wie man es nur ist, wenn man der Geburt von Schildkröten oder Ähnlichem zusieht. Eine Naturgewalt. Neues Leben. Die Trauer erreichte ich erst später. Als die Frau mit dem Kind nach Hause kam, denn das bedeutete, dass die Jugend vorüber war und ich nun ein Erwachsener und dem Ende näher. Obwohl mir doch Frau und Kind hätten nah sein müssen, spürte ich mich doch nur selber. Ich hatte das Gefühl, dass ich mich im Zweifel immer für das eigene Überleben entscheiden würde und nicht für das der Frau oder des Kindes, wenn der Tod denn fragen würde. Nach den ersten Monaten der Eingewöhnung herrschten vermutlich Aufregung und Angst, so ein kleines neues Menschenleben, eine Familie, wie sie sich einrichtet, sich für einzigartig hält, wie sie kämpft gegen den Rest der Welt. Wie man doch glaubt, als Einziger heilig zu sein. Und wie schnell die

Zeit vergeht und sich alles abnutzt. Die Tochter begann, am Abend wegzugehen, daran mag ich mich erinnern, an das: Die Tochter geht am Wochenende allein weg, und an den Schock, mich sitzen zu sehen mit der Frau und zu warten, und ein imaginäres Strickzeug schwebte im Raum, und wir waren alt geworden. Über Nacht von einem jungen Paar mit Kind zu einem alten Paar, das auf die Tochter wartet. Sehr weit entfernt die Zeit, als wir uns täglich berührt und umarmt hatten. Irgendwann waren wir uns so zu Gegenständen geworden, und völlig unmöglich, einander anzufassen. Da war ein Meer zwischen uns. Keine freundliche Stimmung, sondern gar keine. Und meine Gefühle für meine Frau waren dieselben, die ich für das Haus empfand, das wir irgendwann gekauft hatten. Dass sie mir so fehlen würde, habe ich erst gemerkt, nachdem sie weg war, die Leichenträger sie abgeholt hatten und es so still war, dass es mir in den Ohren schmerzte. Da merkte ich erst, dass alles von ihr durchdrungen gewesen war, die Blumen in der Wohnung, der gute Geruch, die Wärme des Bettes, alles war sie gewesen, und ohne sie war es nur kalt und Beton. Es ist so furchtbar langweilig, zu erkennen, dass man ist wie alle anderen. Mit dieser Dummheit, erst im Nachhinein zu begreifen, wie gut man es gehabt hatte, wie sehr man einen Menschen geliebt hat, wie unwiederbringbar so ein Leben ist und der glückliche Umstand, dass einer da war, der zu einem gehalten hat. Als sie weg war, meine Frau, fielen mir alle Situationen ein, die ich vorher nie bewusst genossen hatte. Wie lieb sie zu mir gewesen war, wenn ich krank war. Wie sehr sie an mich geglaubt hat und mir vertraut hatte. Sie hatte mir das Gefühl gegeben, wichtig zu sein. Als Mann, als Vater, als Ernährer dieser kleinen albernen Familie. Danach war nur noch ich, ein alter Mann mit einem Massagesessel. Die Erbärmlichkeit wird einem nur allein klar. Der richtige Mensch macht uns all die Anmaßung vergessen, mit der wir normalerweise ausgestattet sind, diese dumme Frage nach dem Sinn, der eigenen Wichtigkeit und der Drang, Spuren zu hinterlassen, das fällt einem nur ein, wenn man sich alleine fühlt.«

Der Masseur schweigt. Es ist wohl alles gesagt, und mir fällt nichts ein, als durch den Alkohol gelockert meinen Arm um ihn zu legen, was ich sonst nie gewagt hätte. Er ist kein Mensch, den man schnell berührt, aber mit einigen Promille im Körper fühlt es sich angenehm an. Der Masseur küsst mich plötzlich. Dann sitzen wir schweigend nebeneinander, das Meer ist völlig in einer Regenwolke verschwunden, die Insel löst sich im Universum auf.

Damals.
Vor weniger als drei Monaten.

Als hätte es kein Gestern gegeben, weder ein totes Schwulenpaar, weder den Sturm noch den toten Fischer und seine Frau, die vermutlich starr auf dem Bett lag, den Regen nicht und den Weltuntergang nicht, war der Tag ein sauberer, sonniger, frischgewaschener, der den Menschen mit großer Gleichgültigkeit zeigte, was sie bedeuten.

Der Himmel war zu blau an diesem Tag, weit hinten schoben sich vom chinesischen Festland gelbe Wolken zusammen. Das wollte ja keiner zu genau wissen, was das heißt, eine Million Auto-Neuzulassungen wöchentlich und die Sonne nie sehen können wegen des ungebremsten Willens, reich zu werden. Mit allem, was das beinhaltet. Es war ein Donnerstag, der Tag, an dem in einem Kiosk in Hongkong eine Woche alte Magazine von zu Hause erhältlich waren, die ich mir immer gekauft hatte, weil ich zunehmend Sehnsucht nach Vertrautem spürte, die kurz durch das Studium bekannter Prominentengesichter gestillt worden war.

Ich war träger Stimmung, wollte im Bett bleiben, zugleich wusste ich, dass meine Laune nicht besser würde, denn es schien ein sehr heißer Tag zu werden, ich würde schwitzen, der Rücken würde schmerzen, vielleicht bildeten sich offene Stellen, in die Tiere kröchen.

Ich wollte keinen Ausflug machen, wollte nicht im Bett bleiben, wollte keine Nudeln mehr, und vielleicht war nach drei Wochen einfach die Zeit gekommen, da ich mich nach

Hause sehnte, um wieder etwas zu essen, das dem Kiefer Widerstand bot, Winterbekleidung zu tragen und kalte Hände zu haben, denn wenn man schon im Genuss vorhandener Gliedmaßen ist, sollte man sie wenigstens von Zeit zu Zeit in einem anderen Zustand als dem durch Hitze geschwollenen kennenlernen. Ich war eindeutig schlechter Laune, und wie immer, wenn ich schlechter Laune war, stand der Mann hilflos vor mir, die komplizierten Vorgänge in meinem chemischen Haushalt nur unzureichend nachvollziehen könnend.

Die Sonne schien, wir waren zusammen, unsere Gliedmaßen, wenn auch geschwollen, vorhanden, in seinem Universum bestand kein Grund für eine Verstimmung, er konnte sich nicht vorstellen, wie ich mich warum fühlte, und er wusste nicht, wie meiner Laune beizukommen war.

»Ich fahre rüber und hole dir neue Zeitungen und bringe ein bisschen ehrliches Brot mit«, schlug er vor und traf damit genau den Kern meines Heimwehs.

Die praktischen Angebote des Mannes, mich aus meiner schlechten Laune zu befreien, hatten bislang immer zum Erfolg geführt. Er holte Lieblingsessen, brachte Filme, fuhr mich zu Massagen oder durch Umgebungen, und nie wollte er mit mir über den Grund meiner Verstimmung reden. »Willst du wieder sterben?« war seine Standardfrage, wenn ich ihn aus Augen wie erloschenen Kratern ansah.

Ja und nein, dachte ich dann immer, denn ein gepflegtes sofortiges Ende schien immer eine Möglichkeit, die ich herzlich willkommen geheißen hätte; allein ich war mir der Verantwortung bewusst, die man für einen anderen übernimmt, wenn man das Bett mit ihm teilt. Ich konnte nicht einfach sterben: Was sollte der Mann ohne mich tun?, fragte ich mich in großer Selbstüberschätzung oder einfach in der Hoffnung, dass ich ihm so wichtig war wie er mir.

»Ich bin in zwei oder drei Stunden wieder da«, sagte der Mann, ich klammerte mich an seine Beine und wimmerte: »Geh nicht, verlass mich nicht.« Auch so ein Ritual, das wir wechselseitig vollzogen, bei jedem Abschied. Wir hielten uns kurz, dann ging er die Treppe hinunter, und ich winkte ihm aus dem Fenster hinterher, sah, wie er aus der Masse herausragte, weil er war, was mein Leben ausmachte.

Meine Laune wurde besser, weil ich wusste, dass ich einen Menschen hatte, der nicht da war, aber zurückkehren würde. Ich las etwas, das vor meinen Augen verschwamm, die Sonne fiel in den Raum, und ich in einen leichten Schlaf. Ich träumte von Tieren, die im Kreis um mich saßen wie Chirurgen und sich leise besprachen. Es ging um eine Hirnoperation. Als ich erwachte, war die Sonne schwächer geworden, es war Nachmittag, und irgendwas beunruhigte mich. Ich ging in die Küche, machte mir Kaffee, um munter zu werden, und dann fiel mir auf, was nicht stimmte. Es war die Zeit. Der Mann war seit vier Stunden weg.

Vermutlich suchte er Brot oder eine Überraschung, oder er saß in einem Café, vielleicht genoss er es einfach, einmal ohne mich zu sein.

Vier Stunden waren wenig, bedachte man, dass allein die Überfahrt zwischen zwanzig und vierzig Minuten dauerte, abhängig davon, ob man ein Schnellboot nahm. Ich versuchte mich zu beruhigen, anzugehen gegen die Angst, ihn in einer fremden Stadt zu wissen, in einem unvertrauten Land.

In den letzten Jahren hatten wir keinen Tag ohneeinander

verbracht, entgegen allen gutgemeinten Ratschlägen Alleinstehender, wider die zeitgemäße Auffassung, dass Symbiose krankhaft und Partnerlook der Gipfel an Peinlichkeit war.

Viereinhalb Stunden, und wieder hatte eine Fähre angelegt, auf der sich der Mann nicht befand.

Heute.
Nachmittag.

Der Masseur und ich gehen, umgeben von einem Schweigen, dem nichts Vertrautes innewohnt, zurück in die Wohnung. Zwei Einsame, die sich kein Trost sein können; nur mehr Trauer erzeugen die Schritte des Anderen, weil da einer ist, der erst deutlich werden lässt, dass es sich um den falschen Menschen handelt, der neben einem läuft, ängstlich darauf bedacht, dass sich die Körper nicht berühren.

»Wir könnten es doch einfach versuchen«, sagt der Masseur. Ich weiß natürlich, was er meint. Zusammenleben, beobachten, ob wir uns aneinander gewöhnen, uns liebgewinnen, zusammen einschlafen, alt werden, sterben. Das volle Programm.

»Ich denke darüber nach«, antworte ich und denke darüber nach. Es fällt mir nichts ein, denn da herrscht eine Wut in mir über die absurde Idee des alten Chinesen, seinen Übergriff, über die Vorstellung, ich würde nach ein paar Wochen meinen Mann vergessen, mein Leben wegpacken, in eine Kiste, und hier weitermachen, in einer Welt, die mich nichts angeht und in der ich nach drei Wochen noch nicht einmal mehr Touristin hatte sein wollen.

Kim ist bereits zu Hause. Sie sieht uns an, als ob es da etwas zu sehen gäbe, mit diesem Blick, den Kinder zuweilen beherrschen und der einem Erwachsenen ein schlechtes Gefühl gibt, ohne dass man wüsste, welchen Vergehens man sich schuldig gemacht hat. Irgendwo tief unten, in dem Bereich, den man ungern betritt, findet man immer ein Unrecht, das man Kindern angetan hat, einfach weil man es kann und weil Kinder sich nur unzureichend zu wehren vermögen, außer es handelt sich um Kindersoldaten.

Der Masseur verschwindet lautlos und elegant in seinem Zimmer, nachdem er uns in eine Situation gebracht hat, in der allen Beteiligten unwohl ist.

Über der Veranda vor meinem Raum hängt das Außen gelb, sehr tief, fast zum Berühren, aber anfassen will man das nicht.

Die Situation wird immer weniger steuerbar. Mein Leben, für das ich nie einen Plan entwickelt hatte, völlig entbeint zu sehen hat etwas sehr Jämmerliches. All die Dekoration, die wir um unsere Grundbedürfnisse errichten, das Sich-gepflegt-Ankleiden, der Sport – »seit ich Marathon laufe, bin ich wie ausgewechselt«, »Kyudo hat mich Disziplin gelehrt und Respekt« –, es geht um den Fluss, nicht um das Ziel, den Moment reiner Konzentration, und die Kunst, wie können wir ohne Kunst überleben, ohne die Versuche, mehr als ein Mensch zu sein, uns aufzulösen, den Körper zu verlassen, mit all seinen unangenehmen Bedürfnissen.

Die schlechte Neuigkeit: Der Körper gewinnt. Immer.

Kim hat sich neben mich gesetzt.

Der Himmel hat sich noch tiefer gehängt, unsere Köpfe befinden sich in gelbem Dunst.

»Es war mir klar, dass Großvater dich mag, als er die Idee mit dem Ausflug hatte. Seit ich ihn kenne, war er nicht mehr in der Stadt. Nachdem du verschwunden warst, hat er dich die ganze Nacht gesucht. Irgendwann hatten wir dich gefunden, und Großvater deckte dich zu und machte es dir bequem.

Er wollte dich nicht wecken, damit du dich nicht schämen musst.«

Ich reagiere nicht, also fährt das Mädchen fort.

»Eine Frau im Haus verändert die Stimmung, denn die Unbeholfenheit der Männer macht einem als Kind schon zu schaffen. Mir ist unwohl, wenn ich mit einem Mann alleine bin. Ich fühle mich verantwortlich, ihn zu unterhalten und zu pflegen und eine angenehme Atmosphäre herzustellen. Männer können hervorragend ohne jede Atmosphäre sein, und nur wir Frauen halten das nicht aus.«

Es scheint, dass Kinder heute intelligenter sind als Erwachsene. Ich habe keine Ahnung, denn ich verkehre selten mit ihnen. Vielleicht ist auch nur Kim so eine merkwürdige kleine Studienrätin, doch ehe ich zu einem Schluss komme, fährt sie fort.

»Würde man einen Mann fragen, ob er unsere Bemühungen überhaupt bemerkt, er würde abwinken. Also heißt es, ihr Phlegma macht nur uns zu schaffen. Es ist unser Problem. Es ist unser Anliegen, uns mit dem Mann auszutauschen und es warm und behaglich zu haben. Und so können wir immer nur verlieren, weil wir eine Dienstleistung anbieten, die gar nicht gefragt ist. Bei zwei Frauen in einem Haushalt ändert sich das Gewicht. Der Mann verstummt noch mehr, aber seine Energie ist nicht mehr so spürbar. Diese schwere, schlechtgelaunte Männerenergie.«

Ich frage Kim nicht, mit wem sie ihre Erfahrungen gemacht hat, doch sie erzählt von alleine weiter.

»Nach meinem leiblichen Vater hatte meine Mutter immer wieder mal Freunde, einer war ein Milliardär. Eigentlich eine interessante Erfahrung für ein junges Mädchen, sollte man meinen. Der Mann stellte nichts her, soweit ich weiß, sondern er machte Geld mit Dingen, die es nicht gibt. Optionen, Aktien, Erdölanteilen, und sein Geld machte noch mehr Geld. Es vermehrte sich ohne sein Zutun. Er wohnte unter anderem in einem Penthouse, auf dessen Dach ein Hubschrauber landen konnte. Auf seiner Yacht konnte er das auch, in seinem Haus in Thailand, wo wir einmal waren. Es schien mir unüblich, dass solche Männer sich für eine Frau mit Kind interessieren, aber man soll Milliardäre nicht alle in einen Topf werfen. Meine Mutter hatte damals eine Ausbildung begonnen, überall fand ich Lehrbücher und Hefte, deren Inhaltspunkte ich bis heute nicht vergessen kann: Ausbildung des Lichtkörpers, Ausbildung der Hellsichtigkeit, Klärung alter Muster und Glaubenssätze, Heilen auf höchster göttlicher Schwingungsebene, Wunscherfüllungen, Ausdehnung des Herzens und der Liebe. Es ist mir bis heute unerklärlich, was sie da tat, aber vielleicht war es gerade das, was sie mit dem reichen Mann verband, denn er entwarf zwischen all seinen Anweisungen Ufos zur Weltrettung.«

Auf einmal verstehe ich den atemlosen Vortrag des Kindes. Kim redet um ihr Leben. Sie denkt, wenn sie die Stille mit ihren Gedanken füllt, hätten meine keinen Raum mehr.

Sie will, dass alles gut wird, ich hierbleibe und mit dem Masseur Vater und Mutter spiele. Sie will in Ruhe wachsen und sich nicht über die seltsame Welt der Erwachsenen Gedanken machen müssen. Sie macht mich ratlos.

Damals.
Vor weniger als drei Monaten. Nach fast fünf Stunden Abwesenheit des Mannes.

Wenn wir getrennt waren, zu Hause, wusste ich immer recht genau, was der Mann tat, in der Holzfabrik oder bei irgendwelchen Bäumen, auf Grundstücken, die mir vertraut waren. Ich hatte eine Vorstellung davon, wo er sich aufhielt, wenn er etwas vom Asiaten holte oder wenn er auf dem Markt war. Wir gingen gemeinsam zum Briefkasten, ins Bad, in den Garten, zum Doktor, in die Apotheke, selbst den Gang in den Keller planten wir zusammen, vermutlich, weil wir alt werden und noch möglichst viel Zeit miteinander verbringen wollten, ehe wir Ewigkeiten getrennt in Gräbern verbrachten.

Wie wir alle glaubten, als einzige Glück gehabt zu haben, mit unseren kleinen Familien, und verdrängten, dass es Milliarden heiliger Familien gibt, die sich halten und in der nächsten Sekunde tot sind, aus irgendeinem banalen Grund.

Ich musste raus, musste auf die Straße, musste mich bewegen, weil es nun fünf Stunden her war, dass der Mann die Wohnung verlassen hatte und er vermutlich am Anleger saß, drüben auf der großen Insel, sicher saß er da, mit einer Zeitung, und hatte die Fähre verpasst.

Kein Grund, nervös zu werden. Ich würde entspannt in ein Café gehen, etwas lesen und nur ab und an mal einen Blick auf die ankommenden Fähren werfen. Hauptsächlich aber würde ich mich genießen, die Freiheit meiner Zellen, ihre unglaubliche Aufgeräumtheit.

Im Café am Hafen saßen die, die immer da saßen. Verwitterte Ausländer und die Prostituierte der Insel, die zu treffen ich schon einmal das Vergnügen gehabt hatte.

Das Café schien ihr Büro, wo sie ihre Steuern erledigte und ihren Terminkalender mit Kundenterminen füllte, die sie telefonisch entgegennahm. Immer trug sie eine kurze Pelzjacke und war ein wenig betrunken. Nur wer die Männer und ihre Freude an Frauen, denen sie sich überlegen fühlen konnten, nicht näher kannte, würde ihren Beruf und ihre Behinderung als Widerspruch empfinden.

Ich las immer wieder die ersten fünf Zeilen eines Buches, die Konzentration nicht vorhanden, der Blick ging zum Bootsanleger, wo jetzt zum Feierabend halbstündlich Fähren eintrafen.

Alle zehn Minuten hatte ich versucht, den Mann anzurufen, hatte ihm Nachrichten geschickt und war ohne Antwort geblieben. Wahrscheinlich hörte er das Telefon nicht. Oder die Batterie war leer. So etwas passiert häufiger, als man meinen sollte.

Er würde gleich kommen. Er war immer gleich gekommen, warum sollte es an diesem Tag anders sein.

Am Anfang unseres gemeinsamen Lebens, als wir noch nicht zusammenwohnten, hatte ich ihn vom Flughafen abgeholt. Hatte Stunden vorher im Internet den Verlauf seines Fluges verfolgt, mich gefragt, was bei einem Absturz auf dem elektronischen Flugbeobachter vermittelt würde. Einfach »Verspätet«? »Gecancelt«? Ich erinnere mich noch an das Gefühl am Flughafen; die Anzeigetafel nicht aus dem Blick lassend, stellte ich mir vor, wie Seelsorger uns Hinterbliebene in Trostkabinen führen würden. Was würden sie sagen? »Kopf hoch, es muss ja weitergehen. Wollen Sie sich ein Spielzeug aus der Box nehmen?«

Er war immer gekommen. Jedes Mal war er gekommen, und ich konnte mich nicht freuen, in der ersten Stunde, befand mich zu sehr im Schock, den ich mir selbst erzeugt hatte. Er war immer gekommen. Ich konnte mir vorstellen, wie er unter den Passagieren der nächsten Fähre wäre. Wie ich ihm entgegenlaufen würde und an ihm hochspringen, und er, wie immer, ein wenig steif würde und nicht wüsste, was man mit einem Affenjungen macht, das an einem hochspringt. Wir würden essen gehen, in unserem Restaurant, egal in welchem, auf der Insel hatte es ungefähr zehn Restaurants, wir waren in jedem schon gewesen, jedes war unseres, und er würde mir die Zeitungen geben und erzählen, was für merkwürdige Menschen er getroffen hatte. Aus unerklärlichen Gründen füllten sich meine Augen mit Tränen. Ich hörte seine Stimme, mit der er wenig sprach, wir wussten doch fast alles, was wir uns erzählen wollten. Sein Blick am Morgen, wenn er erwachte, wenn ich nichts mehr wollte, als diesen Menschen beschützen und ihn festhalten für immer, und nicht daran denken, dass wir irgendwann getrennt werden könnten und ich vergessen könnte, wie seine Stimme klang.

Unterdes war die Dunkelheit gekommen, mit frischem Wind, und meine Aufregung war zu Panik geworden. Ich hatte das Café verlassen. Ich konnte nicht mehr dort sitzen und noch einen Tee bestellen und die Prostituierte bei noch einem Kundengespräch beobachten. Ich stand am Anleger und sagte mir: Zwei Fähren noch. Zwei warte ich noch und dann. Dann wusste ich nicht. Zwei Fähren kamen, es war neun, der Mann war nicht an Bord. Und ich bestieg das Boot.

Heute.
Immer noch Nachmittag.

Der gelbe Himmel hat sich bis in die Gasse gesenkt, alle Geräusche verschwinden in ihr, die Umrisse der Personen unscharf. Ich schaue die roten Keramiksteine am Boden der Terrasse an, das grüne Metallgeländer, das gegenüberliegende Haus, in dem einige Bären gerade um ein Lagerfeuer sitzen, in das sie Kartoffeln an Spießen halten. »Komm, wir sehen nach, was dein Großvater macht«, sage ich, um dem bettelnden Blick des Kindes zu entgehen, der Erwartung, deren Freund ich im Allgemeinen nicht bin und die ich im Besonderen nicht erfüllen kann. Die Wohnung besteht aus einem großen Raum, in dem der Esstisch steht und der Behandlungssessel des Masseurs, ein langer Gang führt ins Bad, in die Küche und in die drei Zimmer, die von uns bewohnt werden.

Der Masseur ist gerade bei der Arbeit. Er behandelt eine ältere Dame, die vermutlich jünger ist als ich. Mehrfach war ich im Wohnzimmer gewesen, während der Masseur Kunden hatte, es stört hier niemanden. Zum einen ist der Chinese sehr zurückhaltend, wenn es um Körperlichkeiten in Beziehungen geht. Man sieht sie sich halten und streicheln, aber selten küssen, und nie fassen sie einander ans Gesäß oder tragen zu freizügige Kleidung. Außer sie arbeiten als Prostituierte.

Auf der anderen Seite berühren sie Fremde sehr schnell, haben keine Scheu vor Massagen oder der Zurschaustellung von Gesang, Tanz oder Gymnastik in der Öffentlichkeit.

Die Kundin lässt sich jedenfalls nicht stören. Kim bereitet

Tee, mit dem wir uns an den Tisch setzen und darauf warten, dass irgendwas passiert, was besser ist als das Warten auf einen anderen Zustand.

Ich versuche mir vorzustellen, dass ich hierbleiben würde. Akzeptieren, dass mein altes Leben weg ist. Außer Haus gegangen, um Zigaretten zu holen. Mit der Zeit werde ich vergessen. Alles vergisst man, das Gute und Schlechte, und man gewöhnt sich an andere Umgebungen, Menschen, Zustände. Der Zustand hier würde vielleicht nicht immer so fremd bleiben. Ich könnte die Sprache lernen, mit den Frauen in den Geschäften reden, meine Gebrauchsanweisungen schreiben, an den Strand gehen. Ich würde Bekanntschaft mit den hier lebenden Ausländern machen und würde Paare, die Marc und Sue heißen, in ihren Häusern besuchen, wir würden BBQ machen und ein wenig über daheim reden, was bei Marc und Sue England wäre. Nein, wir vermissen England nicht, würden sie sagen, die Kinder gehen hier in die internationale Schule, das Wetter ist prächtig, und nie hätten wir in London ein eigenes Haus, geschweige denn mit Meerblick. Dann würden Marc und Sue sich verliebt wie am ersten Tag ansehen und aneinanderschmiegen. Ich merke kaum, dass ich weine, erst als ein paar Tränen auf meine Hand tropfen, weiß ich: So würde mein Leben aussehen, wenn ich bliebe. Ich würde genau hier sitzen, an diesem Tisch, und weinen, Tee trinken und warten.

Damals.
Vor weniger als drei Monaten. Nacht.

Vielleicht würde der Mann genau auf jenem Boot sein, das dem meinen entgegenkam. Ich würde ihn sehen, wenn er da stünde, alle überragend, mit einem weißen Hemd, und seine Haare stünden wie Feuer um seinen großen Kopf. Ich würde ihn sehen, auf dem Boot, das uns entgegenkam, doch ich sah ihn nicht. Ich lief auf dem Deck, von links nach rechts und wieder zurück, ich konnte nicht sitzen, unmöglich, zu sitzen und die Lichter anzusehen, in den Hochhäusern, ein schönes Bild, so romantisch, und die kleinen Familien, die auf Sofas lümmelten, aneinandergepresst, sich kraulend.

Ich konnte nur laufen. Auf diesem verdammten Boot hin und her und denken, vielleicht hatte er jemanden getroffen. Sehr unwahrscheinlich, denn der Mann kannte kaum Menschen, aber die Möglichkeit, dass er gerade an jenem Donnerstag einen Tessiner in Hongkong getroffen hatte, war durchaus gegeben. Er hatte sich festgeredet, er redete wenig, aber vielleicht war es ausgerechnet an jenem Tag aus ihm gesprudelt, geflossen, all die Jahre des Schweigens hatten sich pulverisiert in einen Strom von Worten, den er nicht zu stoppen vermochte. Vielleicht wollte er einmal mit einer Prostituierten schlafen. Mit einer chinesischen Prostituierten, mit einem Schielkätzchen, Männer haben zuweilen solche Ideen. Vielleicht war er verunglückt, über die Tramgleise gestolpert, beide Beine gebrochen, und war im Krankenhaus und der Telefon-Akku leer, und die Schwestern des Englischen nicht mächtig. Vielleicht hatte er einen tödlichen Unfall gehabt. Schneller laufen. Auf dem Deck, ängstlich beobachtet von Passgieren.

Jeden Tag verunglücken Menschen tödlich. Ein Auto, von einem Greis gelenkt, das in die Menge rast, ein umgefallener Kran, ein Junkie mit einer Machete, der durchgedreht ist und Leute enthauptet, willkürlich.

Das Boot legte am Schiffsterminal an. Tausende waren unterwegs, mit ähnlichen Zielen. Irgendwann wollen sie doch alle nur nach Hause, egal, wie glänzend der Beruf ist, egal, wie obsessiv die Party war, sie wollen irgendwohin, wo sie die Schuhe ausziehen können und sich das Gesicht waschen und in alten Kleidern auf Betten schmieren. Wenn sie sich nur damit begnügen wollten, die Idioten, wenn sie nur nicht selbstgerecht durch ihr Leben jagen wollten, umgeben von einer Wolke des Hasses auf alle, die nicht sie waren.

Ich hasste alle.

Sie standen mir im Weg, sie sahen meine aufgerissenen Augen, rochen meinen Angstschweiß, sie wichen mir aus, im besten Fall, oder machten mich über sie stolpern. Ich lief schnell, kurz davor, zu rennen, am Pier entlang, alle Anleger prüfend, und dann in Richtung des Rolltreppenviertels, da kannten wir uns aus, da waren wir immer gewesen, es gab keinen Grund für ihn, in der Nacht auf den Berg zu steigen, im Dunkel auf die Stadt zu sehen, wozu?

Es war halb zehn, vielleicht auch nicht, die Uhren verschwammen im Vorübergehen, Vorüberschieben, im Rolltreppenviertel wurde geschoben. Die Ausgeher waren auf der Straße, sie sahen aus, als sei nichts passiert. Die schönen Mädchen, die arschgesichtigen Banker, die zu großen Ausländer mit roten Beinen und Köpfen und Button-down-Krägen, was wollten sie nur hier in diesem Land, das sie nichts anging.

Wären sie bloß zu Hause geblieben. Der gesunde Mensch liebt doch den Ort, dem er entstammt, und hält diese Stelle für unverwechselbar, denn sie berichtet von alten Sagen und Bräuchen und der Schönheit der Natur, selbst wenn der Ort in Tschernobyl stationiert ist. Gut eingerichtet, diese Heimatliebe, von der Natur. Es können nicht alle nach Hongkong oder Paris, oder an die Amalfiküste. Bleibt zu Hause, ihr Idioten, und geht mir aus dem Weg.

Ich sah in jedes Restaurant, jede Bar, ich kroch über den Nachtmarkt, von oben nach unten. Mit der Rolltreppe fuhr ich zum am Berg gelegenen Ende der Straße und lief. Immer schneller, ich spürte, dass ein pathologischer Zustand eintrat. Ich konnte nicht mehr denken, nichts mehr wahrnehmen. Eine chinesische Dame sprach mich an, ich hörte nicht, was sie sagte. Sie nahm mich am Arm und führte mich irgendwohin. Ich begann zu weinen, wobei weinen das falsche Wort ist, es war eine hysterische Entladung angestauter Spannung, ein Schnappen nach Luft, etwas unbeherrscht Haltloses. Die chinesische Dame verstärkte den Druck ihrer Hand auf meinem Arm, sie redete auf mich ein, hinter einem Vorhang aus Wasser. Vielleicht brachte mich die Frau zu einem großen Loch im Boden, im Inneren ein Zerkleinerer, in den ich mich begeben könnte.

Sie geleitete mich zu einem Polizeirevier. Das hätte ich wohl auch getan, wäre ich sie gewesen, in einem verrückten Moment der Empathie.

Das hatten wir doch gelernt, dass die Polizei helfen kann und Decken verteilt bei Gewaltverbrechen, die einer überlebt hat und zitternd vor dem Haus sitzt, in dem seine Familie geschlachtet liegt.

Erlesen höfliche Beamte versuchten, mich zu beruhigen. Zu fragen, genauere Angaben, ob ich ein Foto hätte. Ich hatte ein Foto, sicher hatte ich eins, auch zwanzig, in meinem Telefon. Ich wurde in einen Warteraum geführt und konnte für kurze Zeit entspannen. Ich war bei der Polizei. Englisch geschultes Personal. Scotland Yard. Sie würden etwas unternehmen, die Tür würde sich öffnen, der Mann eintreten, mich umarmen, alles erklären, nichts Schlimmes, ich dummes Ding, so eine Aufregung, für nichts. Ich wartete vielleicht eine Stunde, dann kam ein Beamter zu mir. Mit nachhaltig schwerem Gesicht.

Heute.
Abend.

Es gibt Momente, die nie zu vergehen scheinen, weil sie so absurd sind, dass fremde Zivilisationen, die per Satellit Dokumentarfilme von Menschen aufnehmen, sich daran erfreuen. Die Zeit wird manipuliert von ihnen und ihren Kameras, und ich werde vermutlich gerade live übertragen, wie ich an einem Küchentisch sitze, einem alten Mann beim Massieren einer alten Frau zusehe, ein mir fremdes Kind gegenüber, das ununterbrochen redet.

»Die Chinesischlehrerin ist richtig alt, also sicher über dreißig, und sie hat nie geheiratet. Dabei ist sie nicht hässlich für so einen alten Menschen, aber sie sieht so unglaublich traurig aus, dass es immer besonders ruhig in der Klasse ist, während sie unterrichtet. Keiner will sie aufregen oder sie noch trauriger machen. Sie hat Krebs und wird sterben. Sagen die anderen in der Klasse. Das ist der Grund, warum sie nicht geheiratet hat. Weil sie weiß, dass sie nur noch kurze Zeit zu leben hat und keinen alleine in einer Wohnung zurücklassen wollte, in die es reinregnet. Denn in ihre Wohnung regnet es rein, sagt man. Es bildet sich bei schlechtem Wetter eine Pfütze am Boden, und sie sitzt dann da, es ist ihr kalt, und sie lässt kleine Papierboote auf der Pfütze schwimmen, in die es tropft. Nicht stark, nur unentwegt.«

Kim holt kurz Luft, um weitere Abenteuerlichkeiten ihrer Geschichte anzufügen, und ich denke mir, wie muss es der armen Frau gehen, da ihr jeder Tag am Morgen schon nicht mehr bedeutet als ein Schritt mehr auf das Ende zu. Und ob man das vergessen kann, das Bild von einem selbst, wie man verbrannt und in ein kleines Gefäß verbracht wird?

»Vielleicht hätte die Lehrerin auch keinen Krebs bekommen, wenn sie einen Menschen um sich gehabt hätte.« Kim schweigt kurz, schaut mich an, prüft, ob die Botschaft mich erreicht hat, und redet weiter. »Wer weiß, was zuerst da war. Der Krebs oder die Einsamkeit. Vielleicht steckt sie sich abends Puppen auf ihre Finger, die sie in der Höflichkeitsform anredet und mit denen sie zu Tisch geht und im Anschluss an die Pfütze, um mit den Schiffen zu spielen. Es ist eben nicht gut, allein zu sein, dann beginnt man, mit Dingen zu reden, die nicht da sind, oder sich zu freuen, wenn man rostige Dinge berühren kann und es so seltsame Geräusche macht.«

Kim gibt wirklich alles. Dann sinkt sie in sich zusammen, die Worte sind verschwunden, als hätte man einen Wasserhahn zugedreht.

Der Tee ist kalt geworden, irgendwann muss der Masseur sich zu uns gesetzt haben, in diesem unendlichen Moment, er sieht auf seine Hände, die er auf dem Tisch angeordnet hat, die Luft scheint grün, verdichtet von Enttäuschung.

Ein leiser Zorn ist in mir, denn noch vor zwei Tagen war der Masseur einfach ein alter Mann und ich eine verwirrte Touristin. Wir hatten nichts miteinander zu tun, unsere einzige Verbindung ein kleines Mädchen, über das ich gestolpert war. Kein Grund für irgendwelche Ansprüche. Kein Grund, mit einem Kuss eine Situation, die sich zu Erfreulichem hätte entwickeln können, zu zerstören.

Dass Männer immer etwas unternehmen müssen, weil sie

Ruhe nicht ertragen oder unklare Situationen, dass sie immer forsch sein müssen, wenn doch Unsicherheit angezeigt wäre und Abwarten und Ruhigsein. Fast bin ich mir sicher, dass der Masseur keine sexuellen Interessen hat, ich weiß nicht, ob Männer über fünfzig noch sexuelle Interessen haben oder ob sie allein in Erinnerung an hormonelle Zeiten lüsterne Bücher schreiben, Nackte malen oder Mädchen hinterherpfeifen. Vielmehr glaube ich, er hat irgendein Gefühl, weiß nicht, welches, und ist zu träge, sich über seine Bestimmung klar zu werden. Nun ist die Atmosphäre unangenehm, und das ist wirklich das Letzte, was ich gebrauchen kann.

Damals.
Vor weniger als drei Monaten.
Immer noch Nacht.

»Unsere Nachforschungen haben zu keinem Ergebnis geführt«, sagte der Polizist, der aussah wie ein Chauffeur. »Wir haben uns in allen Krankenhäusern erkundigt, bei allen Polizeistationen der Stadt, wir haben die Liste der aktuellen Unfälle und Schlägereien gründlich studiert. Ein Ausländer, auf den Ihre Beschreibung passen würde, ist nirgends aktenkundig. Ich würde Ihnen vorschlagen, zu schlafen und noch einen Tag zu warten. Ohne Ihnen zu nahe treten zu wollen, wir haben hier ein sehr vielfältiges Unterhaltungsangebot, wenn Sie verstehen, was ich meine. Vielleicht taucht Ihr Mann bereits morgen auf, mit Kopfschmerzen und schlechtem Gewissen. Wenn nicht, gebe ich Ihnen meine Karte, dann nehmen wir morgen Abend eine Vermisstenanzeige auf. Doch in aller Regal tauchen siebenundneunzig Prozent der Vermissten innerhalb von vierundzwanzig Stunden wieder auf.«

»Und die anderen drei Prozent?« fragte ich.

Der Polizist überlegte kurz und antwortete: »Die restlichen drei Prozent sind tot oder wirklich weg, in einer Art, die sich keiner erklären kann. Sie verschwinden, als ob sie sich in Luft auflösen, und sie tauchen nie mehr auf.«

Ich bedankte mich für die ehrliche Auskunft. Die Hysterie hatte sich durch das beherzte Auftreten einer Autoritätsperson ein wenig beruhigt. Ich funktioniere da nicht anders als fast alle Menschen. Eine Uniform oder eine ohne Selbstzweifel vorgetragene Anweisung haben auf jeden Fall eine Wirkung auf mich. Bei diesem Test, wo man das Gegenüber nach Anweisungen mit Elektroschocks quält, würde ich vermutlich wie die meisten bestehen. Ich wäre ein guter Befehlsempfänger. Und wie betäubt von der Macht der Autorität lief ich, ohne weiter darüber nachzudenken, auf die Fähre, um zurück auf die Insel überzusetzen. Ich war mir aus unerklärlichen Gründen sicher, dass sich der Mann in der Wohnung befände. Vermutlich lesend im Bett, auf die Straße schauend, beunruhigt über mein Ausbleiben. In guter Stimmung ging ich durch die Hauptstraße der Insel, mit dem, was nächtlich dort vor sich ging. Es war nie ruhig, nie tot, das war angenehm. Betrieb in den Fischrestaurants, sich laut unterhaltende Chinesen, Kinder, die bis spät nachts auf den Straßen spielten, weil man hier einfach die Tür öffnen und sie in die Nacht schicken kann, ohne jede Sorge. Ich rannte die steile Treppe zu unserer Wohnung hinauf, öffnete die Tür.

Die stille Dunkelheit der Wohnung empfing mich wie ein Schlag in den Bauch, ausgeführt von einem sehr starken Menschen. Ich konnte nicht atmen, und im gleichen Moment kam dieser Zustand des Außersichseins zurück, mit noch größerer Wucht als zuvor. Wenn selbst der Polizist nichts bewirken, wenn selbst er nicht alles wieder gutmachen konnte, wer sollte es dann? Ich fiel fast auf den Boden, krümmte mich zusammen, wimmerte, weinte, unklar im Kopf, ich wusste nicht, was das alles bedeutete, machte mir das Ausmaß des Grauens nicht klar, wie konnte ich.

Ich lag am Boden, zusammengekrümmt, hatte aufgehört zu weinen, es war ja keiner da, der mich hätte trösten können, ich konnte meine Augen nicht schließen, den Atem nicht beruhigen, ich raste in einem Lift in den Keller, den ich nie zu erreichen schien.

Heute.
Nacht.

Draußen in der Nacht, in die ich vor dem Schweigen geflohen bin, riecht es so, dass ich meine, ich würde mich daran erinnern, wenn ich jemals die Gelegenheit dazu bekäme. Eine Mischung aus feuchtem Heu und frischem Brot. Ich komme am Haus von Rob, dem toten Ufobauer und Koch, vorbei. Wie schnell sich die Welt nach dem Tod eines Menschen schließt. Wie eine Schnittwunde im Finger eines sehr gesunden Kindes.

Dass man so schreien muss, um sicherzustellen, dass man einen Platz auf der Welt hat. Immer unterwegs, um für sich selber Werbung zu machen, für seine Arbeit, seine Idee, da geht ja nichts mehr ohne Geschrei, nichts mehr ohne dauernde Arbeit, Pausen sind nicht drin, Pausen werfen dich aus dem System, aus dem System geworfen, geht es heute direkt in die Gosse, weil es keinen Ort mehr gibt für aus dem System Gefallene. Keine kleinen Strandbars in Spanien oder Hüttenhotels in Thailand, alles ist zu teuer geworden, zu voll, zu dicht. Was das wohl für Auswirkungen auf den Geisteszustand der Welt haben mag, dieses: Keine Pausen machen können, nicht nachdenken können, weil die Zeit, Sie wissen schon. Zufrieden sein mit dem, was man hat, nicht mehr möglich, es hat ja kaum einer mehr was. Oder zu viel. Und ich komme an einem Geschäft vorbei, der Teufel lenkt mich ins Innere, führt meine Hand zum Alkohol, und erleichtert verlasse ich den Laden mit einer Flasche, die so groß ist, dass ich mich wie eine Ameise fühle, die eine Hamsterleiche in den Bau zieht. Am Strand auf meiner Bank tritt nach zehn Minuten die mir bereits vertraute Verlangsamung der Gedanken ein. Träge folgt mein Blick einem Boot, das am Horizont unterzugehen scheint; zum ersten Mal an diesem Tag kann ich atmen, ohne dass der Luftstrom in Brusthöhe blockiert wird, von diesem Geschwür, das die Trauer dort hinterlassen hat. Ich bin noch nüchtern genug, um zu verfolgen, wie sich der Alkohol in mir verteilt und wie er die Körperfunktionen umgehend verlangsamt, aufweicht, wattiert und der Mund sich öffnet, bis ein wenig Speichel herausläuft. Eigentlich alles in Ordnung, denke ich, oder was ein betrunkenes Hirn so unter Denken versteht. Ein angenehmer warmer Platz, ein Meer, eine neue kleine Familie. Ich werde nicht zurückgehen in mein vertrautes altes Leben, das ich mir alleine nicht vorstellen kann. Ich werde hierbleiben und etwas Neues beginnen. Das ist ein angenehmer Gedanke, hierbleiben, mich für nichts entscheiden müssen, jetzt ist das Boot am Horizont komplett verschwunden, hat sich aufgelöst und ist als übertrieben heller Mond in die Luft gestiegen.

Zeit, zu gehen, sage ich und höre meine Stimme laut und schleppend. Ich beginne mit mir zu reden, das ist interessant, ich hebe meine Hand und folge ihr zurück ins Zentrum. Die Hand in der Luft, die vor mir hergeht und mir hilft, gerade zu laufen. Ich bin der Mensch, der am geradesten laufen kann. Weltweit. Die Hand führt mich an einer Bar vorbei, vor der zwei Chinesen sitzen, die augenscheinlich gute Freunde von mir sind. Sie begrüßen mich mit großem Hallo. Da ich eine rechte Schwere in den Beinen habe, setze ich mich zu ihnen. Die beiden jungen Männer scheinen mir sehr schön und freundlich. Ihr Englisch ist perfekter als das meine, und warum nicht noch ein wenig spontan sein, neue Menschen kennenlernen, was erwartet mich in der Wohnung des Masseurs außer einem schlafenden Kind und einem älteren Mann mit falschen Ideen? Ich beginne ein überraschend gutes Gespräch mit den beiden Chinesen, ich höre mich reden und lachen, verstehe jedoch meine Worte nicht, sie verlassen mich zu schnell, ohne nochmals eine übergeordnete Instanz zu passieren. Ehrliche Worte, ehrliche Gesten der Männer, die mich offenbar dauernd berühren müssen. Ich kann mir die Namen der beiden nicht merken, ihre Gesichter nicht auseinanderhalten, merke nur, dass einer eine Beinprothese trägt, und frage ihn nach dem Verbleib des originalen Gliedmaßes.

»Ich hatte viel Pech in meinem Leben«, antwortet er. »Von Kindheit an lief alles schief. Meine Mutter hat mich allein großgezogen, und wir hatten nie Geld.« Ich verstehe sehr gut, wovon er redet. Er redet von seiner Mutter, während der andere Mann neue Getränke auf den Tisch stellt. Das Meer rauscht im Hintergrund. Es dauert eine Weile, bis ich merke, dass es bei der Bar kein Meer gibt. Interessant. »Sie hat dann als Prostituierte gearbeitet.« Ich sinke kurz zusammen. Die Geschichte von der sich prostituierenden Mutter habe ich schon zu oft gehört, als dass es sich bei den betreffenden Damen wirklich um registrierte Huren hätte handeln können. Eher glaube ich, dass nicht wenige Männer jede Frau für eine Prostituierte halten. Speziell Jungen, die alleine mit ihrer Mutter aufwachsen, neigen dazu, aus Eifersucht jeden Mann, der mit ihrer Mutter verkehrt, für einen Freier zu halten. Ich bin erstaunt, dass ich überhaupt noch zu Gedanken fähig bin. Das Rauschen des Meeres in meinem Kopf hat sich zu einem

Wasserfall verdichtet. Die Wohnung, in der das Bett steht, in dem ich jetzt liegen könnte, scheint unendlich weit entfernt. Durch den Wasserfall höre ich des Chinesen Stimme quengeln. »Ich hatte nie eine Chance. Ich bin krank. Und es gibt keinen Arbeitsplatz für mich. Meine Mutter hat mir das Bein amputiert, da war ich acht, und sie hatte Angst, dass ich sie verlassen könnte.« Der Chinese schaut mich mit einem so verlogenen Blick an, dass es selbst mir im Zustand hoher Betrunkenheit auffällt. Vielleicht bin ich nicht so betrunken, wie ich annehme. Der andere Chinese hat sich in der Zwischenzeit an mich geschmiegt. Ich bin ein wenig verwundert. Er hat wohlriechendes, glattes Haar, das ihm lang ins Gesicht fällt, seine Kleidung ist einigermaßen gepflegt und seine Hand sehr schmal. Im Hintergrund jammert der andere Mann weiter, mir fällt auf, dass seine Zähne äußerst ungepflegt sind. Ich brauche dringend noch etwas Alkohol, denn schon wieder reißt die wattierte Oberfläche, auf der ich mich bewege, und darunter liegen unangenehm gelbe, spitze Steine. Ich trinke noch ein wenig, der Chinese mit den schlechten Zähnen und sein Freund sind an meiner Seite, und wir gehen ein paar Schritte. Die Idee ist wohl, bei einem der beiden weiterzufeiern, denn die Bar hat inzwischen geschlossen, ohne dass mich jemand um Rat gefragt hätte. Ich gleite durch die feuchte Nacht, die warm ist und nach Wasser riecht. Die Sterne stehen sehr deutlich am Himmel, doch immer, wenn ich mich auf einen zu konzentrieren versuche, verschwimmt er. Ich habe Mitgefühl mit den Sternen, die so schwach konstruiert sind. Das Mitgefühl, auf das sich der Mensch so viel einbildet, über das jedoch fast alle Tiere verfügen. Was ist von Menschen zu erwarten, die Tiere fressen?

Wir sind über die Tiefe meiner Gedanken in eine merkwürdige Wohnung gelangt. Ein kleines Loch unter dem Dach eines Hauses, das mir auf dem Weg zum Strand aufgefallen ist. Das uns damals aufgefallen war. Wir waren am ersten Abend zum Strand gelaufen. Und hatten dieses Haus gesehen, rot und zugewachsen in einem tropischen Schlingpflanzenareal. Wir hatten überlegt, wie es wäre, da alt zu werden, mit dem Sumpf gegenüber, in der Mitte zwischen Dorf und Strand. Die Nüchternheit kommt unangenehm klar. Und zu schnell. Ich sehe mich in einem Drecksloch von Zimmer, dessen Boden bedeckt ist von strengriechender Wäsche, ein Wasserhahn tropft noch nicht einmal, vermutlich ist das Wasser abgestellt. Zwei nackte Chinesen sitzen betrunken neben mir und berühren mich an Stellen, die ich momentan nicht zu spüren in der Lage bin. Mit der unbefriedigend kleinen Klarheit kommt der starke Drang, mich zu übergeben. Was ich, nachdem ich die Treppe fast hinuntergestürzt bin, im Garten erledige.

Ich schlingere zurück ins Dorf, zum Bootsanleger, ich Schiff in Seenot. Die Übelkeit hält sich im Rahmen des Erträglichen, wenn ich versuche, möglichst wenig auf und ab zu hüpfen. Nun, da ich es zu vermeiden suche, fällt mir auf, wie sehr ich hüpfe normalerweise. Statt des gewohnten Schrittes versuche ich jetzt zu gehen wie ein Zug. Ein gehender Zug. Nun gut, ich bin wohl betrunkener, als mir lieb ist. An meiner Kleidung sind Spuren sehr groben Schmutzes zu erkennen. Die Tiere in den tropischen Büschen machen Krach, als wüssten sie um mein Elend. Als wollten sie mir extra zeigen, wie verdammt putzmunter und lebenslustig sie sind. Morgen werden sie mit Weidenkörbchen auf Biomärkte gehen und mit rosigen Wangen Produkte kaufen wie ausgestorbene Apfelsorten und für sie unglaublich viel Geld bezahlen.

Am Anleger ist Ruhe. Die Fähre weg, die neue noch nicht da, der Anleger fällt krachend ins Wasser, hebt und senkt sich, es schmatzt und macht Laute, und es ist dunkel. Kein Mond zu sehen, keine Boote, keine Lichter. Ein kleiner Ruck, und ich könnte mich nach vorne fallen lassen, ins Wasser, ins Hafenbecken, in die Tiefe, in die Schiffsschrauben, in den Alkohol. Vielleicht ginge das schnell. Ich beuge mich nach vorne und sehe das schwarze Wasser an, das winkt. Wie das wäre, fernab des physiologischen Vorganges – das Salzwasser, das in die Lunge eintritt. Die Konzentration der Ionen, die in der Lunge höher ist als im übrigen Gewebe, sodass ein Konzentrationsausgleich stattfindet. Da Biomembranen semipermeabel sind, muss der Konzentrationsausgleich mit Hilfe der Diffusion von Wassermolekülen erfolgen. Die Konzentration der Wassermoleküle in der Lunge ist geringer als im anliegenden Gewebe, damit dem Gewebe Wassermoleküle entzogen werden können und die Lunge sich weiter mit Wasser befüllt. Plasmolyse. Dann zerstückelt durch Schiffsschrauben. Ich weiß nicht, wann ich mir das gemerkt habe. Unergründliche Tiefe des Gehirns, da Plasmolyse unnütz neben dem Periodensystem der Elemente und einem Musiktitel der Les Humphrey Singers liegt. Um den Kopf schwerer zu machen, ihn zu nutzen, wie Ron Hubbart das vorschlägt, dessen Werke ich einst in einer Ausstellung bewundert habe. Er hatte in meiner damaligen Sicht die Intelligenz eines normal ausgerüsteten Hausmeisters, was nicht gegen Hausmeister spricht, aber auch nicht für die Verehrer Ron Hubbarts. Oder die Anhänger von Jesus. Oder Hitler. Oder Tyohar. Oder der Rah-

Sekte. Ich habe lange gebraucht, bis mir klargeworden ist, dass ich die Menschen grandios überschätzt habe, fast vierzig Jahre lang. Leise erbreche ich mich ins Wasser. Und setze mich gerade hin, denn in mein Erbrochenes zu fallen und vielleicht noch mit Teilen davon auf einem Autopsietisch zu liegen kommt mir so unwürdig vor, wie auf der Toilette eines Flugzeuges sitzend abzustürzen.

Zeit, nach Hause zu gehen, falls es so etwas hier gibt, auf dieser erbärmlichen Insel.

Ich versuche mich leise in die Wohnung des Masseurs zu schleichen, was mir geradezu unmöglich scheint, denn das Treppenhaus ist schief gebaut.

In der Wohnung brennt noch Licht. Der Masseur steht auf, er hatte vor dem Fenster gesessen. Er kommt mir entgegen, er umarmt mich und sagt: »Ich habe mir Sorgen gemacht.«

Dann falle ich um.

Damals.
Vor zwei Monaten und fünfzehn Tagen.

Zwei Wochen waren atemlos vergangen. Ich hatte alle Krankenhäuser der Stadt besucht, alle Polizeistationen, hatte Flugblätter verteilt und eine Vermisstenanzeige aufgegeben. Ich war bei der Botschaft gewesen, hatte mit der Polizei zu Hause telefoniert und einen Detektiv beauftragt. Keine Nacht war ich eingeschlafen, ich war umgefallen, meist in meinen Kleidern, die ich nicht gewechselt hatte, seit jenem Donnerstag, seit der Mann verschwunden war. Seit er verschwunden war, dachte ich an einem Morgen, als ich aufwachte, wie ich immer aufgewacht war in den vergangenen zwei Wochen, ohne Übergang, ohne gemütliches Sichstrecken, ohne den Tag freundlich zu begrüßen.

Vom Schlafen in die Senkrechte und losgelaufen war ich, zu all meinen Terminen, Besprechungen, Übersetzern, Führern, und so wachte ich wieder auf und wollte los, und merkte: Es gab nichts mehr zu tun. Ich hatte keine Verabredung, da gab es keine Notwendigkeit, aktiv zu werden, außer alles von vorne beginnen zu lassen. Mit aufgerissenen Augen in der Anmeldung von Kliniken stehen, wahnsinnige Minuten verbringen in Hoffnung, und immer die gleichen Bilder: Eine Tür geht auf, und der Mann kommt auf mich zu. Manchmal mit einem Gipsbein, manchmal mit einem Verband in den roten Haaren, und immer halte ich ihn und werde gehalten und schwebe und es ist warm und die Welt wieder rund, weil ich nicht mehr alleine auf ihr bin, und immer das Fallen in einen

Abgrund, wenn eine Schwester kommt, so höflich und glatt und poliert und lächelnd, als hätte sie mit einem Beißholz jahrelang trainiert, sie würde die Schultern zucken und mich wieder vergessen haben, noch während ich vor ihr stünde.

Ich könnte in alle Polizeireviere laufen, in ausdrucksfreie Polizistengesichter schauen, sie beobachten, ihr endloses Stieren in den Computer und das Kopfschütteln danach und davor kein Hoffen, sondern Angst, bis zum Schwindel, dass da etwas stünde, im Computer, mit Unfall, Toten, Leichenschauhäusern, Schiffsschrauben, was auch immer mit einem Menschen passieren kann, ich wusste es durch jahrelanges Studium forensischer Bildbände.

Ich hatte in allen Bars gefragt, mit dem Foto des Mannes in der Hand, und hatte die uninteressierten Blicke der Barbesucher gespürt, warum weinten sie nicht mit mir, warum schauten sie sich sein Bild nicht an, sagten nicht: »So einen reizenden, lieben Mann haben wir noch nie gesehen. Und: Ja, gestern war er hier, er hat sein Gedächtnis verloren, irgendwo am Hafen muss er liegen.« Ich konnte nichts mehr tun, und die Erkenntnis an jenem Morgen war: Ich befand mich alleine auf einer Insel, ich war eine ältere Frau wie Millionen andere, ohne Mann, ohne ein Ziel für ihre Hand in der Nacht, ohne etwas Warmes, das sie umgibt. Eine von jenen, die sich eingerichtet haben in ihrer Kälte, im Abwarten der letzten Etappe.

Und ich saß da, an jenem Morgen, und die Welt ging unter vor dem Fenster, keinen Schritt konnte ich machen und keinen Gedanken haben, es tat zu weh, alles in mir schien wie ein Bauchschuss, nur ohne Bauch und ohne Schuss, und es war zerfetzt und Säure drübergeschüttet. Dieser Schmerz, der einen nicht atmen lässt, Hormone im Leib, Trauer, Angst,

Panik, irgendwas aus dem Tierreich, von früher. Und sich nicht bewegen können. Und leise jaulen, weil das Gehirn täuschend echte Bilder produziert: Seine Hand auf meinem Arm, sein Gesicht neben mir, wenn er schläft wie ein großes dickes Baby, sein Lachen, wenn ich ihm aufgelauert habe, ihn erschrecke, wenn ich versuche zu lügen, was ich nicht kann. Die Ruhe wie in einem geschlossenen Raum, wenn ich mich neben ihm bewege, so muss man sich als Kind fühlen, neben einem Riesen, der der Vater ist und dem man vertraut, ohne das Wort dazu zu kennen, und die Hand in seine schiebe, und nichts kann einem mehr etwas anhaben, die Menschen nicht; diese eklige kleine Spezies mit ihren spitzen Gesichtern und ihren Talgdrüsen und ihrer Beschränktheit war egal.

Ich hatte einen Menschen gefunden, der mich verstand, dem ich nichts erklären musste, der nicht an Gott glaubte und nicht an Wiedergeburt.

Und draußen ist die Welt untergegangen, es war mir völlig unklar, was ich machen sollte, mit mir und dem Bett und der Welt, die nicht mehr existierte.

Es war doch die Liebe gewesen, was am Ende bleibt.

Oder eben nicht bleibt und klarmacht, darum, dass der Rest Qual sein wird. Und Angst. Und Versagen. Und Hass. Und Leiden. Und Krankheit.

Momente der Zufriedenheit gab es beim Arbeiten, beim Lesen, beim Spazieren an Küsten, doch in den Momenten, die den Ekel, ein Mensch zu sein, vergessen machten, war ich nie allein gewesen.

Und hatte doch immer gesucht, wusste ich jetzt, nach dem, der mich meine Begrenzung vergessen lässt, den habe ich gesucht. Und leider gefunden, sonst hätte ich mir sagen können:

»Du hast es noch vor dir.« Das Erleben dessen, was die Welt zusammenhält. Ich habe es hinter mir. Ohne sentimental sein zu wollen, weiß ich, dass ich so einen Menschen nicht mehr finden werde. Wenn er weg ist, wenn er nicht wiederkommt, dann werde ich alleine bleiben, denn wie kann ich die Liebe zu dem Mann gegen eine andere austauschen? Manche können das, nachdem sie die große Liebe verloren haben. Nach ein paar Monaten haben sie eine neue. Und sagen: »Ich werde ihn/sie nie vergessen, und mit Bob/Claire ist es einfach was anderes. Eine andere Art von Liebe. Schön, dass ich das noch erleben kann.«

Ich kann doch nicht den Mann austauschen. Ich kann doch nie mehr mit einem liegen, auf seinem Bauch, Boot spielen, kann doch nie mehr mit einem lachen unter der Decke und ihn ärgern am Morgen und aus dem Bett stoßen, zum Kaffeemachen, und er ist nicht böse und wackelt in die Küche. Das kann ich doch nie mehr machen mit jemand anders, was wäre das denn für ein Verrat. Das hieße doch wirklich akzeptieren, dass ich so bin wie die um mich herum, die mich so stören mit der Grobheit ihrer Gedanken.

Und ich saß auf dem Bett und hatte keine Ahnung.

Heute.
Morgen.

Angenehm aufgewacht bin ich schon seit geraumer Zeit nicht mehr. Es ist noch eine schwache Erinnerung da, an den Morgen, den ich früher sehr mochte, noch nicht verschmutzt vom Atem der anderen, kaum Motorengeräusche, gelbe Wolken, dumme Ideen, und warm sein, sich satt fühlen, und kaum einen Unterschied spüren zwischen Aufgehobensein bei Nacht und Sichbewegen am Morgen, mit dem Tag vor sich.

Ich ändere zur Zeit nur die Position des Körpers.

Vom Schlaf, der unruhig ist und voller atemloser Alpträume, zu etwas, was steht, in hoffnungslosem Licht. Ich öffne die Augen, weil der Körper schmerzt, der Geruch fremd ist und nicht angenehm. Ich liege verkrümmt neben dem Masseur, er hält meine Hand, die Berührung ist mir kaum erträglich, meine Haare riechen schlecht, meine Kleidung ist schmutzig, und mein Kopf tut weh. Das wird ein prächtiger Tag, ich sollte meine weißen Zähne in ein margarinebestrichenes Brötchen graben und danach die Kinder mit dem Van in die Schule fahren, wo sie als Cheerleader tätig sind.

Die Erinnerung an die Nacht liegt unter schmutziger Wäsche.

Ich nicke dem Masseur zu, der aufgewacht ist, die Kopfschmerzen sind so stark, dass sich kein Gefühl des Befremdens einstellt. Auf dem Weg in mein Zimmer kommt mir Kim entgegen, die mich mit einer Missachtung betrachtet, die eventuell nur in meinem schmerzenden Kopf stattfindet. Mit einer Zunge, die sich anfühlt wie ein alter Pelzmantel, versuche ich ihr die Tageszeit zuzuraunen. Ich will keinen sehen, will mich nicht schlecht fühlen, will nicht hier sein. Als ich aus dem Bad komme, besser riechend, mich jedoch nur unwesentlich erfreulicher fühlend, sitzt Kim auf meinem Bett. »Ich weiß genau, was du tust. Denk bloß nicht, Kinder wären blöd. Wir sind einfach kleiner, aber unser Gehirn ist gleich groß wie das eines Ausgewachsenen, nur dass es dann mit weniger Sauerstoff versorgt wird, weil all die Energie in eure alten großen Gliedmaßen geht.«

Ich bin intellektuell zu schwerfällig, um diesen Gedankengang auf seine Richtigkeit zu überprüfen. »Was ich sagen möchte, ist«, fährt Kim fort, »du bist am Beginn einer Trinkerlaufbahn. Ich kenne die Anzeichen, ich habe sie bei meiner Mutter beobachten können. Natürlich weiß ich nicht, was da passiert, ob es euch glücklich macht, das Trinken, von außen betrachtet wirkt es nicht so, ich weiß auch nicht, was Süchtigsein wirklich bedeutet, ich kann dir nur sagen, es hilft nichts. Was auch immer ihr euch davon versprecht – es wird nicht erzeugt durch diese Getränke.« Kim sagt »diese Getränke«, und ich denke: Wovon redet sie? Und ich denke: Ich brauche so ein Getränk. Und zwar schnell. Ich spüre zwar eine starke Übelkeit, wenn ich an diese Getränke denke, wie sie in meinen Magen gelangen, zugleich sehne ich aber den Zustand wunderbarer Abwesenheit herbei. Unzusammenhängend fallen mir junge Männer ein, die gestreifte Hemden tragen und einen Hitlerjungenhaarschnitt und die nur den Begriff »herrlich« kennen, um Wohlgefallen zu formulieren. Herrlich. Der Zustand, das benebelte, das Nirgendwo-mehr-Hinmüssen, und kein Hunger mehr und nicht müde, denn nach dem Dämmern fällt man um. Ich sehe das Kind an, das mich aus seinen Augenschlitzen mustert, und frage mich, was ich in dieser absurden Umgebung tue, mit den Problemen mir fremder Menschen. Ein einsamer Großvater, ein einsames Enkelkind am Ende meiner Welt warten darauf, von mir gerettet zu werden, von einer, die sich nicht einmal selber retten kann, die zwischen nackten Chinesen sitzt, oder habe ich das nur geträumt.

»Ich kann deine Probleme nicht lösen«, sage ich zu Kim. Und will raus, will diese Getränke kaufen, will schauen, ob ich heute den Mut habe, mich ins Wasser fallen zu lassen. Ich möchte schlafen und von roten Haaren träumen, auf einem großen Kopf auf einem Riesenkörper, der am Geländer einer Fähre steht, die auf die Insel kommt, und dann möchte ich aus dieser Situation raus, aus dieser verfahrenen, ich will nicht, dass Menschen etwas von mir erwarten. Ich erwarte doch auch nichts mehr.

Damals.
Vor einem Monat.

Montag und Freitag fuhr ich nach Hongkong und machte meine Tour durch die Krankenhäuser und Polizeistationen. Die arme Irre kommt wieder, mochten sie gesagt haben, die Polizisten, Schwestern und die Barmädchen. Wenn sie mich sahen, zuckten sie bereits in übertriebener Art die Schultern und schüttelten hektisch den Kopf. Schon gut, ich ging ja wieder, zurück in die Anstalt.

Jeden Montag und Freitag hatte ich zu tun, ich hoffte zwar kaum mehr auf einen Erfolg meiner Suche, doch ich hatte eine Aufgabe. Das Problem waren die restlichen Tage, an denen ich wartete. Auf eine Idee, auf ein Wunder, auf einen Zustand, der nicht betäubte Panik war. Die anderen Tage, die Problemtage, verliefen ohne Übergang, tropften gelb in eine Schüssel, die unter einem Leck in einem alten Dach stand.

Vor einem Monat begann ich, mir einen Tagesablauf zu gestalten, der aus täglichen Spaziergängen, Nahrungsaufnahme zu immer gleichen Uhrzeiten und dem Zählen von Gegenständen bestand.

Ich suchte während des Tages all die Orte auf, die unsere Orte gewesen waren, vermutlich, um noch etwas von ihm zu spüren, in der Luft, auf dem Mobiliar. Ich begann in unserem Frühstückscafé, bei Jack. Sein kleines Café liegt am Weg zum Strand. Jack hatte uns in den Wochen, die wir gemeinsam hier waren, jeden Morgen ohne nachzufragen ein Gebäckteil und einen Milchkaffee an unseren Tisch gebracht und hatte sich wahnsinnig gefreut, dass er uns wiedererkannte in dem Heer der weißgesichtigen Touristen und Zugezogenen, die für ihn vermutlich kaum auseinanderzuhalten waren. Wir hatten nach drei Wochen ein Café am Bootsanleger entdeckt, wo es das weitaus bessere Frühstück gab, doch hatten wir es nicht fertiggebracht, Jack zu verlassen. Nun saß ich alleine bei ihm, und er stand vor mir, mit dem zweiten Gedeck in der Hand. »Kommt Ihr Mann noch?« fragte er freundlich, und es schien, als hätte ich nur darauf gewartet. Dass endlich mal einer fragen wollte! Dass sich einer an ihn erinnerte! Und ich dadurch einsah, dass ich nicht wahnsinnig war und mir den Mann nur eingebildet hatte und mein vergangenes Leben, denn es machte mir klar, dass ich keine Chinesin und einer Anstalt entlaufen war.

»Er ist verschwunden. Nach Hongkong gefahren und nicht wiedergekommen«, sagte ich.

Der Verlust eines Familienmitgliedes ist ein Ereignis, dem man nicht jeden Tag begegnet, Jack schien erregt, und er hatte tausend Ideen, wo ich den Mann zu suchen hätte und wo ich doch schon gesucht hatte. Als ihm nichts mehr einfiel, was ich noch hätte unternehmen können, schüttelte er traurig den Kopf und brachte den Kaffee und das Gebäckteil, das für den Mann bestimmt war, wieder in seine Küche.

Das Gedeck verschwinden zu sehen hieß, schon wieder Abschied nehmen zu müssen, wobei ich ja nie hatte Abschied nehmen dürfen. Ich saß auf dem Platz, auf dem ich die letzten Wochen jeden Morgen gesessen hatte, und begann die Passanten zu zählen, die auf der Gasse an mir vorbeischwammen. Nachdem vielleicht eine Stunde vergangen war, setzte sich Jack zu mir. Er schwieg ein paar Minuten und begann dann zu reden. Leise, wie man mit einem kranken Menschen spricht.

»Meine Frau wurde schwanger. Normal. Frauen werden ja irgendwann schwanger. Aber in ihrem Fall war das ein großes Glück, denn sie hatte ihre Familie verloren, als sie ein Kind war, darum wuchs sie in einem Heim auf. Meine Frau strahlte immer eine merkwürdige Traurigkeit aus, und wenn sie einen Raum betrat, wurde es ein wenig klamm und kalt, und allen Anwesenden war, als ob sie ein kleines Kind sähen, das am Grab seiner toten Mutter stand und sagte: ›Mami, kommst du heute Abend zu mir ans Bett?‹ Es war so eine Stimmung um sie, und als sie schwanger wurde, sah ich sie zum ersten Mal so glücklich, dass ich fast eifersüchtig auf den neuen Menschen wurde, denn so ein Strahlen hatte ich nie auf ihr Gesicht legen können, selbst nicht, als wir ganz am Beginn sehr verliebt gewesen waren. Ich schämte mich dafür, aber ich muss sagen, je länger ihre Schwangerschaft andauerte, je ausgelassener sie durch die Wohnung hüpfte, umso größer wurde meine Angst vor dem Kind, das in ihr wuchs. Ich würde meine Frau verlieren, dachte ich, sie würde mit dem Kind in einem Bett liegen, in dem für mich kein Platz mehr wäre. Sie würde vertraulich mit dem Kind tuscheln, und beide würden verstummen, wenn ich mich ihnen näherte.

Ich konnte nicht mehr schlafen vor Eifersucht und Angst. Ich umklammerte meine Frau, und sie stieß mich jede Nacht von sich, im Schlaf, ohne sich am Morgen daran zu erinnern. Bei der Untersuchung durch die Frauenärztin erfuhren wir dann, dass unser Kind ein Down-Syndrom haben würde. Meine Frau war völlig starr, wie erfroren saß sie da, und die Ärztin versuchte sie zu beruhigen, indem sie sagte, dass es für eine medizinische Lösung noch nicht zu spät sei. ›Ich soll mein Kind töten?‹ fragte meine Frau ganz leise, ›ich soll ein kleines Kind mit schrägen Augen und liebem Lächeln töten?‹ Die Ärztin erklärte ihr, dass so ein Kind eine lebenslange Aufgabe wäre, und wenn wir einmal stürben, wäre es sehr hilflos auf der Welt und sehr unglücklich. Sie zählte uns so lange die Vorteile einer Abtreibung auf, bis meine Frau die Schultern zuckte und sagte: ›Wenn es für das Kind das Beste ist.‹ Aber ich glaube heute, sie wusste da schon nicht mehr, was sie eigentlich sagte. Meine Frau sprach kein Wort mit mir, als wir in der nächsten Woche in die Klinik gingen. Ich gebe zu, dass ich nicht unglücklich war über die Entwicklung. Ich dachte, das würde sich alles wieder einrenken. Ich hatte ja gesehen, wie glücklich sie sein konnte. Sie würde es wieder werden, doch diesmal durch mich.

Als alles vorbei war, umarmte ich sie und versuchte sie aufzuheitern, mit den Plänen für unsere Zukunft. Doch meine Frau ließ sich nicht aufheitern. Sie brauchte wohl noch Zeit, um über den Verlust hinwegzukommen, dachte ich. Das denke ich bis heute. Kommen Sie«, sagte Jack, und ich folgte ihm in die Etage über dem Café, in seine Wohnung.

Am Fenster des Schlafzimmers saß leise summend eine Chinesin, die nicht aufblickte, als wir das Zimmer betraten. Jack ging zu ihr, streichelte sie, und sie schaute ihn an, mit einem Blick, der klarmachte, dass sie ihn nicht erkannte.

Jack ging in die Küche, und ich hörte, wie er das Gebäckstück, das für den Mann bestimmt war, in den Mülleimer warf.

Zu sagen fand ich nichts, ich stand auf, meinen Weg fortzusetzen.

Heute.
Vormittag.

Mein Weg aus der Wohnung in den Laden, wo ich mir diverse Getränke besorgen will, führt am Schlafzimmer des Masseurs vorbei, dessen Tür ungewohnt offen steht. Als ich natürlich in den Raum schaue, sehe ich neben dem Masseur im Bett die Prostituierte der Insel. Das Bild verblüfft mich so stark, dass ich nicht, wie ich es als höflicher Mensch unter normalen Bedingungen getan hätte, schnell weiterlaufe. Ich stehe und starre die beiden an, die sehr weit voneinander entfernt liegen. Wäre ich nicht bereits gestorben, würde ich jetzt vielleicht traurig sein, wegen der Möglichkeit, die sowieso nie bestanden hatte. Ich sehe die beiden Schlafenden an, und sehr langsam tauchen Bilder auf, die sich zusammensetzen, irgendwo im Hirn, um dann zu zerplatzen. Sie zerplatzen tatsächlich, das ist interessant, denke ich, und das Am-Fenster-Sitzen-und-Teetrinken ist das erste Bild, das ich zerstöre, es platzt und fällt als Regen in meinen Kopf. Ich werde nicht erleben, wie Kim ihren ersten Freund an den Ort bringt, den ich dann als mein Zuhause bezeichnet hätte. Ich werde nicht neben dem Masseur in diesem Bett liegen, und dieses Bild verendet besonders rasant, denn ich möchte nicht neben ihm liegen. Was mich wirklich ratlos macht, ist das Hinfälligwerden einer Alternative zum: ein Flugzeug besteigen, nach Europa fliegen und mit dem Schlüsselbund mein altes Leben öffnen, das außer Haus sein wird, wenn ich in den Raum trete. Es wird bald Frühling werden im Tessin, wie soll ich den überstehen, im Garten sitzend und auf den leeren Stuhl starrend, mir gegenüber. Ich verlasse die Wohnung, ignoriere Kraft meines unbändigen Willens den Alkoholladen und gehe in das Café, das auf der letzten Ecke der Insel steht, wo ein fünfhundert Meter langer Steg zu dem auf dem Meer schwimmenden Bootsanlegerponton führt. Ein chinesisches Paar hat hier alles imitiert, was der westliche, linksaktive, ökologische Mensch zum Glücklichsein benötigt. Ein Windspiel über dem Eingang, Traumfänger in der Toilette, organischer Tee aus fairem Anbau, Gebäckteile ohne Zucker und mit der Kraft unterdrückter Kornrassen. In einem Ständer liegen die neuesten englischsprachigen Zeitungen aus, und ich nehme mir eine *Hongkong Times.* Nicht, dass mich irgendetwas, was in einer Zeitung geschrieben sein könnte, interessieren würde, ich habe allein keine Motivation, wieder starr geradeaus zu schauen, denn ich kenne das Geradeaus zu gut.

Europa scheint noch zu stehen. Ein Busunglück in Spanien, das ich von Herzen bedaure, das Licht ist zu hell, die Sonne steht direkt über mir und grinst böse.

Es gibt Tornados und Waldbrände, Überschwemmungen und das übliche Wettertheater. Ich komme zu den Seiten mit faszinierender Hongkong-Politik. Und dann zum Lokalteil, der mit dem Foto zweier mir unangenehm vertrauter Menschen beginnt. Die schwierige Bekannte hält lächelnd ihren Armstumpf in die Kamera, neben ihr steht, ebenfalls guter Laune, der unsichtbare Herr.

Der Artikel ist kurz und verrät, dass ein ausländisches Paar verhaftet werden konnte, dem Anstiftung zum Selbstmord, Besitz von Rauschmitteln sowie Geiselnahme vorgeworfen werden. Die beiden Ausländer würden an ihre Heimatländer ausgeliefert, die Geiseln medizinisch betreut.

In einem Kasten ist die Presseerklärung der beiden abgedruckt, und ich staune nur kurz, dass Geiselnehmer heute Pressemitteilungen abgeben, vielleicht beschäftigen sie auch einen PR-Berater. Aber da ist wieder diese große Traurigkeit, dass man schreien muss, um auf sich aufmerksam zu machen, und wie erniedrigend die Vorstellung, man wäre Terrorist, und keiner würde davon Notiz nehmen und die wunderbaren Terrorakte würden als normale Naturkatastrophen verhandelt. Das Paar berichtet in seiner Pressenotiz Eigentümliches.

Was ich verstehe, denn mein Englisch ist weit davon entfernt, brillant zu sein, ist vor allem, dass sie alte Werte wiederherstellen wollen. Eine Welt, in der es den Mittelstand noch gibt, angesehen und ohne Sorge. Sie wollen kleine Quartierläden, Schneider, die sie grüßen, und Firmenbesitzer, die ihrer Belegschaft noch Weihnachtspakete schenken. Sie bemühen, wie alle Machtlosen, die Moral, und deren Zerstörung schreiben sie den üblichen Verdächtigen zu, den Ausländern, Künstlern, Homosexuellen, den Jugendlichen und den Gammlern. Das Ziel der Gruppierung, der sie angehören, ist es, alle Schädlinge dieser Welt zu entnehmen und einer anderen zuzuführen. Zu den von ihnen genommenen drei Geiseln äußern sie sich unklar, es werden persönliche Motive vermutet.

Ich lese die Seite der Zeitung und verstehe nichts, außer dass die beiden Menschen, die aus meiner Vergangenheit befremdlich in mein jetziges Leben lappen, am Tod der beiden reizenden Homosexuellen schuld sind, dass sie in Verbindung mit dem Zwerg stehen, und alles wirkt, als sei es aus einer befremdlichen TV-Serie, einer, die mit den Vorurteilen der Menschen spielt und an niedrigste Instinkte appelliert, was an sich schon wieder reizend ist, denn wie anders als nieder können Instinkte sein. Und was kommt danach? Ist es dem Menschen gelungen, eine adäquate Alternative zu seinen Instinkten zu entwickeln?

Die beiden aus der Vergangenheit als Symbole dessen, was mich zum Menschenfeind hat werden lassen. Die Revolution der grauen Mäuse. Der Eiferer, der Selbstgerechten, der Religiösen, der Moralischen, der Kunsthassenden, der biederen Gartenzwerge auf den Betonrampen der Einfamilienhäuser, der Unkrautbekämpfer, der Neidischen, Bitteren, Heimatschützer.

Ich studiere das Foto der beiden genauer, im Hintergrund chinesische Polizisten in ihren Village-People-Uniformen, ein Schatten fällt ins Bild, die Umrisse eines sehr großen Mannes.

Ich starre das Bild an und bin versucht, einen Gedanken zu entwickeln, doch werde ich abgelenkt, kurz bevor er sich in eine ordentlich, Form bringen kann.

Kim steht neben mir und sagt: »Bitte, komm wieder nach Hause.«

Damals.
Vor einer Stunde.

Wir waren zurück in die Wohnung des Masseurs gegangen. Kim hatte eine Zeitlang geschwiegen und dann gesagt: »Die Prostituierte bei uns in der Wohnung, das ist meine Mutter.« Ich versuchte den Satz zu verstehen, war aber zu abgelenkt durch eine neue Ladung Tintenfische, die in diesem Augenblick in das Plastikbecken vor einem Fischrestaurant gekippt wurden. Ich hatte das Gefühl, die Tiere schreien zu hören, und fragte mich, ob die anderen das nicht hören konnten oder nicht wollten. Die Arme der Tintenfische wanden sich, und ich vermeinte sie weinen zu sehen. »Es ist uns völlig egal, ob sie sich vielleicht genauso fühlen, wie wir es täten, warteten wir auf unsere Hinrichtung. Es ist uns ja auch egal, wie sich unser Nachbar fühlt oder die langweilige Dame an der Kasse in dem Laden, in dem ich mir jetzt gleich einen gepflegten Tropfen gönnen werde«, sagte ich. Und Kim, die mir ebenso wenig zugehört zu haben schien wie ich ihr, antwortete nicht: »Die ganze Geschichte war gelogen. Ap Lei Chau, alles eine Lüge, nur die komische Esoteriknummer und der eine reiche Freier ist die Wahrheit gewesen. Meine Mutter arbeitet seit einem Autounfall, da war ich sechs, und seit sie im Rollstuhl sitzt als Hure auf der Insel. Vorher fuhr sie in die Stadt, wo sie als Sekretärin arbeitete, aber sie wurde entlassen. Als ich sechseinhalb war, gab mich meine Mutter zu meinem Großvater, damit sie ungestört arbeiten konnte. Seitdem sehe ich sie nur an unseren offiziellen Besuchstagen am Wochenende. Wir treffen uns bei dem alten Haus, das ich Ihnen gezeigt habe. Meine Mutter meint, es sei nicht gut fürs Geschäft, wenn die Männer wüssten, dass sie ein Kind hat. Ich glaube, das ist gelogen, denn jeder hier auf der Insel weiß Bescheid über mich. All die Frauen hassen meine Mutter, denn sie ist die Einzige in ihrer Berufsgruppe auf der Insel, und fast jeder erwachsene Mann hier hat schon einmal mit ihr verkehrt. Erstaunlicherweise scheint es eher von Vorteil, dass sie querschnittsgelähmt ist. Für alle hier bin ich die Tochter der Nutte, und mein Opa ist ihr Vater. An manchen Abenden ist Mutter so betrunken oder voller Tabletten, dass sie bei uns Hilfe sucht, so wie vorhin, oder an jenem Tag, als wir uns kennenlernten. Ich versuche dann wirklich, ein liebevolles Gefühl für sie zu entwickeln, aber das gelingt mir nicht. Meine Mutter hat mich so oft enttäuscht, dass da nichts Freundliches mehr ist in mir. Ich habe mich an den Zustand gewöhnt, aber als Sie auftauchten, merkte ich, dass es angenehm ist, mit einer älteren Frau als mir zusammen zu sein.«

Kurz bevor wir in die Wohnung gelangten, war ich mir fast sicher in meinem Entschluss, auf der Insel zu bleiben. Es hatte den Anschein, dass zwei Menschen mich brauchten, was immerhin mehr war als einer, ich, der mich nicht brauchen konnte. Ich würde hierbleiben und abwarten. Dass ich eine neue Idee bekomme, einen neuen Menschen finde, der mich noch mehr benötigt, dass ich alt werde, sterbe. Einfach warten. Denke ich an mein altes Zuhause, so ist dort nichts, was ich vermissen werde. Außer den Gedanken an den Mann. Ich war von einer Art Freude erfüllt, die ich seit Wochen nicht mehr in mir beobachtet habe, ich hatte einen Entschluss gefasst und erwartete fast, dass beim Betreten der Wohnung ein goldenes Licht scheinen würde und Fanfaren erklängen. Doch dann stand ich in der Wohnung, sah den Masseur, der schweigend einen Kunden bediente. Sah mein Zimmer, das ich von da an vermutlich einige Jahre bewohnen würde, und in mir wurde alles still, als wäre ich eingeschneit innerhalb Sekunden. So, das ist es also, dachte ich, als ich auf meiner Terrasse saß. Es würde so werden, wie ich es mir vor kurzem vorgestellt hatte. Ich würde ein Teil der Insel werden, mit ein paar westlichen Bekannten eventuell. Ich würde einen Computer in mein Zimmer stellen und arbeiten. Abends kochen, was ich nicht kann, der Masseur und Kim wären zu höflich, um sich zu beklagen. Ich würde alt werden und still, ich würde Tee trinken und aus dem Fenster sehen. Mein Leben würde ebenso ereignislos und unwichtig verstreichen wie das Milliarden anderer, nur würde ich darum wissen. Ich würde mich irgendwann damit trösten, dass ich wenigstens für vier Jahre erfahren hatte, wie es anders sein konnte. Bevor ich den beiden meinen Entschluss mitteilte, wollte ich jedoch noch einen Abschied nehmen. Von allem, was ich bisher gewesen war.

Ich sagte Kim, dass ich bald wiederkommen würde, verließ das Haus, holte mir im Laden gegenüber eine Flasche absurd teuren französischen Weißwein und ging zum Bootsanleger.

Jetzt.
Abend.

Die Sonne steht einen Zentimeter über dem Meer. Die Reste meines Hirns schwimmen in französischem Weißwein, der Mund steht offen, jede Körperspannung hat sich mit dem Alkohol gelöst. Ich fühle mich wie ein Präparat. Ein Klumpen organischen Gewebes hockt am Pier. Die Farbe des Himmels verändert sich von Gelb zu giftigem Orange. Hinter mir murmeln meine neuen Nachbarn, und ich nehme noch einen Schluck, um die unglaubliche Langeweile zu vergessen, die die Anstrengung, sein Leben zu gestalten, mit sich bringt. Man kann versuchen, ein paar Grundlagen zu schaffen. Wenn man in der luxuriösen Lage ist, selbst zu entscheiden, kann man sich einen Ort suchen, der einem zusagt, einen Beruf, der einen die Zeit, die man mit ihm zubringt, vergessen lässt. Man kann das Glück haben, gesund zu sein und mental in einem akzeptablen Zustand. Doch all das versetzt einen nur in einen Zustand ähnlich dem einer Beziehung, an der man arbeiten muss, in der man sich sagt: »Partnerschaft ist Arbeit«, in der man sich belügt, um durchzuhalten. Was in der Erinnerung bleibt, ist ein anderer, der einen leicht werden lässt, und rund. Der einen vergessen macht, wie alles enden wird. Der einen hält, wenn man friert. Vermutlich gibt es viele auf der Welt, die genau in dieser Minute frei wären, mich zu mögen, doch ich werde sie nicht finden und sie mich nicht, denn ich sitze auf einem Bootsanleger am Ende der Welt, und es wird täglich wärmer, und die Sonne fällt ins Wasser, und das Licht wird rotgolden. Die Fähre nähert sich der Insel, und ich betrachte das Deck gewohnheitsmäßig sehr genau. Und zwischen all den Chinesen, die nach Hause gehen, in ihr Leben, ihre Familien, die sie für heilig halten und unzerstörbar, vermeine ich einen Riesen stehen zu sehen, dessen Haare rot im letzten Licht der Sonne leuchten.

»Irene Dische besitzt einen Humor, der nicht den Zeigefinger hebt, sondern angelsächsisch lustig ein Zwinkern vorzieht.«

Rolf Michaelis in >Die Zeit<

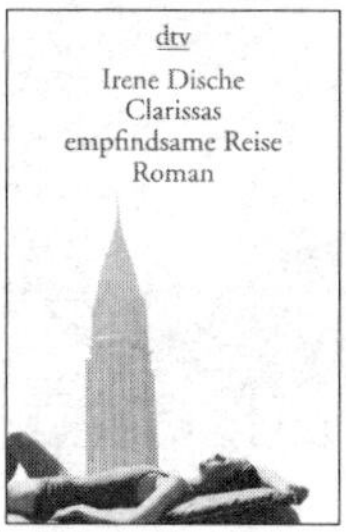

»Feinfühlig und berührend geschriebene deutsche Gegenwartsliteratur.«

BRIGITTE

dtv
Michael Köhlmeier
Abendland
Roman
»Ein großer Wurf, ein monumentaler Roman. Ein Welt- und Jahrhundertspanorama, wie man es lange nicht gesehen hat.«
Wolfgang Schneider in ›Deutschlandradio Kultur‹

dtv
Michael Köhlmeier
Madalyn
Roman

dtv
Michael Köhlmeier
Das Mädchen mit dem Fingerhut
Roman

dtv
MICHAEL KÖHLMEIER
DIE ABENTEUER DES JOEL SPAZIERER
ROMAN

dtv
Michael Köhlmeier
Spielplatz der Helden
Roman

dtv
MICHAEL KÖHLMEIER
Zwei Herren am Strand
Roman